古典文獻研究輯刊

十二編

曾永義 主編

第 21 冊

中國古代圍棋藝文研究（下）

姜明翰 著

國家圖書館出版品預行編目資料

中國古代圍棋藝文研究（下）／姜明翰 著 — 初版 — 新北市：
花木蘭文化出版社，2015〔民104〕
目 6+154 面；19×26 公分
（古典文學研究輯刊　十二編；第 21 冊）
ISBN 978-986-404-419-1（精裝）
1. 圍棋
820.8　　　　　　　　　　　　　　　　　　　104014990

古典文學研究輯刊
十二編　第二一冊　　　　　　　ISBN：978-986-404-419-1

中國古代圍棋藝文研究（下）

作　　者　姜明翰
主　　編　曾永義
總 編 輯　杜潔祥
副總編輯　楊嘉樂
編　　輯　許郁翎
出　　版　花木蘭文化出版社
社　　長　高小娟
聯絡地址　235 新北市中和區中安街七二號十三樓
　　　　　電話：02-2923-1455／傳眞：02-2923-1452
網　　址　http://www.huamulan.tw 信箱 hml810518@gmail.com
印　　刷　普羅文化出版廣告事業
初　　版　2015 年 9 月
全書字數　301519 字
定　　價　十二編 26 冊（精裝）新台幣 48,000 元

中國古代圍棋藝文研究(下)

姜明翰 著

目

次

第六章　中國古代圍棋弈者的
　　　　　形象與流別

　　圍棋是一種雅俗共賞的競技遊戲，自古以來，活躍在黑白方圓世界中的
人物遍及各個階層：上自帝王公卿，下至閭巷市井，不論文人仕女、國手博
徒、隱者僧侶，無不在此咫尺之枰殫精竭慮、逞能鬥勝，這些弈家的才智和
風姿，為千百年來不斷延伸、拓展的圍棋文化點染了繽紛色彩和迷人魅力。
由於圍棋具有平等的競技性，使人們暫時擺脫傳統的階級意識，不分男女老
幼、尊卑貴賤，皆可於盤上一決高下，因而使它擁有強大的文化滲透力與普
及性，並對於民族人格與心理的塑造有著廣泛深遠的影響。典籍中記載了許
多相關的軼聞趣事，以下列舉較具代表性之例析論之。

第一節　宮廷趣聞

一、弈棋賭郡

　　究竟是何人發明圍棋？至今仍未有確切的答案，理應是出於知識階層
之手筆，原屬於貴族的玩物或工具，所以它在早期僅流行於皇室宮廷，而
為帝王嬪妃、公卿大臣所喜愛。在中國歷史上，大凡圍棋昌盛的時代，其
君主大都熱衷弈事，所謂「上有好者，下必有甚焉者矣」，[註1] 由於國君

〔註 1〕中國歷史上圍棋昌盛的朝代，往往有愛好圍棋的開國皇帝，如唐太宗、宋太
　　　　宗、明太祖等皆是。可參考不著撰人：〈我國歷史上的幾位愛好圍棋的開國皇
　　　　帝〉（2012 年 7 月），http://blog.sina.com. cn/s/blog_63c20ef201013brs.html（「青
　　　　島圍棋培訓」網站）

的帶頭提倡，朝野靡然風從，蔚成一代之盛。南朝四世即爲顯例，好弈、善弈的皇帝著實不少，南朝宋文帝劉義隆曾與臣子弈棋賭郡，《宋書・羊玄保傳》云：

> 羊玄保，太山南城人也。……善弈棊，棊品第三，太祖與賭郡戲，勝，以補宣城太守。……入都官尚書，左衛將軍，加給事中，丹陽尹，會稽太守。又徙吳郡太守，加秩中二千石。太祖以玄保廉素寡欲，故頻授名郡。爲政雖無幹績，而去後常見思。不營財利，處家儉薄。太祖嘗曰：「人仕官非唯須才，然亦須運命，每有好官缺，我未嘗不先憶羊玄保。」〔註2〕

羊玄保人品高尚，廉素寡欲，不營財利，處家儉薄；又棋藝高強，號稱三品，深得宋文帝賞識。君臣對弈，竟以官爵爲賭注，結果羊玄保未顧及君王顏面而獲勝，補爲宣城太守，隨後又徙任會稽、吳郡太守。但他實在不是做官的料，爲政無幹績，只因爲一場「遊戲」而飛黃騰達；宋文帝豁達大度，輸棋依約授官，卻不管人選是否有堪當大任之能，屢屢拿國家名器來酬庸，寧將好缺留予羊玄保。賭棋授官，固然是圍棋史上的佳話，但因沈迷圍棋而罔顧國家大政，實在荒唐離譜。南齊高帝蕭道成亦爲好弈之君，史載他「博學，善屬文，工草隸書，弈棊第二品」，〔註3〕不僅棋藝高強，爲人亦稱寬厚，「嘗與直閤將軍周覆、給事中褚思莊共棊，累局不倦，覆乃抑上手，不許易行」，〔註4〕齊高帝想悔棋易行，被周覆抓住手阻止。對於臣下的無禮行爲，他竟能容忍不動怒，是少見棋品、棋德俱佳的皇帝。

二、誤殺高僧

梁武帝蕭衍博通眾藝，史稱其「六藝備閑，棊登逸品」。〔註5〕常召棋士、大臣對弈，《梁書・陳慶之傳》云：「高祖性好棊，每從夜達旦不輟，等輩皆倦寐，惟慶之不寢，聞呼即至，甚見親賞。」〔註6〕蕭衍經常在宮中通宵下棋，

〔註2〕（南朝梁）沈約：《宋書》（北京：中華書局，1993 年 10 月），卷 54，頁 1534
～1536。

〔註3〕見《南史・齊本紀》。（唐）李延壽：《南史》（北京：中華書局，1992 年 8 月），
卷 4，頁 113。

〔註4〕同前註。

〔註5〕同註 3，卷 7，頁 223。

〔註6〕（唐）姚思廉：《梁書》（北京：中華書局，1992 年 11 月），卷 32，頁 459。

陪伴的臣僚都睏倦不已，只自己和陳慶之仍精神奕奕，可見其棋癮之大。有時他下到入迷處，渾然忘我，不覺周遭人事之變，唐代段成式《酉陽雜俎續集》云：

> 梁有榼頭師，高行神異，武帝敬之。常令中使召至，陛奏榼頭師至，帝方棋，欲殺子一段，應聲曰：「煞！」中使人遽出斬之。帝棋罷，命師入，中使曰：「向者陛下令殺，已法之矣！師臨死曰：『我無罪。前生為沙彌，誤鋤殺一蚓。帝時為蚓，今此，報也。』」〔註7〕

梁武帝篤信佛教，榼頭師乃其僧友，道行頗深，武帝對之誠心敬重，常召入宮講論佛法。某日中使領榼頭師進殿，正值武帝專注圍棋，欲殺敵子一隊。興起之際，大喝「殺」聲，中使以為皇帝下達殺令，榼頭師遂枉送性命。師不明白犯了何罪，只好無奈自嘲前生是沙彌，因無心鋤殺一隻蚯蚓，而武帝前世正是那蚯蚓；今日無故被斬，該遭此報。此說不知真假為何，主要用意在宣導佛家因果報應之理，勸人勿造惡業。然而皇帝因殺棋而誤殺人，亦可謂古今句聞一楮。

三、康猧亂局

　　唐玄宗雅好圍棋，設置中書省翰林待詔，為文學技藝侍從之官，棋待詔即以圍棋技藝待皇帝召用的專職棋官。〔註8〕除了棋待詔侍奉弈棋外，玄宗還喜歡和諸王近臣對弈，〔註9〕段成式《酉陽雜俎》記有「康猧亂局」之事，其文云：

> 上夏日，嘗與親王棋，令賀懷智獨彈琵琶，貴妃立於局前觀之。上數子將輸，貴妃放康國猧子於坐側，猧子乃上局，局子亂，上大悅。
> 〔註10〕

唐玄宗與某親王對弈，樂師賀懷智彈奏琵琶助興，楊貴妃懷抱寵物「康國猧

〔註7〕收錄於歷代學人：《筆記小說大觀》（臺北：新興書局有限公司，1975年11月），9編，卷4，頁224，冊1。

〔註8〕詳見本論文第肆章第四節。

〔註9〕如五代陶谷《清異錄》云：「明皇因對寧王，問：『卿近日棋神威力何如？』王奏：『臣憑托陛下聖神，庶或可取。』上喜，呼：『將方亭侯來！』二宮人以玉界局進，遂與王對手。」收錄於歷代學人：《筆記小說大觀》（臺北：新興書局有限公司，1974年7月），4編，卷3，頁2017，冊3。

〔註10〕同註7，3編，卷1，頁1072，冊2。

子」在旁觀戰。〔註 11〕進入中盤以後，玄宗居於劣勢，注定敗局，但是作爲天子至尊，怎麼也輸不得。貴妃見皇上就要輸棋，情急之下，想出一個巧妙解圍的法子，就把懷中的康國猧放在棋枰旁邊，猧子躍上棋盤，將棋子攪亂，一局棋遂不了了之。如此結果，當然令玄宗開懷大樂。

楊貴妃亦是玄宗的棋伴，元人嘗繪《明皇貴妃對弈圖》，元代詩人董仲可題詩云：「內計縱橫勢已危，三郎何事不知機？祇應一子參差久，費盡神謀爲解圍。」〔註 12〕史稱貴妃「智算過人」，〔註 13〕由此詩觀之，她的棋力不弱，玄宗非其敵手，每應一子煞費思量。一位是風流多情的天子，一位是風華絕代的美女，兩人對弈的恩愛情景，引人無限遐想。然而詩人微辭吞吐，暗歎玄宗不知機變、昧於事理，在棋盤之外的眞實人生中潛伏大禍，終致「漁陽鼙鼓動地來」，落得江山殘破、美人香殞收場的悲劇。

四、明太祖弈事軼聞

（一）東坡棋辨正

明代開國君王朱元璋亦愛圍棋，有關之軼聞趣事頗多，如清代梁章鉅《浪跡三談》云：

> 魏瑛《耕藍雜錄》云：『明太祖智勇天縱，於藝事無所不通，惟於弈棋不耐思索。相傳其與人對弈，無論棋品高低，必勝一子。蓋每局必先著，輒先於枰之中間孤著一子，此後黑東南則白西北，黑右後則白左前，無不遙遙相對，著著不差，至局終則輒饒一子也。帝王自有眞非凡手所能擬議矣。』按此事，余素不敢信，嘗與友人按此法演之，二、三十步外即隔閡不能通。友人亦好學深思者，終不得其故，或天亶聰明者自優爲之歟。〔註 14〕

〔註 11〕康居進貢的小狗。康居爲中亞游牧民族，隋唐時期位於撒馬爾罕（今烏茲別克）一帶。

〔註 12〕（清）褚人獲：《堅瓠七集》（臺北：新文豐出版公司，1997 年 3 月，叢書集成三編），卷 2，頁 79，冊 74。

〔註 13〕《舊唐書・后妃傳》云：「太眞姿質豐豔，善歌舞，通音律，智算過人。」（五代）劉昫：《舊唐書》（北京：中華書局，1991 年 12 月），卷 51，頁 2178。

〔註 14〕收錄於歷代學人：《筆記小說大觀》（臺北：新興書局有限公司，1977 年 9 月），20 編，卷 1，頁 5470～5471，冊 9。

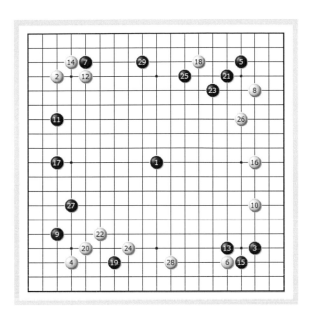

圖表十一　吳清源持黑對木谷實之譜

資料來源：水口藤雄，《棋聖吳清源》（臺北：人都會文化事業有限公司，2006 年 8 月），頁 45～46。

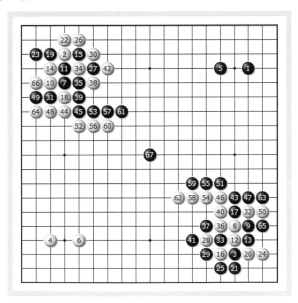

圖表十二　林海峰持黑對藤澤朋齋之譜

資料來源：林海峰：《無心》（臺北：世界文物出版社，1985 年 7 月），頁 112～113。

按魏瑛所言，朱元璋擅長模仿棋，與其性急不耐思索有關。模仿棋在中國又稱「東坡棋」，卻無史料證明是蘇軾所創。相傳日本桃山時代太閣豐臣秀吉對局時亦好用此法，故又稱「太閣棋」。〔註 15〕模仿棋現存最早的棋譜是 1929年日本《時事新報》主辦的擂臺賽中吳清源對木谷實之局（如圖表十一），吳持黑第一手佔據天元（棋盤中心點），第三手以下模仿白棋成為對稱的棋形。黑如何利用天元一子的優勢，成為勝負關鍵。〔註 16〕除了持黑模仿白之外，尚有持白模仿黑的下法，如 1965 年日本第四屆名人挑戰者決定循環賽林海峰對藤澤朋齋之局（如圖表十二），藤澤朋齋持白模仿至第六十六手，林海峰持黑於第六十七手下在天元，白無法繼續模仿下去。此種模仿棋的特徵，即白棋得操心什麼時機結束模仿，黑棋則隨時下在天元就可解除，至於勝負之數，仍須視雙方的攻防和算計而定。不過它的優點在於攻心為上，容易激怒對手；序盤亦不必費神苦思，可伺機而動，令對手自露破綻而取得戰果。簡言之，模仿棋是一種後發先至、以靜制動的高明策略，值得嘗試運用。

　　以上兩例是現代模仿棋的著法，與之相較，中國古代的模仿棋大為不同，且有執行上的困難。其原因在於中國古代圍棋有「勢子」制度，即弈前於棋盤對角四個星位置放黑白各二枚棋子，決定了每一盤棋皆「對角星」的布局；又中國古代圍棋是持白先下，非今日的持黑先下。實際執行起來，如按魏瑛所言，「每局必先著，輒先於枰之中間孤著一子，此後黑東南則白西北，黑右後則白左前，無不遙遙相對，著著不差」行棋，則絕不可能達成現代模仿棋「平行型」的對稱效果，而必產生不合棋理的失衡局面。如圖表十三，四個星位先分置黑白對角各二子，白 1 先下中央天元，假擬白 3 以下模仿黑棋，至白 13 為止。白於右下花費五手佔角，形凝而子效極低；黑則大吃左上角白子，且將勢力延伸至右上一帶，局面立刻失衡，白先著之利蕩然無存，黑則具壓倒性優勢。除非是採寬式變通的模仿，由「對稱」改為「順遞」，如圖表十四所示，黑 2 掛右下角，白 3 則模仿掛右上角，至白 9 為止，黑白雙方各

〔註 15〕張如安：《中國圍棋史》（北京：團結出版社，1998 年 8 月），頁 302。

〔註 16〕吳清源云：「因我是黑先，所以我想第一手打在天元上，以後便模擬白棋走下去。從天元開始打，然後模擬下去的戰術，必然逼得對方要盡快在中央挑起戰火來。因此，於此時抓住戰機，充分發揮天元一子的作用，把握住中央的勝負變化使之於己有利——這就是我的作戰方法。白棋若不盡快地接近中央布子，就總是被對方模擬，棋勢也就越發顯而易見是對黑棋十分有利——這就是我對局前研究出的結論。」吳清源：《天外有天》（臺北：獨家出版社，1988 年 3 月），頁 67～68。

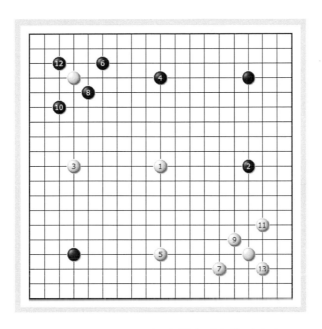

圖表十三　座子東坡棋解說譜（上）

資料來源：（本書作者製）

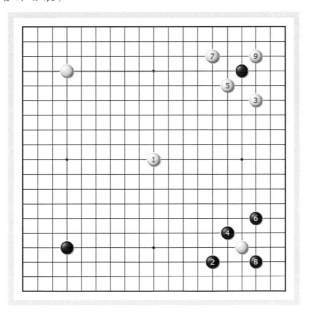

圖表十四　座子東坡棋解說譜（下）

資料來源：（本書作者製）

吞吃一角，成上下相同棋形，天元一子大放光芒，佔據全局勢力的中心點，白棋形成大模樣，保持領先的局面。然而此等模仿不符合前述「黑東南則白西北，黑右後則白左前，無不遙遙相對，著著不差」之法，無怪梁章鉅不信魏瑛之說，遂與友人按其法以實戰驗證，果然二、三十步後即隔閡不通，故朱元璋以模仿贏棋實爲誇大誤導之傳聞。

朱元璋的模仿棋是如何著法，已難知曉，或許他眞如魏、梁二人所言，有天賣聰明而非凡手所能擬議者，棋藝精湛了得；但謂「其與人對弈，無論棋品高低，必勝一子」，則又匪夷所思，不免將之神化了。

（二）擊門救駕

朱元璋身爲國君，弈棋的場合，多在宮廷之中；弈棋的對象，多爲諸王近臣。軍師劉基、武將徐達，皆深通兵學又善於圍棋者。二人長年伴隨在側，或沙場征戰，或朝廷議政，貢獻許多應敵妙計和治國良策，朱元璋弈棋很可能就是向二人學來的。劉基是朱元璋最爲倚重的謀臣，經常陪侍下棋。明代王文祿《龍興慈記》記載一則弈棋救駕的故事，其文云：

> 聖祖（明太祖）賜劉誠意一金瓜，曰「擊門錐」，有急則擊之。一夕夜將半，擊宮門，乃洞開重門迎之，曰：「何也？」曰：「睡不安，思聖上弈棋耳。」命棋對弈。俄頃，報太倉災，命駕往救。劉止之曰：「且弈。」聖祖遽起，曰：「太倉，國之命脈也，不可不救。」曰：「請先遣一內使充乘輿往。」遂如言。回則內使已斃車中，聖祖驚曰：「何知以救朕厄？」曰：「觀乾象有變，特來奏聞耳。」曰：「何人爲謀？」曰：「明早朝衣緋者是。」早朝西班中有一臣衣緋，命縛之，即取袖中懸哨鴿放起，鴿已死袖中。蓋以鴿爲號，起伏兵也。

〔註17〕

劉基擅長天文觀象、占卜預言，《明史》稱其「顧帷幄語祕莫能詳，而世所傳爲神奇，多陰陽風角之說」，〔註18〕民間流傳他是一位先知先覺的神人。觀乾象有變，遂中夜叩請皇帝弈棋，巧妙化解一場宮廷密謀政變。此事細節未必爲眞，至少說明朱元璋喜與劉基下棋。

〔註17〕收錄於繆鉞等編：《中國野史集成》（成都：巴蜀書社，1993 年 10 月），頁 549～550。
〔註18〕詳見《明史・劉基傳》。（清）張廷玉等撰：《明史》（北京：中華書局，1991年 12 月），卷 128，頁 3782。

（三）湖樓對弈

徐達爲明朝開國第一功臣，隨朱元璋南征北討，功績顯赫，追封爲中山王。〔註19〕他不僅是天才卓越的軍事家，也是圍棋高手。相傳朱元璋幸遊金陵莫愁湖，良辰美景，引發棋興，遂召徐達登湖樓對弈。朱元璋執白先行，徐達執黑緊隨，雙方旗鼓相當，此局自早晨戰至日落尚不分勝負。後來朱元璋連吃徐達兩子，正自鳴得意之際，徐達卻久久不落子。朱元璋見他舉棋不定，問道：「將軍爲何遲疑不前？」徐達云：「陛下，此局不勝不死是和局。」朱元璋則以爲勝負未明。徐達指著一處，朱元璋細看之下，發現原來徐達再落一子，他便全軍覆沒，急得滿頭冒汗，臉露懊喪之色。此時徐達跪道：「請陛下細看全局。」朱元璋再仔細端詳，見黑子巧妙地擺成「萬歲」兩字，不禁驚喜萬分。高興之餘，就把莫愁湖和湖樓賜給徐達，湖樓賜名爲「勝棋樓」。〔註20〕

圍棋是由黑白雙方輪流著子，彼此相互牽制，對手的每一著棋，都必須了解其意圖後而回應，適時調整或改變攻防策略，不可能隨心所欲想下何處便下何處。徐達在對局中將棋子擺爲「萬歲」二字，徒爲好事者的增飾潤色，實戰中幾無可能達成。但是君臣賭棋之說，眞有其事，並非虛構。〔註21〕湖上勝棋樓爲湖山增色，歷代題詠不絕，尤以楹聯爲多，如署名「麓山樵客」撰聯云：「世事如棋，一局爭來千秋業；柔情似水，幾時流盡六朝春。」〔註22〕相關詩作亦夥，如清代馬夢魁〈登勝碁樓眺莫愁湖〉云：「湖樓今是梵王宮，多少繁華一夢中。湯沐邑存碁局冷，鬱金香膩鏡臺空。潮來潮去朝朝綠，花落花開歲歲紅。依舊六朝山色在，曾看名媛與英雄。」〔註23〕六朝金粉風流事、千秋王業一局棋，盡在莫愁湖勝棋樓，令人發思古之幽緒。這場湖樓對弈，不僅培養朱元璋、徐達君臣之間的感情和默契，留下傳世不朽的佳話，

〔註19〕詳見《明史‧徐達傳》。同上註，卷125，頁3723～3730。

〔註20〕此據殷偉：《再話圍棋的故事》（臺北：知書房出版社，2005年12月），頁124。

〔註21〕清代馬士圖《莫愁湖志‧序》云：「傳聞明祖與中山王賭碁於此，詔以湖爲湯沐邑，至今湖租尚歸徐氏。」（臺北：成文出版社，1983年3月），頁16～17。又清代梁章鉅《楹聯叢話》云：「乾隆中李松雲先生堯棟守金陵時，重濬莫愁湖，陳東浦方伯奉茲題一聯云：『此地曾傳湯沐邑，何人錯認鬱金堂。』蓋明初以後，湖賜中山王，食其租稅，至今湖樓奉王香火。」（臺北：新文豐出版公司，1981年1月），頁78。據馬、梁二人所記，朱元璋的確將莫愁湖和勝棋樓賜給徐達，至少自明初至清的數百年間，湖樓的經營權由徐氏後人所掌管。

〔註22〕此聯或出於朱元璋。見龔聯壽編：《中華對聯大典》（上海：復旦大學出版社，1998年3月），頁26。

〔註23〕見《莫愁湖志》。同註21，頁181。

也見證圍棋是明初重要的宮廷娛樂活動之一。

五、假饒國君

　　圍棋本為公平競技的遊戲，但與皇帝對弈則不然。皇帝是天下至尊，作為臣子的立場，只是陪著消閑娛樂，千萬不可掃皇上的興。除非遇到有寬容修養如南朝宋文帝、齊高帝者，否則即便自己棋力再高，也不能拿出真功夫來使國君難堪。如《忘憂清樂集》中收錄中國最早的古譜〈孫策詔呂範弈棋局面〉（圖表十五）及〈晉武帝詔王武子弈棋局〉（圖表十六），皆為臣子陪君主弈棋之例。由兩局內容觀之，黑白雙方布局平穩，各佔根據守地，未引發戰鬥廝殺，盤上一派輕鬆、揖讓的氣氛。可見與君主對弈，作臣子者須謹守分際，不能有挑釁、逞能之舉。又如《南齊書‧虞愿傳》云：

> （明）帝好圍棋，甚拙，去格八九道，物議共欺為第三品。與第一品王抗圍碁，依品賭戲，抗每饒借之，曰：「皇帝飛碁，臣抗不能斷。」帝終不覺，以為信然，好之愈篤。〔註24〕

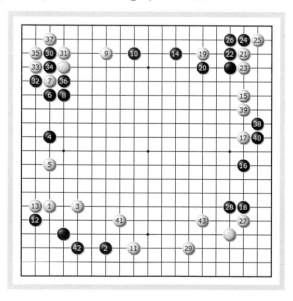

圖表十五　孫策詔呂範弈棋局面

資料來源：（南宋）李逸民編：《忘憂清樂集》（上海：上海文化出版社，1997年2月），頁1。

〔註24〕　（南梁）蕭子顯：《南齊書》（北京：中華書局，1992年7月），卷53，頁916。

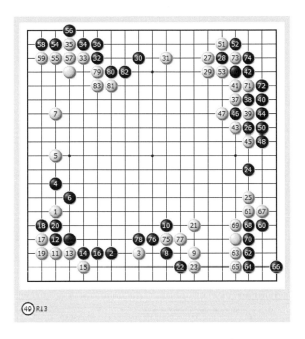

圖表十六　晉武帝詔王武子弈棋局

資料來源：同前譜，頁 2。

　　宋文帝之子明帝劉彧好棋無度、技藝拙劣，卻毫無自知之明。「去格八九道」，明明連入九品都不夠格；爲了滿足自己的虛榮心，「物議共欺爲第三品」，由臣下哄抬、欺騙天下爲第三品，竟然還要求與一品的王抗賭戲。王抗無奈，只得一邊退讓，還一邊吹捧皇上下出好棋，妙的是明帝居然信以爲眞，而愈發沈迷其中。北宋太宗亦酷愛圍棋，有大臣勸諫，竟還振振有辭地辯稱是爲了「避六宮之惑」，〔註25〕如此「預期逆應」式的幽默，想必令臣子們哭笑不得。賈玄爲當世第一名手，每陪太宗弈棋，饒三子還得假輸一路。太宗察覺後，逼他拿出眞本領，賈玄依然維護皇上的尊嚴，下出不勝不負結果。待皇上要懲處時，才亮出手中暗扣的死子。〔註26〕又如前引唐太宗「康猧亂局」、明太祖「萬歲棋局」之例，都說明在天威難測的皇帝旁陪弈，切忌逞強鬥勝，務必小心翼翼、刻意輸棋，最好還能做得不露痕跡，目的是了爲取悅、討好皇帝。當圍棋變成「應制」之具，內容必然僵化而失去活力，唯一獲得樂趣者，也只有皇帝自己了。

〔註25〕詳見本論文第肆章第五節〈宋元士弈隆盛與弈論發皇〉。
〔註26〕同上註。

就心理層面而言，皇帝既稱天子，總認為自己天縱英明，具有無上的權力以宰制天下，只要一不高興，隨時可讓臣民的人頭落地。尤其是馬上得天下的開國之君，一將功成萬骨枯，不知要拿多少人的性命才換得自己的皇位。歷來許多人君的好殺、濫殺之實，十足反映其內在的陰狠性格和變態心理。圍棋戰局之中，總是平和之氣少、殺伐之氣多，經常出現彼此攻殺、吃子及屠龍的場景。許多皇帝所以喜歡弈棋的重要原因，是可將現實生活中的殺戮欲望轉移至棋盤上另行發洩，進而獲得帝王為所欲為和予取予求特權階級的滿足。所以識時務的陪弈臣子或棋待詔，當然只有退讓一途了。

第二節　佛門弈事

佛教起源於古印度，約在西元前六世紀由釋迦牟尼所創，至東漢時期傳入中國。接下來魏晉南北朝，正是圍棋發揚昌盛的年代，佛教在漢化的過程中，與之接觸而結緣。早期的佛教，對圍棋的基本態度是否定和排斥，經籍記載頗多，如《優婆塞戒經·攝取品》云：「如法護國，遠七種惡：一者，不樂摴蒲、圍棊、六博；二者，不樂射獵；三者，不樂飲酒；四者，不樂欲心；五者，不樂惡口；六者，不樂兩舌；七者，不樂非法取財。」〔註27〕圍棋列為七惡之首，修法護國者當遠離之。又《大般涅槃經·聖行品》云：「摴蒲、圍碁、波羅塞戲、獅子象鬥、彈碁、六博、拍毬、擲石、投壺、牽道、八道行成，一切戲笑，悉不觀作。」〔註28〕又《佛說長阿含經·第三分阿摩晝經》曰：「摩納！如餘沙門、婆羅門，食他信施，專為嬉戲，棊局博奕，八道、十道、百道，至一切道。種種戲笑，入我法者，無如此事。」〔註29〕圍棋是戲笑的一種，修佛法者不可為。《雜阿含經》則云：「博弈酒喪財，其過失甚少；惡心向善逝，是則為大過。」〔註30〕又云：「博弈亡失財，是非為大咎；毀佛

〔註27〕（北涼）釋曇無讖譯：《優波塞戒經經》（臺北：佛光文化事業有限公司，1997年9月），卷3，頁347。

〔註28〕（北涼）釋曇無讖譯：《大般涅槃經》（臺北：佛教大毘盧遮那禪林基金會，2011年2月），卷11，頁239。

〔註29〕（後秦）釋竺佛念譯：《長阿含經》（臺北：臺灣印經處，1956年11月），卷13，頁382。

〔註30〕收錄於《趙城金藏》（北京：北京圖書館出版社，2008年1月），卷44，頁631，冊47。

及聲聞，是則爲大過。」〔註31〕比起毀佛、生惡心，博弈喪財不算大過，但至少是不良的行爲。又《別譯雜阿含經》偈云：「博弈相侵欺，損傷錢財盡，如是等名爲，輕賤之首目。」〔註32〕《央掘魔羅經》則明令佛門弟子要「遠酒離博弈，恭敬諸最勝」，〔註33〕可見早期佛經在明令僧人遠離圍棋活動的同時，還極力宣揚圍棋的危害，甚至視之爲惡道。此和當時社會否定圍棋的歪風如出一轍，三國東吳韋昭奉太子孫和之命撰〈博弈論〉，對圍棋大肆抨擊、詆譭，試圖一舉廢除之，即可爲證。

　　至兩晉南北朝期間，圍棋乃由「戲」提升而爲「藝」的層次，而爲文人士大夫所雅尙。〔註34〕同時，隨著信眾和僧侶的增多，佛教興盛壯大，並與中國傳統文化日漸融合。因此，佛教界對圍棋的基本態度，也由最初的反對轉爲包容。究其根本原因，仕於棋理和佛理相通。與儒道兩家相較，佛法爲更能追探人生究竟義者。小乘要義之一的「三法印」，即「諸行無常」、「諸法無我」、「涅槃寂靜」，〔註35〕是釋迦牟尼自人的生老病死問題，研究其果，推知其因，所觀察出現實上的眞理。判斷佛法是否爲究道，即以此三法印衡量；移之以論圍棋，亦方便說明演繹。

　　「諸行無常」是謂世間一切法，成住異滅，刹那不住。過去有的，現在起了變異；現在有的，將來終歸幻滅。一切的一切，均屬無常。圍棋也是如此，從空盤開局到結束，棋形一直在變，有時活棋變死棋，死棋變活棋；有時實利變外勢，外勢變實利。雖然序盤階段黑白爭角而產生各種定式，但定式也不斷改良和變化，沒有絕對的下法。何況高手經常不照定式行棋，甚至忘記定式，而是依局面找尋最善的手法。〔註36〕不過，佛法上的無常，只是

〔註31〕　收錄於《趙城金藏》。同上註，卷48，頁709，冊47。
〔註32〕　不著譯者：《別譯雜阿含經》（民國二十五年上海影印宋版藏經會影印宋平江府陳湖磧砂延聖院刊本），卷10。
〔註33〕　（南朝宋）求那跋陀羅譯：《央掘魔羅經》（臺北：新文豐出版有限公司，1993年5月），卷2，頁112。
〔註34〕　詳見本論文第肆章第三節〈六朝玄風下弈境的拓展〉。
〔註35〕　佛家語。佛經用三種方法，證明其爲佛陀所說，隋代智顗《妙法蓮華經玄義》云：「諸小乘經，若有無常、無我、涅槃三印印之，即是佛說，修之得道；無三法印，即魔說。」（臺南：湛然寺，2003年4月），卷8，頁742。
〔註36〕　吳清源云：「日本的初學者，一般都會被要求背定式，但是日本的定式大都只是計算某個角部的得失。我認爲，不如開始讓對手占點便宜，然後取得全局上的優勢，這才能取得最終的勝利。定式大多爲生於原本沒有貼目的時代裏。就像定式『大斜千變』的名字那樣，它有著千變萬化，死記硬背究竟是否有

變滅，而不是斷滅，此變滅是前滅後生，因果相續，不斷輪迴。一盤棋的結束與另一盤棋的開始，可視爲一輪迴現象，能明因果，就遠離勝負罣礙。《金剛經》云：「過去心不可得，現在心不可得，未來心不可得。」〔註37〕面對萬變無常的世局和棋局，「應生無所住心」。〔註38〕一切不住，一切無常，唯有正視無常，於無常中努力精進，求道者當如是觀。

「諸法無我」是謂因緣所生法，賴眾緣和合而有，無眞實之萬物，亦無眞實之我。一般人所妄想執著的我，不過是四大五蘊假合之相，不能常住，沒有自性，凡我之名，皆因「他」而相互依存。此「無我」、「無自性」之眞如佛性，總爲妄想執著所遮蓋，棋裡棋外，莫不如是。圖表十七是三百多年前日本棋聖本因坊道策持白對安井算哲之局，白80、82大龍逸出，接著以84碰，令人大吃一驚，讓

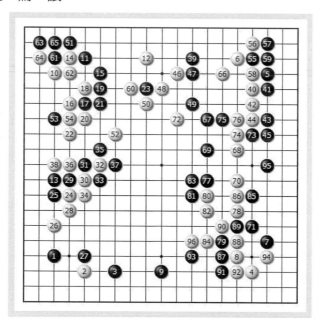

圖表十七　道策持白對安井算哲之譜

資料來源：酒井猛：《玄妙道策》（臺北：世界書局，1993年7月），頁8～19。

意義，我對此表示懷疑。我的指導是，『忘記定式』。」吳清源：《中的精神》（臺北：聯經出版事業股份有限公司，2004年5月），頁211。

〔註37〕南懷瑾：《金剛經說什麼》（臺北：老古文化事業公司，1998年4月），頁339。

〔註38〕語出〈第十四品離相寂滅分〉。同上註，頁273。

黑 87 衝出，這樣的俗手竟由棋聖弈出？其實此手是強化右上邊大龍和右下角二白子，實是以守爲攻的「大俗手之妙筋」。接著白 88、90 衝斷，上下兩塊白棋就有眼位，如變魔術般神奇。黑落得 95 後手連回，白 96 壓，攻守易位。白 84 的妙手，不單是棋聖道策一個人創造出來的，也是安井算哲辛苦的結晶，因爲黑白皆因彼此而相互依存。在別的場合，非常識性的白 84 肯定被視爲惡手；但在此局面，卻成爲永留棋史的妙著。一著棋的時好時壞，是因其無我、無自性的緣故，不諳此理之人，將迷失於盤上的盲點中，藝境永難提昇。

「涅槃寂靜」是謂眾生以我執故，起惑造業，因業受報，所以我執是生死流轉的根本。若無我執則惑業不起，當下能正覺諸法實相，一切即是寂靜的涅槃。涅槃不是死亡，是從無常、無我的觀察中，深悟法性寂滅而獲得的解脫，入於一不生不滅、不增不減、不垢不淨、不來不去、哀樂不入於胸次、無往而不自得之境，也就是佛法上說的「空性」。此空非空無所有，是性空而非相空，是理空而非事空，是要人從深徹的智慧中，破除我執和法執，而達轉迷成悟，離苦得樂之境。此非言詮思議之境，而是修持參證之境，印驗於圍棋，涅槃可視爲不變的本體，所謂「戰罷兩奩分黑白，枰何處有虧成」，〔註39〕從空枰開局，幾經慘烈戰鬥，或大龍被吃，或地域失衡，終局時清空棋子，一切回到原點。如此循環往復，枰上的三百六十一個著點始終不變，不就是前謂「不生不滅」、「不增不減」之義？當棋力到達一定程度，越能體會這種空性，進而掌握證悟佛道的契機。既然弈棋可以參禪悟道，豈有長期被佛徒排斥之理？

有高僧的提倡，是佛教界接納圍棋的另一重要原因。西域高僧鳩摩羅什爲重要關鍵人物，他既是佛經翻譯家，也擅長圍棋，〔註40〕所譯之《維摩詰所說經・方便品》云：「若至博奕戲處，輒以度人。受諸異道，不毀正信。雖明世典，常樂佛法。」〔註41〕意謂出家人如果到那些下圍棋、玩博戲的場所，一樣可以弘法渡人。這類活動雖屬異道，卻不妨礙堅守正信。僧眾參與這些

〔註39〕語出王安石〈碁〉詩。（北宋）王安石：《臨川先生文集》（臺北：華正書局，1975 年 4 月），卷 27，頁 307。

〔註40〕鳩摩羅什究竟是什麼時候接觸圍棋？可能是在他滯留後涼國期間，史載他曾與後涼的統治者呂纂弈棋。《晉書・呂纂傳》云：「纂嘗與鳩摩羅什碁，殺羅什子，曰：『斫胡奴頭。』羅什曰：『不斫胡奴頭，胡奴斫人頭。』（呂）超小字胡奴，竟以殺纂。」（唐）房玄齡：《晉書》（北京：中華書局，1993 年 10 月），卷 122，頁 3069。

〔註41〕（後秦）鳩摩羅什譯：《維摩詰所說經》（臺北：佛教大毘盧遮那禪林基金會，2011 年 8 月），頁 31。

活動，是隨順世間法。鳩摩羅什對圍棋的態度，影響了廣大追隨的僧眾，從而使圍棋跨進寺院之門；該經的此番論述，加強僧尼弈棋的正當性，亦使之與佛教的關係更趨緊密。

一、棋僧與名士

與鳩摩羅什同時的東晉名僧支遁，好談玄理，有莊周齊物、逍遙之風，為著名的般若學大家，〔註 42〕喜與名相謝安、書聖王羲之等名士交遊，雅尚一時。〔註43〕他不僅酷愛圍棋，且有深刻的理解，名之為「手談」，更增風雅逸趣，而為後世所樂道。他以僧人的身份參與上層社會的圍棋活動，自然成為佛門弟子的榜樣，產生號召的作用。鳩摩羅什晚居長安，支遁則在金陵，東西遙相呼應，對佛門中圍棋的宏揚發展，實有推波助瀾之功。

隋唐以後，迄於明清，佛教界幾乎完全接受了圍棋，兩者間的關係可謂水乳交融，除了前述鳩羅摩什和支遁的倡導之功外；弈棋本身的超逸脫俗之妙，令人神融氣和、物我兩忘，正適合佛門清靜的修行生活。出家人早晚誦經唸佛之餘，不免單調乏味，弈棋遂成為打發時間的消遣方式。許多僧人以此為樂，其中不乏善弈之士，如王羲之七世孫智永禪師的弟子辯才，夙負才藝，「博學工文，琴碁書畫，皆得其妙」。〔註 44〕御史蕭翼為唐太宗探覓王羲之〈蘭亭集敘〉真蹟，乃佯裝書生與之親近，兩人「共圍棋撫琴」。蕭翼以弈棋卸除辯才的心防，最後騙得〈蘭亭〉回宮交差。〔註45〕盛唐一行禪師博覽經史，精曆象、陰陽五行之學，〔註46〕亦擅圍棋，段成式《酉陽雜俎・語資》云：

> 一行公本不解奕，因會燕公宅，觀王積薪碁一局，遂與之敵。笑謂
> 燕公曰：「此但爭先耳！若念貧道四句承（乘）除語，則人人為國
> 手。」〔註47〕

〔註42〕（南朝梁）釋慧皎：《高僧傳》（北京：中華書局，1992 年 10 月），卷 4，頁 159～164。

〔註43〕《晉書・謝安傳》云：「（謝安）寓居會稽，與王羲之及高陽許詢、桑門支遁游處。」同註 40，卷 79，頁 2072。

〔註44〕語出何延之〈蘭亭記〉。收錄於唐代張彥遠《法書要錄》，見楊家駱編：《唐人書學論著》（臺北：世界書局，1988 年 5 月），頁 67。

〔註45〕事見何延之〈蘭亭記〉。同上註，頁 68～69。

〔註46〕見《舊唐書・一行傳》。同註 13，卷 191，頁 5112。

〔註47〕收錄於歷代學人：《筆記小說大觀》（臺北：新興書局有限公司，1974 年 5 月），3 編，卷 12，頁 1133，冊 2。

下好圍棋須經長時間磨練，不能一蹴而成。一行原不懂棋，就算夙負智慧，也不致觀國手王積薪一局便能與之匹敵，此在客觀上是說不通、辦不到的，疑為作者加油添醬、刻意神化之戲言耳。有些僧人不僅好弈，還擅寫詩，釋貫休〈棋〉云：

> 棋信無聲樂，偏宜境寂寥。著高圖暗合，勢王氣彌驕。人事掀天盡，光陰動地銷。因知韋氏論，不獨為吳朝。〔註48〕

貫休是晚唐到五代著名的詩僧，也是棋僧。「簾卷茶煙縈墮葉，月明棋子落深苔」、〔註49〕「琴彈溪月側，棋次砌雲殘」，〔註50〕清新脫俗，都是他詠棋的佳句，亦顯示其方外弈棋生活閑雅之一面。本詩強調圍棋是一種無聲的樂趣，適宜在清靜寂寥的環境氣氛中進行；但也因雙方爭鋒鬥智、殫精勞神，以致人事盡廢、光陰流逝，此與三國東吳太子孫和認為圍棋「妨事費日而無益於用，勞精損思而終無所成」的觀念一致。〔註51〕故作者雖愛弈棋，卻也深知其弊，因而贊成韋昭〈博弈論〉禁戒圍棋的說法。

　　自從圍棋與佛教結下不解之緣後，文人士大夫禮佛參禪之餘，亦喜與方外之人以手談論交、相互唱和，晚唐張喬即為一例，其〈詠棋子贈弈僧〉云：

> 黑白誰能用入玄？千回生死體方圓。空門說得恆沙劫，應笑終年為一先。〔註52〕

作者另有〈贈棋僧侶〉詩，〔註53〕可見他與棋僧互動頻繁，頗有相知相惜之情。本詩詠棋子之圓，象徵佛家生死輪迴之說；以無數的「恆沙劫」為雙關，暗喻圍棋之劫。末尾引前述一行禪師爭先之典與空門對比，寓含嘲弄之意。可謂亦莊亦諧、耐人尋味之作。這些棋僧雖為出家人，言談舉止卻頗有名士之風，與社會名流興味相投。唐代劉禹錫〈觀棋歌送儇師西遊〉，刻畫一位嗜棋如癡的棋僧形象，詩云：

> 長沙男子東林師，閑讀藝經工弈棋。有時凝思如入定，暗覆一局誰

〔註48〕（清）聖祖：《全唐詩》（臺北：宏業書局，1977 年 6 月），卷 829，頁 9348。
〔註49〕語出〈將入匡山宿韓判官宅〉。同註 48，卷 837，頁 9434。
〔註50〕語出〈聞赤松舒道士下世〉。同註 48，卷 830，頁 9365。
〔註51〕參考本論文第肆章第二節〈兩漢三國儒教下的末流小技〉。
〔註52〕同註 48，卷 639，頁 7329。
〔註53〕張喬〈贈棋僧侶〉云：「機謀時未有，多向弈棋銷。已與山僧敵，無令海客饒。靜驅雲陣起，疏點雁行遙。夜雨如相憶，松窗更見招。」同註 48，卷 638，頁 7319。

能知？今年訪予來小桂，方袍袖中貯新勢。山城無事愁日長，白晝懵懵眠匡牀。因君臨局看鬬智，不覺遲景沈西牆。自從仙人遇樵子，直到開元王長史。前身後身付餘習，百變千化無窮已。初疑磊落曙天星，次見搏擊三秋兵。雁行布陣眾未曉，虎穴得子人皆驚。行盡三湘不逢敵，終日饒人損機格。自言臺閣有知音，悠悠遠起西遊心。商山夏木陰寂寂，好處徘徊駐飛錫。忽思爭道畫平沙，獨笑無言心有適。藹藹京城在九天，貴遊豪士足華筵。此時一行出人意，賭取名聲不要錢。〔註54〕

東林寺僧人儇師，念佛之餘，喜歡讀藝經和下圍棋。有時暗自打譜覆局，專心凝思的程度，如參禪入定一般。其棋藝超群，打遍三湘無敵手，聽聞京城有知音好手，遂起西遊之心。作者珍惜與友人的情誼，臨別之際，贈詩留念。其中「初疑磊落曙天星，次見搏擊三秋兵。雁行布陣眾未曉，虎穴得子人皆驚」，寫自然之景，喻弈棋之趣，非有深湛棋藝，不易道此語。〔註55〕末尾以示現之筆，預想儇師入京後或駐杖觀棋，或上陣對弈，在貴游豪士間贏得名聲。然而出家人當四大皆空、不住色相，不應執戀於弈棋和名聲，儇師嗜棋若此，實在有違佛法修行本旨。棋僧浩初，亦為劉禹錫摯友，劉禹錫〈海陽湖別浩初師・引〉云：

按師為詩頗清，而弈棋至第三品，三道皆足以取幸於士大夫，宜薰餘習以深入也。會吳郡以山水冠世，海陽又以奇甲一州，師慕道，於泉石宜篤，故攜之以嬉。及言旋，復引以共載於湖上，弈於樹石間，以植沃州之因緣，宜賦詩具道其事。〔註56〕

浩初師能詩善弈，棋力達三品，與作者相契甚深，「共載於湖上，弈於樹石間」，彼此酬唱對弈，結下深厚的情誼。以上數例，皆說明方外之士與文人士大夫因棋相知相得的實情。

〔註54〕（唐）劉禹錫：《劉禹錫集》（北京：中華書局，1990年3月），卷29，頁398，冊下。

〔註55〕南宋胡仔《苕溪漁隱叢話後集》評云：「夢得〈觀棋歌〉云：『初疑磊落曙天星，次見搏擊三秋兵。雁行布陣眾未曉，虎穴得子人皆驚。』余嘗愛此數語，能模寫弈棋之趣，夢得必高於手談也。」（臺北：中華書局，1965年11月，四部備要本），卷12，頁3b。

〔註56〕同註54，卷29，頁397，冊下。

二、棋禪合一

　　圍棋所以能和佛教快速融合，除了得力於棋僧與文人士大夫階層的交流往還，根本原因是自魏晉南北朝以後，禪宗逐漸成為中國內地漢傳佛教的主流。禪學的起源，充滿了傳奇色彩，據聞釋迦牟尼在靈山會上說法，拈花示眾，不發一語。聽眾皆面面相覷，不知所以，惟迦葉尊者默然神會、微笑以對，釋迦牟尼知其領悟，乃曰：「吾有正法眼藏、涅槃妙心，實相無相，微妙法門，不立文字，教外別傳，咐囑摩訶迦葉。」〔註57〕此即禪宗「以心傳心」的由來。迦葉為印度禪初祖，其後傳至二十八代達摩，〔註58〕達摩來到中國後，遂成中國禪的初祖，後來將禪學奧旨傳給二祖慧可，慧可傳給三祖僧璨，僧璨傳給四祖道信，道信傳給五祖弘忍，弘忍傳給六祖惠能，〔註59〕於是影響千餘年之久，為中國思想、文學及藝術綻放異彩的禪宗，便大舉地興盛起來。

　　禪宗之「禪」原是從梵文「禪那」音譯而來，但其間意義頗有差別：「禪那」是指一種精神的集中，是有層次的冥想；而中國祖師所了解的禪，是指對本體的頓悟，或是對自性的參證。〔註60〕它雖根植於印度禪學，卻受到大乘佛學的推動，並與老莊思想、魏晉玄學相結合，〔註61〕形成一個生氣蓬勃、具有精緻的世界觀理論和獨特的解脫法門。它的特點在強調梵我合一，我心即佛，佛即我心，宇宙萬象、客體主體，皆為我心之幻化。欲達梵我合一之境，自有一套自心覺悟的解脫方式，不論是漸修還是頓悟，都要發掘人的本心和自性，惠能曾云：「本性是佛，離性無別佛。」〔註62〕又云：「我心自有

〔註57〕　（南宋）釋普濟：《五燈會元》（臺北：新文豐出版公司，1995 年 11 月）卷 1，頁 9a。

〔註58〕　印度禪法統說法不一，除二十八世說之外，尚有八世、二十三世、二十四世、二十五世、二十九世之說，可參考胡適〈荷澤大師神會傳〉之考證。收錄於《胡適學術代表作》（合肥：安徽教育出版社，2007 年 1 月），中卷，頁 198～201。

〔註59〕　《六祖壇經・行由品》云：「（五祖）三更受法，人盡不知，便傳頓教及衣鉢。云：『汝（惠能）為六代祖，善自護念，廣度有情，流布將來，無令斷絕！』」（唐）釋惠能：《六祖壇經》（臺北：慈雲山莊三慧學處，1994 年 8 月），頁 41。

〔註60〕　參考吳經熊：《禪學的黃金時代》（臺北：臺灣商務印書館，1989 年 5 月），頁 2。

〔註61〕　張節末：《禪宗美學》（臺北：宗博出版社，2003 年 3 月），頁 36～86。

〔註62〕　語出《六祖壇經・般若品》。同註 59，頁 65。

佛，自佛是真佛。」〔註63〕又云：「若識自心見性，皆成佛道。」〔註64〕佛家
認為一切法皆是因緣所生，並處於永恆的流轉中，所謂「一切唯心造」、〔註
65〕「一念三千」〔註66〕或「心生種種法生，心滅種種法滅，〔註67〕是將人的
生命活動及一切現象歸結為精神現象。禪宗是佛教的一支，是一種中國式的
精神現象哲學，最關心也最重視人的自我拯救與解脫，要人破除偶像和天命
的觀念，拋開經典，突出自性，超脫煩惱而成佛。〔註68〕它不像莊子以齊物
論泯滅物我之間的一切差別，追求物化的平等和逍遙；而是在空、有之間的
動態依違，憑藉直觀、頓悟找到一個空有兩不執或兩破的境界，從而獲得自
在解脫。張節末於此釋之甚諦，乃云：「悟是什麼？是對空的直觀，是透過假
象看到真實（象外），是剎那間突如其來地發現光明，是佛性我的挺立，是個
體自由的境界。它同樣摒棄對道德、權力和經驗即世俗種種關注，包括莊子
所把握不了的時空，而把注意力集中到對萬象的看破，即所謂的無相。這種
人格，最強大的精神力量是對空和佛性我的覺悟。如果說莊子的美學是對茫
茫時空中倏忽變化之萬物的感性經驗，那佛教悟的美學就是對時空及其中之
萬物的根本否定，是看空的感性經驗。看空世界的結果則是反過來對主觀心
之肯認，這個心就是般若（無相）與涅槃（佛性我）的狀態。」〔註69〕「不
立文字，直指人心」，禪宗這種當下的自性覺悟，拋棄邏輯思維中如概念、判
斷、推理等必要的程序，突破了物象的界限，也超越時空及一切語言文字所
能表詮的範圍，所以禪師很少用語言解說什麼是道，有時為了示教於人，又
不得不說，遂弄出許多公案來，如《五燈會元》記「俱胝斷指」事云：

> 龍豎一指示之，師當下大悟。自此凡有學者參問，師唯舉一指，無
> 別提唱。有一供過童子，每見人問事，亦豎指祇對。人謂師曰：「和

〔註63〕語出《六祖壇經・付囑品》。同註59，頁301。
〔註64〕語出《六祖壇經・般若品》。同註59，頁83。
〔註65〕《華嚴經》偈句。（唐）釋實叉難陀譯：《大方廣佛華嚴經》（臺北：佛陀教育基金會，2011年5月），卷19，頁616。
〔註66〕「一念三千」之說由智顗大師所提出，為天臺宗的觀心法門。其《摩訶止觀》云：「夫一心具十法界，一法界又具十法界、百法界，一界具三十種世間，百法界即具三千種世間。此三千在一念心，若無心而已，介爾有心，即具三千。」（南朝陳）釋智顗：《摩訶止觀》（臺北：佛光事業有限公司，1998年6月），卷5上，頁239。
〔註67〕語出《六祖壇經・付囑品》。同註59，頁301。
〔註68〕參考張節末《禪宗美學》。同註61，頁26。
〔註69〕見《禪宗美學》。同註61，頁80。

尚，童子亦會佛法，凡有問皆如和尚豎指。」師一日潛袖刀子，問童曰：「聞你會佛法，是否？」童曰：「是。」師曰：「如何是佛？」童豎起指頭，師以刀斷其指，童叫喚走出。師召童子，童回首。師曰：「如何是佛？」童舉手不見指頭，豁然大悟。〔註70〕

俱胝爲實際尼姑問道所惑，後受天龍和尚豎一指點化而徹悟。〔註71〕這一指猶如棒喝，是謂一即一切，一切即一，空有一如，眞妄一如，天地與我爲一，萬化與佛性亦爲一。童子有樣學樣，撿個現成之悟，非如俱胝歷經一番疑情糾結、參往內心深處的過程，故其悟是假非眞。俱胝亮刀之際，童子必然驚惶失措，腦中一片昏沈空白；待刀起指落，劇痛讓童子清醒。當腦袋處於空白和清醒的狀態，就容易逼出本心、接近開悟了。俱胝立刻叫住出走的童子，逼問如何是佛，童了慣性地豎起那根指頭，發現指頭不見。當下正是精神高度專注的難得機緣，童子不僅指頭个見，疼痛不見，身體不見，師父也不見，只感覺到純粹的靈智之光。俱胝這一刀，不是爲了斷指，而是爲了斬去童子的思量分別。由此而我相破，我相破則心通，心通則一切法通，童子遂豁然開悟。由此可知，禪宗的覺悟具有突發性、偶然性、特殊性及個體性，在機緣成熟之時，以最適當的角度，給予最後的臨門一腳，幫助不同根器的修行者在電光火石的刹那間契悟。

圍棋被稱爲「手談」，是弈者間無聲的對話和心知的交流。在高手對弈過程中，總是處處機鋒、妙諦紛呈，卻不假語言和文字的表述，此與禪家頗有相通之處。蘇軾好弈，又好鬥機鋒，《東坡志林》載云：

南岳李巖老好睡，眾人食飽下碁，巖老輒就枕，閱數局乃一展轉，云：「君幾局矣？」東坡曰：「巖老常用四腳碁盤，只著一色黑子。昔與邊韶敵手，今被陳摶饒先。著時自有輸贏，著了並無一物。」〔註72〕

李巖老嗜睡，蘇軾以棋爲喻戲謔之。「常用四腳棋盤」是謂巖老常伸開四肢大睡；「只著一色黑子」，指閉眼大睡，眼前一片漆黑。末尾「著時自有輸贏，著了並無一物」兩句似參話頭，暗喻人生如棋亦如夢，一局棋還如一夢，局中之人亦猶夢中之人，兀自執迷於輸贏；待棋罷夢醒，方悟原無一物在。此

〔註70〕同註57，卷4，頁48a～48b。
〔註71〕同註57，卷4，頁48a～48b。
〔註72〕蘇軾：《東坡志林》（臺北：木鐸出版社，1982年5月），卷1，頁20。

與惠能「本來無一物，何處惹塵埃」偈句有異曲同工之妙。〔註 73〕《五燈會元》中記載歐陽修請法遠和尚因棋說法之事，其文云：

> 歐陽文忠公聞師（法遠）奇逸，造其室，未有以異之。與客棊，師坐其旁，文忠遽收局，請因棊說法。師即令摑皷陞坐，曰：「若論此事，如兩家著棊相似。何謂也？敵手知音，當機不讓。……休誇國手，謾說神僊。贏局輸籌即不問，且道黑白未分時，一著落在什麼處？」良久，曰：「從來十九路，迷悟幾多人！」文忠加歎，從容謂同僚曰：「脩初疑禪語爲虛誕，今日見此老機緣，所得所造，非悟明於心地，安能有此妙旨哉！」〔註74〕

法遠既精棋理，又通禪理，其機鋒妙處，落在「且道黑白未分時，一著落在什麼處」二句。惠能云：「我此法門，從上以來，先立無念爲宗，無相爲體，無住爲本。」〔註 75〕「無相」意爲在任何時候對任何現象均不執著，即「於相而離相」，無相是離相，是把相看空，而非與相絕緣；「無念」並非沒有念，而是自性起念、「於念而不念」之意；「無住」則不執著於相，亦不執著於念，無所住而生其心，則自性清淨、梵我同一。「且道黑白未分時」，是無相爲體；「一著落在什麼處」，無住即無著，無著即無住，既不落在什麼處，亦可落在任何處，即無念爲宗、無住爲本。故法遠因棋說法二句偈，不僅證立慧能所示法門，亦說明了「棋與禪通可悟人」的道理。〔註 76〕

明代馮元仲〈弈難〉，則是「以禪解棋」之作，其文云：

> 弈難，設爲問答而寓言焉，如客難、賓戲、烏有、亡是類也。……難曰：「從前十九路，云何而有所住然？」「余其返之太素，且道黑白未分時，一著落在什麼處？」難曰：「方四、聚五、花六、持七，云何肇於一然？」「余其太虛爲室，著時自有輸贏，著了並無一物。」……難曰：「子胡不深其壘，伏萬矢，出不出，止不止然？」「余幸逃于東奔西靡，勝固欣然，敗亦可喜。」難曰：「子胡不設詐坑，屈人兵然？」「余不摻奇贏與世爭，唯其無所爭，故能入于不死不生。」……難曰：「子胡不工十三篇，妙藉手傳然？」「余何暇焉？

〔註73〕語出《六祖壇經·行由品》。同註 59，頁 35。
〔註74〕同註 57，卷 12，頁 18a。
〔註75〕語出《六祖壇經·定慧品》。同註 59，頁 141。
〔註76〕語見徐照〈贈從善上人〉詩。（南宋）徐照：《芳蘭軒詩集》（臺北：新文豐出版公司，1989 年 7 月，叢書集成續編），卷上，頁 4b～5a，冊 166。

混沌譜，但欲眠，昔與邊韶敵手，今被陳摶饒先。」〔註77〕
此為作者仿答客體的遊戲之作，文中引李巖老「且道黑白未分時，一著落在
什麼處」、王安石「唯其無所爭，故能入於不死不生」〔註78〕以及蘇軾「著時
自有輸贏，著了並無一物」、「勝固欣然，敗亦可喜」、「昔與邊韶敵手，今被
陳摶饒先」之語應難。棋與禪通，究竟之處，凡所有相，皆是虛妄，須離黑
白、勝敗、死生，又即黑白、勝敗、死生。通篇玄之又玄、饒富機趣，似棋
似禪，非棋非禪，亦棋亦禪，讓人似悟非悟，一般棋手或不諳佛理之人看後，
恐將益滋疑惑吧！

　　禪宗對中國古代文藝的影響，是它的空觀使人的審美經驗臻於境界化。
自魏晉以後，文人在此空觀的薰染下，遂有禪的詩化和詩的禪化，禪境與詩
境融而為一。就禪家而言，心境與視境無二，是一不可分割的禪觀或直觀，
〔註79〕所謂「一切聲是佛聲，一切色是佛色」，〔註80〕是將每一色、聲都當
成獨一無二的感性現象，當禪家看到或聽到它時，剎那間產生了空的直觀。
故禪家為詩，每多空觀為體、直觀為用，與兩者混融而成極妙之境，如唐代
無盡藏比丘尼〈悟道〉詩云：「盡日尋春不見春，芒鞵踏遍隴頭雲。歸來笑
撚梅花嗅，春在枝頭已十分。」〔註81〕又如王維〈終南別業〉云：「行到水
窮處，坐看雲起時。」〔註82〕二詩皆於淡泊中蘊藏無窮生機，作者把現象與

〔註77〕收錄於國家圖書館分館編：《中國歷代圍棋棋譜》（北京：北京圖書館出版社，
　　　　2004年8月），頁62～64，冊1。
〔註78〕北宋釋惠洪《冷齋夜話》云：「舒王在鍾山，有道士求謁，因與棋，輒作數語
　　　　曰：『彼亦不敢先，此亦不敢先，惟其不敢先，是以無所爭，故能入於不死不
　　　　生。』舒王笑曰：『此特棋隱語也。』」收錄於歷代學人：《筆記小說大觀》（臺
　　　　北：新興書局有限公司，1978年9月），22編，卷3，頁597，冊1。
〔註79〕葛兆光〈禪意的「雲」：唐詩中一個語詞的分析〉云：「當禪宗式的體驗出現
　　　　後，人們的視境就發生了變化。……在他們的視境中，鬱鬱黃花、青青翠竹，
　　　　無一不有個禪心在，馬祖道一云『凡所見色，皆是見心』，正是這個意思，因
　　　　此他們並不分別物象與心靈的差異，而尋求心物的合一。」收錄於《中國宗
　　　　教與文學論集》（北京：清華大學出版社，1998年8月），頁105～106。細辨
　　　　馬祖道一的意思，色不是心「投射」或「染」的對象，心境與視境本來是一
　　　　個東西，因此說它是一個不可分割的直觀或禪觀更合適。
〔註80〕（五代）釋文偃：《雲門匡真禪師語錄》（嘉興寺楞嚴寺方冊藏經續藏經），卷
　　　　2，頁6b。
〔註81〕（南宋）羅大經：《鶴林玉露》（北京：中華書局，1997年12月），丙編，卷
　　　　6，頁346。
〔註82〕同註48，卷126，頁1276。

本體打成一片，現象透處即本體，本體顯處即現象，一切道、一切理，歷歷
分明，如在目前。

　　棋與禪通，禪與詩諧，若將三境合一，更教人悠然神往。弈棋是僧人、
文士參禪悟道的法門之一，尤其在戶外山水林叢間對弈，更易窺見生命與造
化之奧妙。如白居易〈池上二絕・其一〉云：

　　　　山僧對碁坐，局上竹陰清。映竹無人見，時聞下子聲。〔註83〕

山僧竹林對弈，枰上竹影照映、棋聲間出，色聲對舉，似有若無，意趣幽深，
禪味十足。又如晚唐溫庭筠〈贈僧雲栖〉云：

　　　　塵尾與筇杖，幾年離石壇。梵餘林雪厚，棋罷岳鐘殘。開卷喜先悟，

　　　　漱鮮知早寒。衡陽寺前雁，今日到長安。〔註84〕

由末尾兩句觀之，雲棲和尚可能是由衡陽赴長安，臨別之際，作者賦詩為贈。
其中「梵餘林雪厚，棋罷嶽鐘殘」二句，依然是聲色對舉，有「萬古長空，
一朝風月」之境，〔註85〕猶如一線初升的曙光，射入吾人心扉，在永恆的時
間之流中，忽然在棋罷和鐘聲停止剎那的躍動中，驚懍於天地的悠悠、萬化
的寂靜。又如晚唐吳融〈寄僧〉云：

　　　　柳拂池光一點清，紫方袍袖杖藜行。

　　　　偶傳新句來中禁，誰把閒書寄上卿？

　　　　錫倚山根重蘚破，棋敲石面碎雲生。

　　　　應憐正視淮王詔，不識東林物外情。〔註86〕

此詩描述作者與一方外之人的交誼，頗有欣羨之情。「錫倚山根重蘚破，棋敲
石面碎雲生」，在拄杖於地、棋敲石枰之際，驚看蘚破雲碎，彷彿在永恆的沉
寂中，突然爆出一聲空谷之音。就在此一瞬間，有了形，有了色，有了生命

〔註83〕　（唐）白居易：《白氏長慶集》（臺北：臺灣商務印書館，1979 年 11 月，四部
　　　　　叢刊正編影印上海涵芬樓借江南圖書館藏日本翻宋大字本），卷 65，頁 14b，
　　　　　總頁 797，冊 36。

〔註84〕　同註48，卷 582，頁 6746。

〔註85〕　《續傳燈錄》云：「福川中際善能禪師，嚴陵人。往來龍門雲居有年，未有所
　　　　　證。一日普請擇菜次，高庵忽以貓兒擲師懷中。師擬議，庵攔胸踏倒，於是
　　　　　大事洞明。上堂：『萬古長空，一朝風月。不可以一朝風月昧卻萬古長空，不
　　　　　可以萬古長空不明一朝風月。且如何是一朝風月？人皆畏炎熱，我愛夏日長。
　　　　　薰風自南來，殿閣生微涼。會與不會切忌承當。』」（明）釋元極：《續傳燈錄》
　　　　　（明崇禎乙亥八年至九年嘉興楞嚴寺刊本），卷 33，頁 2b～3a。

〔註86〕　同註48，卷 684，頁 7849。

的躍動，不知這一切是如何發生的，帶領吾人進入一個嶄新而欣喜的境地。類似的詩句頗多，如「醉眠風卷簟，棋罷月移階」、〔註87〕「垂枝松落子，側頂鶴聽棋」、〔註88〕「琴彈溪月側，棋次硯雲殘」、〔註89〕「落花方滿地，一局到斜暉」、〔註90〕「茶煙逢石斷，棊響入花深」等，〔註91〕皆為棋境融於自然物象後表現禪意之例。

禪宗否定語言文字對思維的表達能力，是因為直覺觀照是超理性的、自由飄忽的、不停跳躍的，一旦用語言文字固定下來，其內蘊就不免陷入外在概念、邏輯與形象的束縛，顯得滯累和貧乏。何況這種瞬間的頓悟，「說似一物即不中」，〔註92〕且帶有神祕色彩，常讓人對它的突如其來感到困惑。故發而為詩，則語詞含糊又玄妙，作者往往擺脫單純物象的比擬，而通過物象來表現自己對哲理的體悟。其內涵遠超出所表現的具體物象，其深度亦遠超過語言文字的表面意義。上引諸例，皆將弈棋與天地萬物融為一體，成為自然景象，透露著的旋律與脈動，詩人心靈觸處，子落聲起，在清幽寒靜之中，乍現無限蓬勃的生機，當下表現出對道的透悟。此棋禪一境的圓合，實可謂佛門弈事最高妙極致之所在。

第三節　國手傳奇

在源遠流長的圍棋發展史中，湧現許多技藝超群的國手，或待詔於宮廷，或揚威於民間。他們原非仕宦階層，多為一般庶民，不具備高度的文化知識水平，走的是以爭勝負為主的職業之路；但由於他們在棋藝上不斷突破創新，遂使吾國「棋手棋」之傳統得以發揚光大。在史家的筆下，他們的生平事蹟往往帶有豐富的傳奇色彩，不僅為世人所樂道，也使圍棋文化增添無窮魅力。

一、王積薪、劉仲甫江湖鬻技

最早見於史載的國手是戰國時期的弈秋，僅知他是「通國之善弈者」，曾

〔註87〕語出張祜〈題曾氏園林〉。同註48，卷510，頁5810。
〔註88〕語出賈島〈送譚遠上人〉。同註48，卷573，頁6654。
〔註89〕語出釋貫休〈聞赤松舒道士下世〉。同註48，卷830，頁9365。
〔註90〕語出釋貫休〈觀棋〉。同註48，卷833，頁9402。
〔註91〕語出北宋釋希晝〈寄題武當郡守吏隱亭〉。傅璇琮等編：《全宋詩》（北京：北京大學出版社，1998年12月），卷125，頁1441，冊3。
〔註92〕語出《六祖壇經・機緣品》。同註59，頁213。

招收門徒授藝，〔註 93〕其餘之生平記載則闕如。弈秋之後，國手代有人出，唐朝圍棋高峰王積薪尤負盛名，棋士生涯充斥諸多怪異傳聞。相傳其高超技藝乃神仙所授，本論文第柒章第一節引逆旅遇婦姑口弈一事，雖曲折生動、引人入勝，卻係好事者刻意塗彩增飾，誠屬荒誕不經；此外，另有他「夢青龍吐棊經九部授己，其藝頓精」之說，〔註 94〕亦雜幾分仙氣，同樣不可盡信。有關王積薪生平的記載甚少，較徵實者如唐代馮贄《雲仙雜記》所云：

> 王積薪每出遊，必攜圍棊短具，畫紙為局，與棊子并盛竹筒中，繫于車轅馬鬣間。道上雖遇匹夫，亦與對手。勝則徵餅餌牛酒，取飽而去。〔註 95〕

唐代士人好遊訪天下，結交俊豪名流，攀附公卿權貴，以揄揚聲價，藉機入仕。據馮贄所言，王積薪在未入宮任玄宗棋待詔之前，只是一介寒士，出遊時帶著簡陋的棋具。由「道上雖遇匹夫，亦與對手。勝則徵餅餌牛酒，取飽而去」觀之，他為了餬口，不計較對手的身份地位，即便是棋藝低劣的村野匹夫，也照下不誤。以他無敵的棋力，竟不能贏錢致富，實因唐代法律嚴禁以博戲賭財物，飲食則不在其限。〔註 96〕因此王積薪不敢觸犯法律，即使對局取勝，其代價只能換取微薄的酒食裹腹而已。可見當時江湖藝人謀生不易，難怪他要遊歷京師，挾技賭取聲名，取幸於貴遊階層，〔註 97〕以謀得一官半職，最後如願以償，當上棋待詔。

北宋晚期棋待詔大國手劉仲甫，入仕前亦經歷一段流落市井、賭棋維生的歲月，何薳《春渚紀聞》載云：

> 棊待詔劉仲甫，初自江西入都，行次錢塘，舍于逆旅。逆旅主人陳餘慶言：「仲甫舍館既定，即出市遊，每至夜分，方扣户而歸。初不

〔註 93〕事見《孟子・告子章句上》。詳見本論文第肆章第一節〈先秦圍棋的消閒定位〉。

〔註 94〕（唐）馮贄：《雲仙雜記》（臺北：臺灣商務印書館，1981 年 2 月，四部叢刊廣編），卷 6，頁 1b，冊 29。

〔註 95〕同上註，頁 5a。

〔註 96〕按唐代長孫無忌《唐律疏議・雜律》云：「諸博戲賭財物者，各杖一百；舉博為例，餘戲皆是。贓重者，各依己分，準盜論。輸者，亦依己分為從坐。其停止主人及出玖，若和合者各如之。賭飲食者不坐。」賭贏之錢，若盡用為飲食，則不合罪。（各埠：商務印書館，1939 年 12 月），頁 34～35，冊 4。

〔註 97〕段成式《酉陽雜俎・語資》云：「一行公本不解弈，因會燕公宅，觀王積薪棊一局，遂與之敵。」由此可推測，王積薪曾受燕國公張說賞識，在其府邸獻藝。其後充任棋待詔，亦可能是張說所薦。同註 47。

知爲何等人也，一日晨起，忽於邸前懸一幟云：『江南碁客劉仲甫奉饒天下碁先。』并出銀盆酒器等三百星，云以此償博負也。須臾觀者如堵，即傳諸好事。翌日，數土豪集善碁者會城北紫霄宮，且出銀如其數，推一碁品最高者與之對手。始下至五十餘子，眾視白勢似北；更行百餘碁，對手者亦韜手自得，責其誇言曰：『今局勢已判，黑當贏籌矣。』仲甫曰：『未也。』更行二十餘子，仲甫忽盡斂局子，觀者合噪曰：『是欲將抵負耶！』仲甫袖手徐謂曰：『仲甫江南人，少好此伎，忽似有解，因人推譽致達國手。年來數爲人相迫，欲薦補翰林祗應，而心念錢塘一都會，高人勝士，精此者眾，某人謂之一關。仲甫之藝，若幸有一著之勝，則可前進。凡駐此旬日矣，日就碁會觀諸名手對奕，盡見品次矣。故敢出此標示，非狂僭也。』如某人某日某白布大勝，而先應碁苕；某日某局黑本有籌，而誤於應刼，卻致敗局。凡如此覆十餘局，觀者皆已愕然，心奇之矣。即覆前局，既無差誤，指謂眾曰：『此局以諸人視之，黑勢贏籌，固白灼然；以仲甫觀之，則有一覔著，白復勝不下十數路也。然仲甫不敢遽下，在席高品幸精思之，若見此者，即仲甫當攜挈累還鄉里，不敢復名碁也。』於是眾碁極竭心思，務有致勝者，久之不得，已而請仲甫盡著。仲甫即於不當敵處下子，眾愈不解，仲甫曰：『此著二十著後方用也。』即就邊角合局，果下二十餘著，正遇此子，局勢大變。及斂子排局，果勝十三路，眾觀，於是始伏其精至，盡以所對酒器與之，延款十數日，復厚斂以贐其行。至都，試補翰林祗應，擅名二十餘年，無與敵者。」〔註98〕

錢塘圍棋好手薈萃，劉仲甫來此不過旬日，就摸清了他們的底細，棋藝遠不及己，故敢張幟叫陣賭局。眾推一棋品最高者與之對手，眼見勝卷在握，不料劉仲甫算路精深，早已看清幾十手後的變化，在即將輸籌之際，特別賣個關子，暗伏一起死回生之妙著，讓現場觀眾猜測，製造懸疑詭祕的氣氛；最後再以實戰驗證所言，令所有參與者皆嘆服。在答案揭曉前，他還侃侃談論十日來觀某人某局該贏未贏的原因，指出其失著所在；並重覆棋局，一著都不誤差，展現了超凡的技藝和記憶力。這般類似現代棋手兼棋戰解說員的一

〔註98〕　（北宋）何薳：《春渚紀聞》（臺北：藝文印書館，1965年，百部叢書集成學津討源本），卷2，頁13b～15a。

流表演，使這場市井之弈跌宕起伏、扣人心弦，創造了極佳的娛樂效果，不僅為自己打響名號，也讓荷包滿滿，不愁京師之行缺乏盤纏。足見劉仲甫算計功夫了得，不僅精擅棋藝，還頗有商業頭腦，懂得如何創造最人的獲利空間。

劉仲甫稱霸弈壇二十餘年無敵手，但是江山代有才人出，棋力與之伯仲或能超越者不乏其人，《春渚紀聞》又云：

> 近世士大夫碁，無出三衢祝不疑之右者。紹聖初，不疑以計偕赴禮部試。至都，為里人拉至寺庭觀國手碁集，劉仲甫在焉。眾請不疑與仲甫就局，祝請受子，仲甫曰：「士大夫非高品不復能至此，對手且當爭先。」不得已受先。逮至終局，而不疑敗三路。不疑曰：「此可受子矣。」仲甫曰：「吾觀官人之碁，若初分布，仲甫不能加也，但未盡著耳。若如前局，雖五子可饒，況先手乎？」不疑俛笑，因與分先。始下三十餘子，仲甫拱手曰：「敢請官人姓氏與鄉里否？」眾以信州李子明長官為對。劉仲甫曰：「仲甫賤藝，備乏翰林，雖不出國門，而天下名碁，無不知其名氏者。數年來，獨聞衢州祝不疑先輩，名品高著，人傳今秋被州薦來試南省，若審其人，則仲甫今日適有客集，不獲終局，當俟朝夕，親詣行館盡藝祗應也。」眾以實對，仲甫再三嘆服曰：「名下無虛士也。」後雖數相訪，竟不復以碁為言，蓋知不敵，恐貽國手之羞也。〔註99〕

祝不疑是當時士大夫棋中的頂尖高手，棋藝不遜於職業水準。劉仲甫對「天下名棋」瞭若指掌，幾經交手，棋局未竟，即猜出對手是祝不疑，遂以翰林待詔的身份表達敬佩之意，並願私下登門造訪。其實他「蓋知不敵，恐貽國手之羞也」，「今日適有客集，不獲終局」云云，乃其轉移焦點、避開決戰的託辭。最終雖然勉強地保住了自己的聲譽，不過其國手榮銜難免蒙上一層疑慮的陰影。

對任何盛極一時的圍棋名手而言，隨著年齡的增長、體力的衰退，棋藝自然由巔峰下滑；何況長江後浪推前浪，一代新人換舊人，是必然得面對的殘酷現實。劉仲甫自不例外，北宋蔡條《鐵圍山叢談》云：

> 及政和初，晉士明者，自河東來輦下，方年二十八九，獨直出仲甫右，一時又較之，乃高仲甫兩道猶有餘。其藝左右縱橫、神出鬼沒，

〔註99〕同上註，頁 15a～16a。

於是聲名一旦赫然。即日富貴，然終不棄其故妻，縉紳閒尤多之。
先哲廟時，有棊手號王憨子者，以其能迫仲甫，未幾而病心死，故
世謂仲甫陰害之也。及士明出，仲甫聞而呼之與角，遂爲士明再連
敗之。於是仲甫乃欲以女妻之，則又辭曰：「我有室矣。」仲甫悵不
悦，居月餘，偶以疾俎。〔註100〕

為了維繫國手第一的寶座於不墜，劉仲甫對付棋敵不擇手段。王憨子爲市井
高弈，實力嚴重威脅仲甫的國手地位。他是如何被「陰害」而死不得而知，
但至少說明劉仲甫爲人不甚光明磊落。及後起之秀晉士明出，劉仲甫四度敗
給他，使出結兒女親家的籠絡手段未見效，因此悵然而卒。好事者益爲浮言，
稱晉士明乃王憨子轉世來爲復仇者。〔註101〕

　　蔡絛所記是否公允，抑或有刻意貶低劉仲甫之嫌，不得而知；然而從不
同角度觀之，劉仲甫出戰晉士明時已是垂暮之年，士明不過二十來歲，在年
齡上佔有絕大優勢，即使再四戰勝仲甫，並不代表其技藝過之。再者，劉仲
甫欲以女妻之，也可能是出於愛才惜才之情，未必就是藉籠絡親家關係以掩
飾自己的敗績。其間的是非曲直，恐非盡如蔡絛所言，實難有定論。

二、過百齡高節義行

　　在歷代圍棋國手中，劉仲甫的品行頗受後世訾議；反之，亦有人格高尚、
甚負奇節者，晚明弈壇殿軍無錫過百齡即是。有關過百齡的生平事蹟，據清
代裘毓麐《清代軼聞・過百齡傳》云：

無錫固多佳山水，間生瑰閎奇特之士，嘗以道藝爲世稱述。……百
齡，名文年，爲邑名家子，生而穎慧，好讀書。十一歲時，見人弈，
則知虛實、先後、進擊、退守法，曰：「是無難也。」與人弈，輒勝，
於是閭黨間無不奇百齡者。時福清葉閣學臺山先生，弈品居第二，
過錫山，求可與敵者，諸鄉先生以百齡應召，至則尚童子也，葉公
已奇之。及與弈，葉公輒負，諸鄉先生耳語百齡曰：「葉公顯者，若
當陽負，何屢勝？」百齡艴然曰：弈固小技，然枉道媚人，吾恥焉。

〔註100〕收錄於歷代學人：《筆記小説大觀》（臺北：新興書局有限公司，1975年2月），
　　　　6編，卷6，頁691，冊2。
〔註101〕蔡絛《鐵圍山叢談》云：「蓋（劉仲甫）往往爲士明所挫，死，故好事者益爲
　　　　浮言，計憨子死之歲，實士明生之年也，則士明果憨子之後身，造物者俾之
　　　　復其讎云。」同上註。

－213－

況葉公賢者也，豈以此罪童子耶？」葉公果益器之，欲與俱北，以
學未竟辭。自是百齡之名，噪江以南。〔註102〕

由此可知，過百齡夙具奇才異稟，殆屬「圍棋神童」，僅十一歲之齡，竟憑觀
人對弈就學會下圍棋，不覺有何困難，每與他人對局都獲勝，因此聞名於鄉
里。葉向高（臺山）乃當朝宰臣，且棋藝高強，居於二品。過百齡與之交手，
不因其名位皆尊而枉道媚人，足見其少有節概；又能屢戰屢勝，證明其當時
棋力已臻一流。此後數年，過百齡潛心弈道，後受京師諸公卿的邀請北上獻
技，一舉擊敗老國手林符卿而成弈壇盟主；〔註103〕且接受天下高弈的挑戰，
無不一一降服之，而被尊為國手。〔註104〕過百齡非但棋品高，人品亦佳，仗
義疏財，雅馴有士行，裘毓麐續云：

當是時，居停主某錦衣者，以事繫獄。或謂百齡曰：「君為錦衣客，
須謹避，不然，禍將及。」百齡毅然曰：「錦衣遇我厚，今有難而去
之，不義，且我與之交，未嘗干以私，禍必不及。」時同客錦衣者
悉被繫，百齡竟免。以天下多故，百齡不欲久留，遂歸隱錫山，日
與一二酒徒，狂嘯縱飲，不屑屑與人弈，獨徵逐角戲以為樂。百齡
素貧，出遊輒得數百金，輒盡之博塞。其戚黨譙訶百齡，百齡曰：「吾
向者家徒壁立，今所得貲，俱以弈耳。得之弈，失之博，夫復何憾？
且人生貴適志，區區逐利者何為？」若百齡者可謂奇矣！以相國之
招而不去，以金吾之禍而不避，至知國家之傾覆而急歸。為公卿門
下客者，垂四十年，而未嘗有干請。若百齡者，僅謂之弈人乎哉？
〔註105〕

友人繫獄，明知自己可能遭受牽累，卻能臨難毋免，其惜情重義可見一斑。
明末天下多故，過百齡見家國即將傾覆，遂隱遁於錫山，不屑與人弈，日日

〔註102〕收錄於歷代學人：《筆記小說大觀》（臺北：新興書局，1977年3月），16編，
　　　　卷10，頁6601，冊10。
〔註103〕詳見裘毓麐《清代軼聞‧過百齡傳》。同上註，16編，卷10，頁6601～6602，
　　　　冊10。
〔註104〕《無錫縣志‧過百齡傳》云：「過文年，字柏齡。以善弈游京師，天下高手築
　　　　壁壘攻之者，無遠不至。文年開門延敵，莫敢仰視者，遂羣奉為國手。自是
　　　　數十年，天下言弈者，以文年為宗。」（清）王鎬：《無錫縣志》（南京：鳳凰
　　　　出版社，2011年2月），卷35，頁11b～12a。
〔註105〕語出裘毓麐《清代軼聞‧過百齡傳》。同註102，16編，卷10，頁6002，冊
　　　　10。

買醉，浪擲千金，與前者判若兩人。其實他的心情同許多明末的遺老一般，不願政權流落異族之手而受其統治，乃佯狂避世，以寄寓亡國的隱痛與哀思。一代大國手，幼而有志，不枉道媚人；壯而有義，不貪生怕死；老而有識，不攀權逐利。更難能可貴者，他有著強烈的民族意識與愛國情操，難怪秦松齡對之推崇備至，「僅謂之弈人乎哉」，意謂過百齡已不只是個圍棋高手，其「瑰閎奇特」之行，不僅震動當世，亦可為後人楷則。

三、黃龍士、徐星友師徒恩怨

有清一代，國弈輩出，康熙朝間，「國初十四聖人」之一的黃龍士弈藝超絕，同時期之高手莫不翕然從風、贊揚備至。其徒徐星友相從甚密，兩人「血淚」之戰傳為弈壇佳話。〔註106〕有關他們的生平、為人及師徒關係，民間傳聞紛雜，如裘毓麐《清代軼聞》云：

> 黃龍七、徐星友，皆前清乾隆時國弈也。黃年長於徐，棋亦較勝於徐。徐之能成國弈者，頗得黃之獎借。二人同時為內廷供奉。前清廷例，凡為供奉，均賞有五六品職銜，是供奉已有官階矣。黃為人誠樸不苟，徐則機械百端，善於運動，專一結納內監，凡內廷之舉動，徐每預先知之。一日，徐詣黃曰：「君棋實勝於某，惟君勝局已不為少矣，下次御前相較，能稍讓一子，以全某一日之名否？」黃笑應之曰：「是亦何難！」明日，內廷忽召二人入，乾隆指案上一描金朱漆匣曰：「內有一物，汝二人弈，勝者取之。」二人遵命對弈。弈畢，徐勝黃負，乾隆太息謂黃曰：「汝棋雖勝於彼，其如命不如彼何？」命內侍啓匣，出知府文憑一紙付徐。黃見之愕然，惱恨無及，默不一言。徐即時叩首領謝而出。蓋已早得內監報，知匣中之為何物，故先一日詣黃關說，黃竟墮其術中矣。〔註107〕

此說見似言之鑿鑿、煞有介事，其實破綻處處，荒謬可笑，不可當真。首先，黃、徐二人皆為庶民身份，信史中不見二人供職內廷的記載。再者，黃龍士

〔註106〕語見李汝珍《受子譜選・凡例》云：「黃龍士與徐星友十局，名〈血淚篇〉。是時徐已成二手，黃故抑之以三子，其間各竭心思，新奇突兀，乃前古所未有。十局終後，徐遂成國弈，可見心機愈逼愈妙，抑之者正以成之也。」收錄於《中國歷代圍棋棋譜》，同註77，頁5741～5742，冊14。

〔註107〕同註102，16編，卷10，頁6600，冊10。

生於清初，約在順治八年（西元 1651 年）左右，〔註108〕卒年則不詳，考其生平棋局，未有與後四大家梁魏今、程蘭如、范西屏、施襄夏對戰的記錄，一般推測爲中年辭世。假設他活到乾隆朝，至少已是八十六高齡（乾隆元年爲西元 1736 年），徐星友較之更爲年長（裘謂黃年長於徐爲誤），斷無兩耄耋老人還爲爭出任知府而弈棋之理。況且與此事雷同的情節，已先見於明代寧波國手趙涓之傳記，〔註109〕此處想必是作者移花接木、胡亂編派而來，其撰作目的有刻意醜化徐星友之嫌。

質疑徐星友人品之作尙不止此，小橫香室主人《清朝野史大觀‧弈史》云：

> 相傳徐家甚富，既成國奕後，忌黃名出己上，乃延之於家，飲食供奉，備極豐腆。乘間蠱之以聲色，三年，黃精力耗竭，遂死。又一說，謂黃故負氣，徐一日遍延高手，於廳事置奕局三，謂黃能同時敵三人乎？黃奮然曰：「何不可之有？」東西顧而奕，奕竟黃勝，然是夜遂嘔血死。〔註110〕

黃龍士何時身故、因何身故，至今成謎，缺乏正史定讞。野史如此無端指控，寫徐星友陰險毒辣，設計弑師；黃龍士貪戀女色，精盡而亡。反正人云亦云，死無對證。但若事實非所載述，則黃、徐二人遭蒙千古冤屈，恐永難瞑目。所幸爲之翻案反駁者夥，得衛其國手之尊。就徐星友之爲人而言，好友翁嵩年嘗云：「余自苕年與星友交，晚歲落拓，往還更密，樂數晨夕。不獨操藝精也，道氣親人，迥出塵俗，絕無浮夸矜勝之習以表異于眾，不求名而名愈

〔註108〕 徐星友於《兼山堂弈譜》中評盛大有、黃龍士對局云：「此對局於戊申歲，凡七局，龍士時年十八。」按戊申即康熙七年（西元 1668 年），故黃龍士約生於順治八年（西元 1651 年）左右。收錄於《中國歷代圍棋棋譜》，同註77，頁 4837，冊 11。

〔註109〕 清代趙吉士《寄園寄所寄‧定數》云：「趙涓精弈，號爲國手。成化初，有二善弈者，充供奉，上命二人與涓弈，以金合貯賞勝者。涓連勝，叩首領勝。兩人夜叩涓曰：『吾兩人無他長，徒以弈事上，今公連勝吾兩人，名成矣。脫再屈我，於公名不加增，而置吾兩人何處？今願以白金一笏爲公壽，明日對，佯北一局，小假吾兩人顏色，感公長者。』涓許諾。明日果佯北一局，兩人即叩拜開金合，則中貯錦衣、空名御札及一牙牌也。帝意本官涓，涓竟不得，帝嘆曰：『孰爲天子能造命哉？』」收錄於歷代學人：《筆記小說大觀》（臺北：新興書局，1975 年 7 月），7 編，卷下，頁 3133，冊 5。

〔註110〕 收錄於歷代學人：《筆記小說大觀》（臺北：新興書局，1983 年 6 月），33 編，卷 11，頁 71，冊 8。

著。」〔註111〕黃俊則據此評云：「夫以嵩年當日親知，稱揚懿行，傾佩如是，則其為人忠誠和藹，自在後人想像之中，豈有因小技而陷害友朋者？是必近日一得小夫，以己度人，遂至誣蔑古人，以快一時議論。……星友先於梁、范，決知其為超逸君子，能善誘遜己者，必其敬愛勝己者也。故野史謂弈家積習，類好抑人揚己，與人對局，刊譜時必掩其敗而著其勝。今觀徐所著《兼山堂弈譜》，於黃推挹備至，不類忌刻者之所為。或黃死後，徐以國手名者四十年，忌之者又造為是語誣之，以致沿訛過甚。俊故為之齗齗辨正，人以技重歟，技亦以人重也。」〔註112〕古來文人與藝術家，才高者未必道德無所虧損。黃龍士和徐星友的人品究竟如何，實難論斷，就算史料所載盡皆褒美，何妨保留些許懷疑，勿全信之。倘若黃龍士如野史稱死於女色，也屬一種人生價值的選擇，非但無損大國手之名，其形象反而更為平易真切。徐星友家境富裕，以飲食、美色供養老師，或延請三高手與之對戰，亦皆出於情理之常，又哪能預料其師必因此而死？謂之設計陷害，未免太過。黃俊引時議維護徐星友，猶有可議餘地；不過他能從人性面觀察入微，指出《兼山堂弈譜》中徐對黃之許價推崇備至，證明兩人並無嫌隙，誠乃用心細膩而具說服力者。

四、范西屏倜儻醇粹

　　清代乾隆年間圍棋天才海寧范西屏，三歲觀父與人弈，啞啞然指畫之，十六歲成國弈，以第一手名天下。〔註113〕其生平軼事趣聞亦多，小橫香室主人《清朝野史大觀・弈史》云：

> 胡肇麟，揚州醊賈也。好奕，梁、程、施、范皆授以二子。每對局，負一子，輒臚白金一兩。胡弈好浪戰，所謂不大勝則大敗者也。同人稱胡鐵頭，然遇范、施輒敗，每至數十百局，則朱提纍纍盈几案矣。胡一日與范弈，至中局，窘甚，乃偽稱疾罷弈，而急圖局勢，使急足求援於施。施時客東台，二日始返。胡乃稱疾癒，出與范續奕，如施所教以應，范笑曰：「定庵人未至，奕先至邪！」胡大慚。〔註114〕

〔註111〕語出《兼山堂弈譜・序》。收錄於《中國歷代圍棋棋譜》，同註77，頁4756，冊11。

〔註112〕黃俊：《弈人傳》（長沙：嶽麓書社，1985年5月），卷15，頁206。

〔註113〕見袁枚〈范西屏墓志銘〉。（清）袁枚：《小倉山房詩文集》（上海：上海古籍出版社，1988年3月），頁1264，冊下。

〔註114〕同註110，33編，卷11，頁72，冊8。

揚州富商胡肇麟，亦圍棋強手，有被當世頂尖棋士授二子的實力。其棋風殆屬猛砍亂戰一型，但每遇范西屏、施襄夏輒負，所輸之銀兩甚多。一日與范對弈，眼見又要輸棋，稱疾罷弈，暗討救兵，求教於施襄夏。續弈時胡按施所授之招式應對，竟被西屏一眼識破。「定庵人未至，弈先至邪」二句，足見范西屏辨藝之精，又能幽默以對，顯示一代名家巨擘的泱泱風範。

　　范西屏行旅揚州時，曾為寄驢而故意輸棋。清代梁章鉅《浪跡三談》引魏瑛《耕藍雜錄》云：

　　　　范名建勳，海昌人，偶騎驢至揚州探親。路過一棋局，入與對枰，
　　　　連負兩局。局中人責負錢，范曰：「我身邊適無錢，但有一驢可抵。」
　　　　眾諾之，即牽驢去。初不知其為何許人也，越月餘日，而范復至，
　　　　連勝兩局，眾議價以錢。范曰：「不須錢，即還我舊驢可矣。」蓋范
　　　　前度適欲舟行他往，無地寄驢，故借棋局喂養，至是則加茁壯矣。
　　　　於是眾始知其為范西屏也，相與爽然。〔註115〕

因為要乘船至別處，須尋覓暫時寄養驢子之所，遂想出此一妙招。如此作弄對手，雖稍欠厚道，卻反映其性格倜儻不羈、隨適而變之一面。又《清朝野史大觀》記云：

　　　　嘉慶初范曾來滬，時上海倪克讓弈品居第一，次如富嘉祿等數人皆
　　　　精其技。惟倪不屑屑與人弈，富等則恆設局豫園，招四方弈客以逐
　　　　利。范初至局，觀人弈，見一客將負，為指隙處，眾艴然曰：「此係
　　　　博采者，豈容多語？君既善此，何不一角勝負？」范曰：「諾。」眾
　　　　請出注，范於懷中出大鋌曰：「以此作彩可乎？」眾艷其金，爭來就。
　　　　范曰：「余奕不禁人言，君等可俱來耳。」枰未半，而眾已無所措手，
　　　　乃急報富。富入局，請以三先讓，竟，富負局；請再讓，又負，眾
　　　　遂走告倪。倪至，亂其枰曰：「此范先生也，君等何可與敵！」少頃，
　　　　事徧傳，富室費金延范。〔註116〕

此段寫范西屏遊滬的遭遇，頗具戲劇般的緊繃張力，彷彿武俠小說中所描述的絕世高手，有著睥睨武林、令群雄束手的氣概。范西屏自信彌滿，技驚四座，玩弄勝負於掌股之間，風神韻度令人傾服，當時公卿巨賈、文人雅士樂

〔註115〕收錄於歷代學人：《筆記小說大觀》（臺北：新興書局，1975年2月），20編，頁5471～5472，冊9。
〔註116〕同註110，33編，卷11，頁70，冊8。

與之遊，且奉爲上賓。他在三十八歲後數年間，曾客居太倉畢家，教導畢沅
弈棋，二人有師生之誼。〔註117〕每當范西屏與人對局，州中善弈者畢至，觀
者如堵。惟見他不假思索，布局草草，隨意落子；「及合圍討劫，出死入生之
際，一著落枰中，瓦礫蟲沙盡變爲風雲雷雨，而全局遂獲大勝」，〔註118〕旁觀
者神色悚異，無不高聲歡呼，嘖嘖稱爲仙。畢沅對此情景有生動的描述，其
〈秋堂對弈歌爲范處士西坪（應爲屏）作〉云：

> 初投數子絕跬步，中邊錯落晨星布。玉滋霞島冷媛珠，手落紋楸後
> 先互。俄焉兩敵漸紛爭，虛堂殺氣宵騰騰。每于袖手旁觀暇，如聽
> 金戈鐵馬聲。暗伏明挑先冥索，出入神鬼煎精魄。九邊飛角取遠勢，
> 一著攻心乃上策。淮陰將兵信指揮，鉅鹿破楚操神機。鏖戰昆陽雷
> 雨擊，虎豹股栗屋瓦飛。鳥道偏師方折挫，餘子紛紛盡袒左。忽訝
> 奇兵天上來，當食不食全局破。虎鬭龍爭古戰場，贏顛劉蹶勢靡常。
> 到底輸贏歸小劫，爛柯人已閱滄桑。坐隱仙家藉養性，君今海內推
> 棋聖。奇童爭並郇侯稱，常勢眞堪積薪競。元玉文犀照短檠，眼中
> 成敗最分明。夜半局終涼月上，滿意花影覆空枰。〔註119〕

開局之初，雙方布子寥寥；進入中盤後，展開近距離接觸戰，盤上殺氣騰騰、
風雲告急。但見范西屏落子變幻莫測，或暗伏，或明挑，或進邊角，或取腹
勢，四處的紛爭終於演爲驚心動魄的大決戰。作者袖手旁觀，如親臨戰場，
以淮陰侯韓信將兵、項羽破釜沉舟、劉秀以寡擊眾之典，形容范西屏的神機
妙算和盤上的廝殺慘烈。「鳥道偏師方折挫，餘子紛紛盡袒左。忽訝奇兵天上
來，當食不食全局破」，范西屏一隊棋子被吃，正當觀戰者斷其必敗之時，忽
然西屏出一妙著，遂令死子復生，反而大獲全勝。作者不禁贊嘆西屏之藝，
足可比肩唐代國手王積薪，乃眾人盡皆拜服、海內公推的棋聖。

范西屏非僅藝冠當世，且人品亦佳，頗有可稱述者。畢沅謂其性「倜儻

〔註117〕畢沅〈秋堂對弈歌爲范處士西坪作・序〉云：「先祖愛圍碁，寒燠不徹。君
　　　　至，婁常主予家寓心遠堂之西齋。」見《靈巖山人詩集》，收錄於《續修四
　　　　庫全書》（上海：上海古籍出版社，2002年3月），集部別集類，卷4，頁
　　　　5a，冊1450。范西屏客居畢家時間，約在乾隆十一年（西元1746年）至乾
　　　　隆十六年（西元1751年）。見浮雲齋《范施二先生年譜》，收錄於黃《弈人
　　　　傳》。同註112，卷15，頁238～239。
〔註118〕見《靈巖山人詩集》。同上註。
〔註119〕見《靈巖山人詩集》。同註117，集部別集類，卷4，頁5b，冊1450。

任俠，瀟灑不群」、〔註120〕「所獲金無算，垂手散盡，囊中不留一錢」；〔註
121〕袁枚則盛贊云：「爲人介樸，弈以外雖詡以千金，不發一語。遇寠人子、
顯者面不換色。有所畜，牛以施戚里。余不嗜弈，而嗜西屏。初不解所以，
後接精髹器者盧玩之、精竹器者李竹友，皆醇粹如西屏，然後嘆藝果成，皆
可以見道。而今日之終身在道中，令人見之怫然不樂，尊官文儒，反不如執
伎以事上者，抑又何也？」〔註122〕以此對應畢沅之說，證明范西屏是慷慨
大度的仁人君子。袁枚欣賞他醇粹淳厚的性情，認爲求道人中，他雖是行走
江湖「執伎以事上」的博弈之徒，卻比那些尊官文儒可敬可愛得多，可見其
生平爲人之卓異和精彩，實不下於其藝也。

　　歷代圍棋國手眾多，無法一一列舉，謹能擇其犖犖大者，陳其梗概云爾。
從前述王積薪到范西屏，其弈譜或論著流傳於世，標示吾國棋手棋之頂尖水
平，可供後人參研而光大之；而其生平諸多趣聞掌故，亦可爲後人茶餘談資，
聊以消愁破悶；至於其風儀節概，可塑成典型，良爲後人欣慕景從。總而言
之，這些國手的傳奇故事，爲吾國圍棋文化史增添豐富色彩；藉由對它們的
了解，有助於探索圍棋的奧秘及其發展的軌跡。

第四節　閨閣消遣

　　圍棋是大眾娛樂的遊戲，不分階層，男女皆愛，老少咸宜。在傳統觀念
的認知中，博弈乃男子之事，〔註123〕但女子好下圍棋，亦所在多有。綜觀古
代的女弈活動，可概分爲嬪御之弈、閨閣之弈及娼門之弈三類。凡此三類，
大抵附庸於父權社會主體，或爲取悅男性，或爲度時消遣，成爲另類的圍棋
文化現象。

一、嬪御之弈

　　女子從何時開始參與弈棋活動？不得而知，最早見於史籍者，葛洪《西

〔註120〕見《靈巖山人詩集》。同註117。
〔註121〕見《靈巖山人詩集》。同註117。
〔註122〕見袁枚〈范西屏墓志銘〉。同註113。
〔註123〕如《漢書・五行志》云：「是時（哀）帝祖母傅太后驕，與政事，故杜鄴對曰：
　　　　『《春秋》災異，以指象爲言語。……西王母，婦人之稱。博弈，男子之事。』」
　　　　（東漢）班固：《漢書》（北京：中華書局，1992年12月），卷27，頁1476。

京雜記》載戚夫人陪侍高祖云：

> 八月四日，出雕房北戶，竹下圍碁。勝者終年有福，負者終年疾病，
>
> 取絲縷就北辰星求長命，乃免。〔註124〕

描述了漢初皇室的女弈活動，後宮眾嬪妃婢妾，長日無事，學弈以打發時間。每年八月四日舉辦棋賽來占測吉凶，負者取絲縷向北斗星祈求免疾長命，相沿成俗。圍棋與琴、書、畫皆為古代貴族消閒之物，女子為了取悅貴族男子，除了美色的要求之外，尚須有才藝在身，故宮廷中女子習弈之風歷來不衰。尤其君王好弈，嬪妃如得相伴對局，自易獲得嬖幸。較著之例，如前述唐玄宗與楊貴妃「康猧亂局」之事，可見楊氏非僅姿色美豔，才藝亦過人，更因其聰慧機敏、善迎上意而見幸於君王。

南唐人詞人後主李煜，文采風流，荒疏國事，沉緬於聲色。其后昭惠國后周氏，乃　圍棋能手，史稱她「通書史，善歌舞，尤工琵琶。……后於采戲、弈棋，靡不絕妙」，〔註125〕其棋藝不凡，又精通書史、妙善歌舞，深得後主愛重。可惜僅二十九之齡，即香消玉殞，後主哀苦傷神，自稱「鰥夫煜」，作誄數千言悼之，中有「豐才富藝，女也克肖。采戲傳能，弈棋逞妙」之語，〔註126〕可知周氏生前曾在君王面前弈棋獻藝。尤有甚者，圍棋竟成為皇帝臨幸嬪妃時的調情工具：明末田貴妃色冠六宮、藝壓群芳，嘗與思宗皇帝弈棋玩樂，王譽昌《崇禎宮詞》云：

> 奩分一局兩相當，坐隱還教共御床。自分身如玉棋子，要將冷暖問
>
> 君王。〔註127〕

棋盤上旗鼓相當，御床上春光旖旎。美人自比玉棋子，與君王相互取暖、共赴巫山。一盤棋從枰上下到床上去，木野狐與美人狐相得益彰，構成一幅風流香豔、充滿無限遐思的畫面。圍棋竟成為皇帝後房的催淫之具，真乃無奇不有、妙不可言。

為了取悅皇帝而獲寵，或沈迷於圍棋之樂，後宮弈風盛行，幾乎成為常

〔註124〕收錄於歷代學人：《筆記小說大觀》（臺北：新興書局有限公司，1979年7月），
　　　　28編，卷3，頁22，冊1。

〔註125〕見《十國春秋·後主昭惠國后周氏傳》。（清）吳任臣：《十國春秋》（北京：
　　　　中華書局，1983年12月），卷18，頁264。

〔註126〕同上註，頁265。

〔註127〕（清）王譽昌：《崇禎宮詞》（日本昭和十二年昭代叢書），戊集，卷36，頁
　　　　16a。

態。唐代王建〈夜看美人宮棋〉云：

> 宮棋布局不依經，黑白分明子數停。巡拾玉沙天漢曉，猶殘織女兩
> 三星。〔註128〕

三、四句以天象喻棋，寫枰上空域廣大，寥寥數著，恰似拂曉前天幕上的幾點
殘星。顯示後宮佳麗弈興頗高，一局接一局，至通宵達旦，天色將明，猶不肯
罷手入睡。全詩意趣天成，耐人尋味。又如五代前蜀花蕊夫人〈宮詞〉云：

> 日高房裏學圍棋，等候官家未出時。為賭金錢爭路數，專憂女伴怪
> 來遲。〔註129〕

日頭已經高掛，後宮婢女趁著官家未起詔侍前學下圍棋。即然是學，就談不
上精，為了賭錢，偏要招伴弈棋爭道。因為休閒時間有限，還怕自己遲到被
女伴責怪。作者以白描之筆，勾勒出一學弈宮女天真頑皮又爭強好勝的個性，
生動傳神，清新可喜。北宋時期，宮廷女弈頗盛，徽宗《宣和御製宮詞》云：

> 三月風光觸處奇，禁宮通夜足娛嬉。踏青鬥草皆餘事，閒集朋儕靜
> 弈棋。〔註130〕

又其《二家宮詞》云：

> 新樣梳妝巧畫眉，窄衣纖體最相宜。一時趨向多情逸，小閣幽窗靜
> 弈棋。〔註131〕

趁著三月春光明媚，流連於禁宮之中，日以繼夜，尋歡作樂。「踏青鬥草皆餘
事，閒集朋儕靜弈棋」，可見徽宗不那麼喜歡戶外踏青，只獨鍾在宮中欣賞眾
嬪御的豔容美姿，並且和她們安靜地弈棋。又其《宣和御製宮詞》云：

> 忘憂清樂在枰棋，仙子精攻歲未笄。窗下每將圖局按，恐妨宣召較
> 高低。〔註132〕

此則徽宗刻畫一名未滿十五歲的小宮女，勤奮習弈，鎮日打譜覆局，希望提
升自己的棋力，能獲得皇上青睞，有機會被宣召獻藝。後宮佳麗眾多，能被
皇上寵愛者畢竟是少數，其餘的婢妾只得接受被冷落的事實，金代王若虛〈宮
女圍棋圖〉云：

> 盡日羊車不見過，春來雨露向誰多？爭機決勝元無事，永日消磨不

〔註128〕同註48，卷301，頁3427。
〔註129〕同註48，卷798，頁8977。
〔註130〕同註91，卷1491，頁17045，冊26。
〔註131〕同註91，卷1493，頁17060，冊26。
〔註132〕同註91，卷1491，頁17048，冊26。

奈何。〔註133〕

此當爲題畫詩，描述某些金朝後宮侍女不沾皇恩，日日盼君君不至，春來幽怨更深。無可奈何之餘，只好弈棋遣愁兼消磨時間。「爭機決勝原無事」一語雙關，不論是棋盤上的機關算盡，或是競媚爭寵的勾心鬥角，到頭來都是一場空。雖寥寥數語，卻道盡了身爲宮女坐愁紅顏老去、思寵望幸而不得的悲哀遭遇。以上數例，透過文學家的吟詠，可略見古代宮廷女弈活動之一斑，證明圍棋是後宮不可或缺的重要娛樂工具，不少女子好弈、善弈，其目的或爲爭寵，或爲享樂，或爲賭錢，或爲遣愁，或爲消磨時日。一枰棋上，涵容了她們的喜悅與哀愁，反射出她們的情采和風姿。

二、閨閣之弈

　　宮廷之外，民間女子愛好弈棋者亦夥，其中寒門賤戶的女眷較少，大多出身於書香門第或仕宦之家。見於史載者，如南宋周密《齊東野語》云：

> 黃子由尚書夫人胡氏，與可元功尚書之女也。俊敏強記，經史諸書，略能成誦。善筆札，時作詩文亦可觀，於琴弈寫竹等藝尤精。自號惠齋居士，時人比之李易安云。〔註134〕

又南宋羅濬《寶慶四明志‧烈女》云：

> 安人邵氏，名道沖，字用之，武經郎林延齡之室。……生而敏慧，未齓知書。少長，觀《漢書》、《資治通鑑》至成誦。……延齡仕不進，一閒十三年，邵安之，觴詠琴弈以相娛。〔註135〕

又袁枚《隨園詩話‧補遺》云：

> 如皋女子石氏學仙，戊辰進士石公爲崧之女也，適彰德太守沙公次子又文。善書畫，工琴棋。皋邑剪彩貼絨花鳥，自學仙始。著有《冰蓮繡閣詩抄》。〔註136〕

〔註133〕（金）王若虛：《滹南遺老集》（上海：商務印書館，1965 年 8 月），卷 45，頁 239。

〔註134〕收錄於歷代學人：《筆記小說大觀》（臺北：新興書局，1976 年 7 月），13 編，卷 10，頁 2185，冊 4。

〔註135〕（南宋）羅濬：《寶慶四明志》（臺北：成文出版社，1983 年 3 月），卷 9，頁 29b。

〔註136〕（清）袁枚：《隨園詩話》（揚州：江蘇廣陵古籍刻印社，1991 年 9 月），卷 3，頁 43。

或如清代孫星衍〈誥贈夫人亡妻王氏事狀〉云：

> 夫人姓王氏，名采薇。父光燮，乾隆元年進士，宜黃縣知縣，贈奉
> 政大夫兵部主事。……既婚數日，夫人屬余填詞，並約圍碁，余皆
> 未學，頗心媿之。後遂爲小詞酬夫人，而卒不能對弈。〔註137〕

以上所舉胡夫人、邵道沖、石學仙及王采薇四位擅弈女子，皆爲飽覽詩書、才
藝出眾的官家女眷。尤其是孫星衍之妻王采薇，文采驚豔，才思過人，乃清代
常州著名女詩人。圍棋對許多名門淑女而言，亦如琴、書、畫一般，是閨閣消
遣的雅戲之一，可藉之展現優雅氣質和藝術涵養，成爲縉紳公子們心儀的對象。
時至清代，甚至有極力主張女子學弈之說，李漁乃云：「以閨秀自命者，書畫琴
棋四藝，均不可少。然學之須分緩急。必不可已者先之，其餘資性能兼。不妨
次第並舉，不則一技擅長，才女之名著矣。琴列絲竹，別有分門；書則前說已
備，善教由人，善習由己，其工拙淺深，不可強也；畫乃閨中末技，學不學聽
之；至手談一節，則斷不容己，教之使學，其利於人己者，非止一端。婦人無
事，必生他想，得此遣日，則妄念不生，一也；女子群居，爭端易釀，以手代
舌，是喧者寂之，二也；男女對坐，靜必思淫，鼓瑟鼓琴之暇，焚香啜茗之餘，
不設一番功課，則靜極思動，其兩不相下之勢，不在几案之前，即居床第之上
矣。一涉手談，則諸想皆落度外，緩兵降火之法，莫善於此。」〔註138〕茲將圍
棋提升至四藝之首要地位，成爲衡量女子才能和文化修養的重要指標。做爲才
女，學弈乃爲當務之急，方可利人利己。不過李漁所持女子學弈「利於人己」
的理由，既不爲怡情養性，也不在因藝見道，而是爲了防止女子沒事胡思亂想、
口舌招惹是非；更甚者，在以之「緩兵降火」，節制男女的情欲。此純係捍衛儒
家傳統婦德的立場而發，今日視之，未免矯情可笑。

清代乾嘉時期著名的才女詩人駱綺蘭，亦喜歡圍棋，有詩爲詠，其〈月
夜較弈次韻〉云：

> 蕉陰分韻罷，棋興月中生。黑白仍如舊，贏虧卻屢更。思深情轉惑，
> 靜極子無聲。局盡天將曉，殘星數點明。〔註139〕

〔註137〕（清）王采薇：《長離閣集》（各埠：商務印書館叢書集成初編，1937年6月），
　　　　　頁1。
〔註138〕語出《閒情偶寄・聲容部》。（清）李漁：《閒情偶寄》（臺北：明文書局，2002
　　　　　年8月），頁127～128。
〔註139〕見《聽秋軒詩集》。收錄於紀寶成等編：《清代詩文集彙編》（上海：上海古
　　　　　籍出版社，2010年12月，清乾隆六十年金陵龔氏刊本），卷3，頁9a，總
　　　　　頁784，冊446。

深夜時分，月輪高掛，詩興才罷，弈興又起。值此良辰美景，招人對弈，幾許恬適閑雅之意。「思深情轉惑，靜極子無聲」，是作者內心之噪與外境之靜的對照。在這一靜一噪之間，不覺棋局終了，天色將明。「局盡天將曉，殘星數點明」，與前引王建「巡拾玉沙天漢曉，猶殘織女兩星」用喻相近，由楸枰觀寰宇，意境綿亙廣遠。作者早午喪偶，〔註140〕可能是她在夫君死後，獨守空閨，為排遣長夜寂寥而弈棋，故字裡行間，隱約透露寡居生活的的靜默與哀愁。

　　這些仕宦或富貴人家的女眷，總被禁錮在閨房之中，故弈棋的對手，多為自己的夫君或婢女，如是閨房之弈常充滿風雅、愛憐的情趣。如清代黃景仁〈虞美人・弈〉云：

> 昨宵博簺今宵弈，曲院雲屏隔。月明猶界粉窗梅，只此春宵一局不
> 須催。金枰碎玉敲還寂，覓箇心中劫。心知負了暈紅腮，忽地笑拈
> 雙子倩郎猜。〔註141〕

曲院雲屏梅影斜，暗香浮動月黃昏，春宵一刻值千金，數著閑棋可遣情。敲玉院愈靜，爭劫意更濃。嬌羞女子，眼看將負，忽爾靈機一動，拈子令郎猜。詞境清婉有致，情味盎然。李漁又云：「但與婦人對壘，無事角勝爭雄，寧饒數子而輸彼一籌，則有喜無嗔，笑容可掬；若有心使敗，非止當下難堪，且阻後來弈興矣。纖指拈棋，躊躇不下，靜觀此態，盡勾消魂。必欲勝之，恐天地間無此忍人也。」〔註142〕男女閨房對弈，重在兩情歡悅，不計分出勝負。詩中女子深知郎君憐香惜玉之情，故敢耍賴以乞憐討饒。末兩句為點睛之筆，將她頑皮任性的模樣，表現得生動而逗趣。又如南宋劉鉉〈少年遊・戲友人與女客對碁〉云：

> 石榴花下薄羅衣，睡起卻尋棋。未省高低，被伊春筍，拈了白琉璃。
> 釧脫釵斜渾不省，意重子聲遲。對面癡心，只愁收局，腸斷欲輸時。
> 〔註143〕

此闋寫一女子婚前與作者友人對弈。女子棋癮頗大，睡醒就要找人比拼，且

〔註140〕王文治《聽秋軒詩集・序》云：「綺蘭少通典籍，能吟詠，適金陵龔氏子世治。……廣陵繁華之地，綺蘭與世治獨日夕閉門相倡和，然終厭其喧雜。旋遷居丹徒之西郭外，不幸世治早世矣。」同上註，總頁763～764，冊446。

〔註141〕見《兩當軒集》。收錄於詹福瑞等編：《國家圖書館藏鈔本乾嘉名人別集叢刊》（河北：國家圖書館出版社，2010年11月），第24冊，卷17，頁468，冊24。

〔註142〕語出《閒情偶寄・聲容部》。同註138，頁128。

〔註143〕（清）秦恩復：《元草堂詩餘》（臺北：藝文印書館，1965年，原刻影印百部叢書集成），卷下，頁3b。

不論對手棋力高低，非要搶持白棋先行。進入中局，愈下愈入迷，女子苦思冥想，落子漸慢，只見她釧脫釵斜，無暇顧及容妝。後三句筆鋒陡轉，戲嘲友人面對心儀女子不捨終局。詞中女子蠻橫逞強的個性、友人愛憐承讓的情意，形成有趣的對比，悄皮而不失蘊藉，令人莞爾會心。

圍棋對閨閣女子而言，可以娛興，或有所寄託。若在婚前，亦可能因弈棋而結成姻緣，明代凌濛初《二刻拍案驚奇》中有一篇〈小道人一著饒天下，女棋童兩局注終生〉的故事，內容大略敘述宋代有一村童周國能，十五六歲得仙緣習弈，遍無敵手。後扮成道士模樣，雲遊四海，及至北遼，遇當地女國手妙觀。兩人於王府賭注對弈，妙觀未帶銀兩，被迫以身作押，最後輸給國能。妙觀事後反悔，鬧上官衙，結果總管作主成其好事，兩人結爲夫妻。〔註 144〕此段畢竟是小說家杜撰之言，當不得真。至如清代黃銘功《棋國陽秋》記載「芙卿弈棋招親」一事，則較爲可信，其文云：

> 八旗貴人之居京師者，無他業，一演戲，二飼雀，三弈棋。其女子梳高髻，徧諸繡緣，著屐遊都市，與人酬接無避忌。有宗室某，善弈，女曰芙卿，傳其藝。及笄未字，媒至皆不許，問其意，曰：「有弈勝吾者，願事之。」而京師之能弈者頗夥，一日有三人至，與其父弈，皆勝之。三人者，一齊侍郎子，一金孝廉，一僧秋航也。秋航藝最高，齊次之，金又次之。約翌日女與弈，僧、齊復勝，與金得和局。女曰：「齊大非吾耦，禪心本自空。金蘭如有契，白首一枰同。」父遂受孝廉聘。〔註 145〕

自古有以文或比武招親，但是以弈擇偶則實屬罕見。芙卿弈棋招婿，分明輸給齊侍郎子和僧秋航，卻私意金孝廉，違反自己立下的規約。不過她推托閃避得很巧妙，「齊大非吾偶」、「金蘭如有契」兩句，語出雙關，並化用《左傳》和《周易》之典。〔註 146〕最後她與金孝廉結成美滿姻緣，兩人琴瑟尤篤，白

〔註 144〕詳見（明）凌濛初：《二刻拍案驚奇》（臺北：三民書局，1993 年 9 月），卷 2，頁 24～44。

〔註 145〕收錄於《中國歷代圍棋棋譜》。同註 77，頁 194～195，冊 1。

〔註 146〕《左傳・桓公六年》云：「齊侯欲以文姜妻鄭大子忽，大子忽辭。人問其故，大子曰：『人各有耦，齊大，非吾耦也。』」《十三經注疏》（臺北：藍燈文化事業，影印嘉慶二十年重刊宋本十三經注疏本），春秋疏卷 6，頁 21a～21b，冊 6。又《周易・繫辭上》云：「二人同心，其利斷金；同心之言，其臭如蘭。」，易疏卷 7，頁 18a，冊 1。

首同枰，洵為圍棋史上為人樂稱的奇聞豔事。

三、娼門之弈

　　民間女子圍棋活動之中，除上述官宦或書香世家女子之弈，尚有坊曲娼門女子之弈。娼妓文化由來已久，從部族時期以歌舞酬神的殷商女巫，發展至後來的巫娼、女閭、女樂、女奴、營妓、官婢、家妓、宮妓、官妓、名妓等。〔註147〕妓女是社會的寄生群體，靠滿足一部分男人的性需求而換取生存的物質條件。本身除了具備美色之外，為了提高身價，接待上流階層以得到更高的報酬，故才藝的培養，不可或缺，蓋所謂「色藝雙全」也。尤其是名妓的詩詞吟答、吹拉彈唱、輕歌曼舞，展示著豐富多彩的女性藝術美，無怪乎歷來的達官權貴、文人雅士，每好流連青樓，為她們著迷眷戀不已。圍棋與琴、書、畫並列為四藝，為了應各所需，自然也成為她們學習的技能項目之一。

　　見於史載的弈妓不多，較著名者為北宋的李師師。徽宗曾利用微行民間之便，偷與之幽會。據《李師師外傳》云：

> （宣和）四年三月，帝始從潛道幸隴西，賜藏鬮、雙陸等具，又賜片玉棋盤、碧白二色玉棋子、畫院宮扇、九折五花之簟、鱗文蓂莢之蓆、湘竹綺簾、五采珊瑚鉤。是日帝與師師，雙陸不勝，圍棋又不勝，賜白金二千兩。〔註148〕

已送一堆皇家寶物猶且不足，徽宗還可能藉故意輸棋，再補贈白金二千兩，可見色藝雙絕的李師師，是如何深受皇帝寵愛了。約同時期的另一名妓嚴蕊，亦善圍棋，南宋周密《齊東野語》云：

> 天台營妓嚴蕊，字幼芳，善琴弈、歌舞、絲竹、書畫，色藝冠一時。間作詩詞，有新語。頗通古今，善逢迎，四方聞其名，有不遠千里而登門者。〔註149〕

如此色藝兼備的奇女子，自然豔名遠播，四方王孫公子為求一親芳澤，不遠千

〔註147〕詳情可參考嚴明：《中國名妓藝術史》（臺北：文津出版社，1992年8月），頁9～169。

〔註148〕佚名：《李師師外傳》（臺北：藝文印書館，1965年，原刻影印百部叢書集成），頁5b。

〔註149〕同註134，13編，卷20，頁2347，冊4。

里而至。不過她的遭遇坎坷，因朱熹彈劾唐仲友案而繫獄，杖箠凌辱，委頓幾死。後鬧至孝宗處，〔註150〕幾經波折才平反。〔註151〕其詞作〈卜算子〉云：「不是愛風塵，似被前緣誤。花落花開自有時，總賴東君主。去也終須去，住也如何住。若得山花插滿頭，莫問奴歸處。」〔註152〕慨嘆自己淪落風塵、身不由主的悲哀。同樣是擅弈才妓，清代有名陳玉卿者，王韜《海陬冶遊附錄》云：

> 陳玉卿，今之才妓也，在羣芳中爲特出。夫滬上爲肥魚大肉之場，徵歌選舞者，幾忘風雅一途爲何物。客既不知許事，且食蛤蜊，妓亦茫然從之。車馬填門，即稱名妓，金銀氣重，文字緣慳，三百女閭，比比皆是。庸詎知蓬生麻中，不扶自直，錚錚佼佼，竟有其人，闕焉不書，亦護花使者之過也。玉卿，維揚人，名文玉。終鮮兄弟，父本儒者，愛玉若掌珠。自識之無，即嚴督課。年九歲，唐宋詩詞，略皆上口。父歿，母教之一如父。家素貧，不能自存，女紅之餘，仍不廢文史，間爲吟詠，若有夙悟。十三歲，母又歿，育於叔母。叔母遇之虐，且以食指爲嫌，貨於娼家，今春轉徙之滬，蓋年纔十九才齡耳。嗚呼！玉之數奇矣！然蓬戶女子，知書而湮沒不彰者，指不勝屈，安知非天之欲顯其名而故厄其遇乎？至後藏嬌小東關外，與楊阿寶相依倚。其地湫隘囂塵，不可以居，有文士往訪者，謂枳棘非鸞鳳所棲，玉即應聲曰：「鸞鳳安敢當！君不聞鸚鵡之困於樊籠乎？」一吐屬間，敏慧可想。玉卿能吟詠，善奕碁，其感懷詩云：「看破烟花事渺茫，錦衣頓改昔年妝。可憐繡閣名門女，流落青

〔註150〕南宋邵桂子《雪舟脞語》云：「唐悅齋仲友，字與王，知台州。朱晦菴浙爲東提舉，數不相得，至于互申。壽皇問宰執二人曲直，對曰：『秀才爭閒氣耳。』」收錄於（明）陶宗儀：《說郛》（臺北：新興書局，1963 年 12 月）卷 57，頁 a。

〔註151〕《齊東野語》云：「其後朱晦菴以庚節行部至台，欲掩與正之罪，遂指其嘗與蕊爲濫繫獄。月餘，蕊雖備箠楚，而一語不及唐，然猶不免受杖。移籍紹興，且復就越置獄。鞫之，久不得其情，獄吏因好言誘之曰：『汝何不早認？亦不過杖罪，況已經斷罪不重科，何爲受此辛苦耶？』蕊答云：『身爲賤妓，縱是與太守有濫，科亦不至死罪，然是非眞僞，豈可妄言以汙士大？雖死，不可誣也。』其辭既堅，於是再痛杖之，仍繫於籍。兩月之間，一再受杖，委頓幾死。……未幾，朱公改除，而岳霖商卿爲憲，因賀朔之際，憐其無病瘁，……即日令判令從良，繼而宗室近屬，納爲小婦以終身焉。」同註 134，13 編，卷 20，頁 2348，冊 4。

〔註152〕同註 134，13 編，卷 20，頁 2348，冊 4。

　　樓暗自傷。設悅當年豈不祥，飄零申浦淚千行。飛花誤我桃源路，

　　羞見劉郎與阮郎。」〔註153〕

清代滬上煙花繁盛，所稱名妓，卻多是珠光寶氣的庸脂俗粉；有陳玉卿者，拔萃於群芳之上。陳氏原出身於書香之家，博學工文，可憐父母雙亡，爲叔母賣入娼家。由所引感懷詩觀之，可想見她慧語靈心、才情深致之一斑，卻也令人一掬同情之淚，不禁爲之悲傷太息。這些名妓儘管可以穿綾裹綢、葷餐暖居，得名流士紳的眷愛，但是她們的社會地位始終低下，人生前途欠缺希望和保障。傳統倫理觀念與社會階級意識都對之鄙視、摧殘，使她們很難獲得實質的幸福。在她們經歷種種苦難折磨之後，往往只能在藝術的追求中寄託淒苦和鬱悶的情懷，詩文書畫固不必言，即便是一盤棋，想必也摻雜著苦澀、辛酸的滋味。

　　圍棋對古代女性而言，功用多方，除了一般的怡情遣興之外，有以之調情催淫者，有以之滅火節欲者，有以之寡居排愁者，有以之招婿結親者、有以之揄揚身價者。不論是哪種型態的女弈，多半顯現女子婉約文雅的風致，少有男子硝煙殺伐的狠勁。所以情味爲先，勝負居次，甚或根本不在乎勝負。不重勝負乃缺乏自主意識所致，實肇因於傳統觀念對女子弈棋不僅視爲餘事，且非正經事。進而論之，在古代父系爲主的宗法社會體制下，男尊而女卑，陽貴而陰賤。〔註154〕尤其自漢代獨尊儒術後，女子被要求遵服「三從四德」，〔註155〕其性要能柔順貞靜，其分在於侍奉公婆、相夫教子、操持家務。如不然，則被評爲不守婦道；倘還沈迷於鼓琴博弈之事，就更不爲社會所接受。任昉《述異記》云：

〔註153〕（清）王韜：《海陬冶遊附錄》（臺北：新文豐出版公司，1989年7月，叢書集成續編），卷3，頁13b～14a，冊212。

〔註154〕董仲舒《春秋繁露·天辨在人》云：「陽貴而陰賤，天之制也。」（清）蘇輿：《春秋繁露義證》（臺北：河洛圖書出版社，1974年3月），卷11，頁15a。又如《白虎通·嫁娶》云：「陰卑不得自專，就陽而成之。」（清）陳立：《白虎通疏證》（臺北：廣文書局，1987年5月），卷10，頁1b。《大戴禮記·本命》則云：「女者，如也；子者，孳也。女子者，言如男子之教，而長其義理者也，故謂之婦人。婦人，伏於人也。」（清）王聘珍：《大戴禮記解詁》（臺北：漢京文化事業有限公司，2004年3月），卷13，頁254。上引之例，皆說明古代「男尊女卑」的傳統觀念。

〔註155〕《儀禮·喪服》云：「婦人有三從之義，無專用之道。故未嫁從父，既嫁從夫，夫死從子。」同註146，儀禮疏卷30，頁15b，冊4。《禮記·昏義》云：「教以婦德、婦言、婦容、婦功。」同註146，禮記疏卷61，頁9a，冊5。

在南有懶婦魚，俗云昔楊氏家婦，爲姑所溺而死化爲魚焉。其脂膏
可燃燈燭，以之照鳴琴博奕，則爛然有光；及照紡績，則不復明焉。
〔註156〕

南北朝時期有一楊氏家婦，浪漫多藝，好鼓琴博弈而不事紡績，因此惹怒婆
婆，被指爲懶婦，竟羞愧自盡或爲婆婆所溺害。此說之妙，在不寫其生前卻
狀其死後，通過一個貪玩不做家務的懶婦形象，反映時人對於女子從事音樂、
博弈活動的否定態度。今日視之，當是是一種偏見；但是在古代男尊女卑的
觀念主導下，自然是順理成章、無可厚非之事。

如果女子才華勝過男子，硬要闖出頭，則常須掩藏自己的身分。《南史·
崔慧景傳》云：

東陽女子婁逞變服詐爲丈夫，粗知圍棊，解文義，徧游公卿，仕揚
州議曹從事。事發，明帝驅令還東。逞始作婦人服而去，歎曰：「如
此之伎，還爲老嫗，豈不惜哉？」〔註157〕

南朝一女子婁逞，喬裝成男子模樣，憑著知圍棋、解文義的本事，遊於公卿
之門，混得一官半職。後遭人舉發被罷黜，爲自己的遭遇而鳴不平。類似的
情節發生在五代，《十國春秋·黃崇嘏傳》云：

黃崇嘏者，居恒爲男子裝，遊歷兩川。周庠從高祖於邛南，權知邛
州，會臨邛縣送失火人於州，崇嘏即其人也。……（崇嘏）稱鄉貢
進士，年三十許，祇對詳敏，隨命釋放。後數日，復獻長歌。庠益
奇之，召於學院，與諸子侄同遊。雅善琴弈，妙書畫。未幾薦攝司
戶參軍，胥吏畏服，案牘一清。庠既重其英明，又美其風采。居一
歲，欲以女妻之，崇嘏乃爲謝狀，仍貢詩一章以見意。詩曰：「一辭
拾翠碧江湄，貧守蓬茅但賦詩。自服藍衫居板掾，永拋鸞鏡畫蛾眉。
立身卓爾青松操，挺志鏗然白璧姿。幕府若容爲坦腹，願天速變作
男兒。」庠覽詩殊驚駭，亟召見詰問，故黃使君女也。幼失父母，
與老嫗同居，元未字人。庠益嘉其貞潔。已而乞罷歸臨邛，不知所
終。〔註158〕

〔註156〕（南梁）任昉《述異記》（臺北：新文豐出版公司，1986 年 2 月，叢書集成
　　　　新編影印武章如錦閣本），卷上，頁 34，冊 82。
〔註157〕（唐）李延壽：《南史》（北京：中華書局，1992 年 8 月），卷 45，頁 1143。
〔註158〕同註 125，卷 45，頁 657～658。

雅善琴弈、妙書畫的黃崇嘏，亦著男裝示人，才華爲周庠賞識。後因周庠欲
以女兒許配之，才揭露崇嘏是女兒身的事實，最後仍不得不罷官歸去。此兩
例皆說明在古代封建專制的父權社會裡，女子無才方爲德，有才亦難出頭，
仍得返回閨閣，扮演好良家婦女的角色。職是之故，中國古代圍棋史上，總
因性別岐視的緣故，不見女流國弈，縱使有棋藝高超的女子，亦不見容於男
子的競爭舞臺，其名大率湮沒不彰。今所知者，如傳藝於王積薪的婦姑及與
劉仲甫對弈的驪山老嫗〔註159〕，殆均假託神仙之名虛構也。總之，古代女弈
始終依從於男性的需求，頂多只是個幫襯的玩物，缺乏獨立自主的地位。

〔註159〕《忘憂清樂集》中收有〈劉仲甫遇驪山老嫗弈棋局面圖〉。（南宋）李逸民：《忘
　　　　憂清樂集》（上海：上海文化出版社，1997 年 2 月），頁 41～43。

第七章　中國古代圍棋文苑風尚

　　圍棋是華夏文明的瑰寶，歷經數千年的滋養而茁壯，至今它不僅是一種娛樂活動或體育項目，並且累積了深厚的文化底蘊、形成獨特的文化現象。中國圍棋發展概分為兩種路數：其一是重視勝負、以弈棋為業的「棋手棋」，另一則為不重視勝負、以弈棋為樂的「文人棋」。自漢代以降，許多善弈、好弈之士留下大量與圍棋有關的文學作品，舉凡文、詩、詞、曲、賦、小說、對聯諸多體裁，皆不乏佳構，展現豐富多采的士弈文化，可謂文人棋極致發揚的結果。本章擬由眾多圍棋文學之作中擇其要者，按題材內容分為「超然物外的神異色彩」、「坐隱忘憂的閑情雅趣」兩節析論之。

第一節　超然物外的神異色彩

　　凡是迷上圍棋之人都有共同的體認：在那黑白、方圓交錯的世界中，充滿無限玄妙與神祕之感，似有一種超越人間的形上意蘊，令弈者苦思不解、皓首難窮。所以古人將之與神仙搭上關係，賦予神異色彩，是極為合理自然的事。神仙思想起源甚早，是古代人們對自然中種種神祕現象的幻想與崇拜，從自然界的天地、日月、星辰、河海、山岳，到風雨、土地、動物、植物，無不有神。神的名目雖多，大體可歸為天神、地祇、人鬼三個系統。〔註1〕發

〔註 1〕天神主要有日神、月神、風雨、雷電諸神。地祇主要有社稷、五嶽、山林、河海之神。人鬼就是死去的祖先，尤其是有功於民族的古代聖王，如神農、帝嚳、堯、舜、鯀、禹、黃帝、顓頊、契、湯等。而此三個系統又合為一體，成為中國古代宗教信的一個特點。參考劉精誠：《中國道教史》（臺北：文津出版社，1998 年 4 月），頁 1～2。

展至春秋戰國時期更爲豐富，其中多出於荊楚文化和燕齊文化，如莊子描述的神人、眞人及至人，具有辟穀、行氣、長生、乘雲御風、逍遙自在等神仙的特性；〔註2〕在屈原的作品中，有種種關於神仙的生動浪漫故事。〔註3〕燕齊地處海濱，海市蜃樓的神秘幻象，引發人們的無窮想像，於是出現鼓吹長生成仙的方術之士，齊威王、齊宣王、燕昭王、秦始皇等都派人求不死之藥。荊楚和燕齊文化中的神仙信仰與方術，後來皆爲道教所承襲。〔註4〕養性修命，以求得道升天，成爲長生不死的神仙，乃道教信徒追求的終極目標。在其修煉的過程中，圍棋時常扮演重要的角色。

《梨軒漫衍》云：「圍棋初非人間之事，其始出於巴邛之橘、周穆王之墓，繼出於石室，又見於商山，乃仙家養性樂道之具。」〔註5〕，如以此說即認定圍棋起源於神仙所授，則不免失之妄誕，且難以證實。然而從東晉開始，在志怪、筆記中，陸續出現圍棋附會鬼狐神怪之說，內容或寫仙人對弈，或爲神仙授技，或爲時空變換，富含浪漫的遐想和警世的寓意。

一、仙人對弈

有關神仙對弈的神怪傳說，「橘中之樂」是棋史上極爲知名且具爭議者，出於唐代牛僧孺《玄怪錄》，其文云：

> 有巴邛人，不知姓名，家有橘園。因霜後，諸橘盡收，餘有兩大橘，如三四斗盎。巴人異之，即令攀摘，輕重亦如常橘。剖開，每橘有二老叟，鬢眉皤然，肌體紅潤，皆相對象戲，身僅尺餘。談笑自若，

〔註2〕如《莊子·逍遙遊》云：「藐姑射之山，有神人居焉，肌膚若冰雪，綽約若處子。不食五穀，吸風飲露。乘雲氣，御飛龍，而遊乎四海之外。」郭慶藩輯：《莊子集釋》（臺北：華正書局，1989年8月），頁28。又〈大宗師〉云：「古之眞人，其寢不夢，其覺无憂，其食不甘，其息深深。眞人之息以踵，眾人之息以喉。」頁228。又〈齊物論〉云：「至人神矣！大澤焚而不能熱，河漢沍而不能寒。疾雷破山風振海而不能驚。若然者，乘雲氣，騎日月，而游乎四海之外，死生无變於己。」頁96。

〔註3〕屈原的作品中，常懷有神仙遐想，如其〈離騷〉云：「吾令豐隆乘雲兮，求宓妃之所在。」（南宋）朱熹：《楚辭集注》（臺北：河洛圖書出版社，1980年8月），卷1，頁17。又其〈九章·惜誦〉云：「駕青虬兮驂白螭，吾與重華遊兮瑤之圃。登崑崙兮食玉英，吾與天地兮比壽，與日月兮齊光。」卷4，頁79。則是對神仙遊歷太空的生動描寫。

〔註4〕詳見劉精誠《中國道教史》。同註1，頁3～5。

〔註5〕參考本論文第貳章第一節〈圍棋起源諸說〉。

剖開後亦不驚怖，但與決賭。賭訖，一叟曰：「君輸我海龍神第七女髮十兩、智瓊額黃十二枚、……後日於王先生青城草堂還我耳。」又有一叟曰：「王先生許來，竟待不得，橘中之樂，不減商山，但不得深根固蒂，為愚人摘下耳。」又一叟曰：「僕饑矣，當取龍根脯食之。」即於袖中抽出一草根，方圓徑寸，形狀宛轉如龍，毫釐罔不周悉，因削食之，隨削隨滿。食訖，以水噀之，化為一龍，四叟共乘之，足下泄泄雲起。須臾，風雨晦冥，不知所在。巴人相傳云：「百五十年來如此，似在陳隋之間，但不知年號耳。」〔註6〕

巴邛人無意間剖開自家所種之兩橘，其中冒出四個仙人以象戲決賭，後乘龍歸天。仙人自謂「橘中之樂，不減商山」，道出下象棋的無窮樂趣。此明說是象棋，前引《梨軒漫衍》卻認為圍棋「其始出於巴邛之橘，周穆王之墓，繼出於石室，又見於商山」，商山則是指「四皓弈棋」之典，〔註7〕導致後人微詞質疑，如南宋洪炎〈再賦弈棋五首·其五〉云：「誰謂商山老？飄然到橘中。」〔註8〕明代郗經〈題馬遠四皓弈棋圖〉云：「巴園橘叟何誕幻，白云不減商山樂。象戲寧為黑白棋，畫手無稽傳乃錯。」〔註9〕則明白予以否定。由此觀之，橘中老叟正好是四人，又自稱「不減商山」，可能因此而附會商山四皓，造成象棋和圍棋兩種文化混淆的情形。

（一）顏超求壽

仙人對弈，不僅可以曉諭世人圍棋之樂，還能為世人消災解厄或延壽長生，東晉干寶《搜神記》中有一則「顏超求壽」的故事，其文云：

〔註6〕（唐）牛僧孺：《玄怪錄》（北京：中華書局，2006年8月），卷8，頁74～75。

〔註7〕商山四皓是秦末的四位隱士，因避秦亂而隱居於商山，後輔佐漢高祖太子劉盈，事見《史記·留侯世家》。「四皓弈棋」的傳說缺乏可資稽考的文字出處，倒是有不少以之入畫的作品，如唐僖宗時的孫位；入宋以後，李公麟、馬遠都以此題材作畫。隨著繪畫作品的增多，相關的題畫詩亦不少問世。如元代黃溍〈四皓圍棋圖〉云：「當局沈吟只漫勞，區區勝敗直秋毫。顚贏蹙頊非君事，賴有安劉末著高。」又如明代朱純〈題四皓弈棋圖〉云：「一局殘棋尚未終，白頭何事到青宮？不應千里冥飛翼，卻墮留侯智網中。」參考蔡中民：《圍棋文化詩詞選》（四川：蜀蓉棋藝出版社，1989年10月），頁259～281。

〔註8〕傅璇琮等編：《全宋詩》（北京：北京大學出版社，1998年12月），卷1299，頁14742，冊22。

〔註9〕語見清代厲鶚《南宋院畫錄》。收錄於北京圖書館編輯：《宋代傳記資料叢刊》（北京：北京圖書館出版社，2006年10月），卷7，頁17b，總頁336，冊32。

管輅至平原，見顏超貌主夭亡。顏父乃求輅延命，輅曰：「子歸，
覓清酒一榼，鹿脯一斤，卯日，刈麥地南大桑樹下，有二人圍棋
次，但酌酒置脯，飲盡更酌，以盡爲度。若問汝，汝但拜之，勿
言，必合有人救汝。」顏依言而往，果見二人圍棋。顏置脯斟酒
于前，其人貪戲，但飲酒食脯，不顧。數巡，北邊坐者忽見顏在，
叱曰：「何故在此？」顏唯拜之。南邊坐者語曰：「適來飲他酒脯，
寧無情乎？」北坐者曰：「文書已定。」南坐者曰：「借文書看之。」
見超壽止可十九歲，乃取筆挑上，語曰：「救汝至九十年活。」顏
拜而回。〔註10〕

此爲中國最早將圍棋假託於神仙的記載，文中南北二仙專注弈棋，悠然忘情，
竟不覺有人供奉酒脯。由於「吃人嘴軟」，也只好重批生死簿，顏超因而多活
七十年。

（二）仙館大夫

又東晉陶潛《搜神後記》云：

嵩高山北有大穴，莫測其深，百姓歲時游觀。晉初，嘗有一人誤墮
穴中。同輩冀其儻不死，投食于穴中。墮者得之，爲尋穴而行。計
可十餘日，忽然見明。又有草屋，中有二人對坐圍棋。局下有一杯
白飲。墮者告以飢渴，棋者曰：「可飲此。」遂飲之，氣力十倍。棋
者曰：「汝欲停此否？」墮者不願停。棋者曰：「從此西行，有天井，
其中多蛟龍，但投身入井，自當出。若餓，取井中物食。」墮者如
言，半年許，乃出蜀中。歸洛下，問張華，華曰：「此仙館大夫，所
飲者，玉漿也；所食者，龍穴石髓也。」〔註11〕

文中描述晉初一人誤蹈穴中仙境，遇二仙對坐圍棋，詢問出口所在。經棋仙
指示投身於天井後才重回人間。在穴中迷途期間，獲仙人賜仙漿、仙食解渴
充饑得以延續生命。六朝時期志怪小說大量產生，與當時政治的黑暗和社會
的動亂有關。在戰亂之中，非僅平民百姓災難深重、朝不保夕；即便高門士
族，亦是窮達難料、禍福無常。他們戀生畏死，或迷於神仙方術，或相信佛

〔註10〕（東晉）干寶撰、汪紹楹校注：《搜神記》（臺北：里仁書局，1982 年 9 月），
卷 3，頁 33～34。
〔註11〕（東晉）陶潛撰、汪紹楹校注：《搜神後記》（臺北：木鐸出版社，1982 年 2
月），卷 1，頁 2。

教輪迴，往往將擺脫苦難的希望寄託於超現實的佛道或鬼神幻想中。魯迅《中國小說史略》云：「中國本信巫，秦漢以來，神仙之說盛行，漢末又大暢巫風，而鬼道愈熾；會小乘佛教亦入中土，漸見流傳。凡此，皆張皇鬼神、稱道靈異，故自晉迄隋，特多鬼神志怪之書。」〔註12〕說明了當時志怪小說興盛的社會原因。上引兩則，皆屬「講說鬼神怪異的迷信故事」，〔註13〕顏超的重批生死薄、晉人的食仙漿仙食，皆為延壽長生，追求形軀生命的永恆不朽，反映時人篤信神仙方術思想之一斑。

今本《搜神後記》幾經後人羼附，已非本來面目，《四庫全書總目提要》雖云：「《隋書·經籍志》著錄已稱陶潛，則贗撰嫁名，其來已久。」〔註14〕卻無法否定陶潛曾撰作之實。〔註15〕由該作所敘「晉人墮穴」之事與作者所著〈桃花源記〉，皆描述某人偶然從一洞口入，繼而發現一仙鄉或異境。兩者情節相彷，頗堪玩味，由此推論前者極可能是出於陶潛的手筆。

（三）天帝召滑能

除了以上遇神仙對弈之例，筆記、小說中尚有描寫人遭鬼神召棋而死的情節，五代孫光憲《北夢瑣言》云：

> 唐僖宗朝，翰林待詔滑能，棋品甚高，少逢敵手。有一張小子，年可十四，來謁覓棋，請饒一路。滑生棋思甚遲，沈吟良久，方下一子。張生隨手應之，都不介意，仍於庭際取適，候滑生更下，又隨手著應之。一旦黃寇犯闕，僖宗幸蜀。滑以待詔供職，謀赴行在，欲取金州路入，辦裝挈家將行。張生曰：「不必前邁，某非棋客，天帝命我取公著棋，請指揮家事。」滑生驚愕，妻子啜泣，奄然而逝。……召棋之命，乃酆宮帝君乎？〔註16〕

〔註12〕 魯迅：〈六朝之鬼神志怪書（上）〉，《中國小說史略》（北京：人民文學出版社，1973年8月），第5篇，頁29。

〔註13〕 王忠林等著《增訂中國文學史初稿》中，將魏晉南北朝志怪小說按內容分為三類：一、炫耀地理博物的瑣聞。二、夸飾正史以外的歷史傳聞。三、講說鬼神怪異的迷信故事。（臺北：福記文化圖書有限公司，1985年5月），頁424～434。

〔註14〕 （清）永瑢等纂：《合印四庫全書總目提要及四庫未收書目禁燬書目》（臺北：臺灣商務印書館，1985年5月），卷142，頁2947，冊3。

〔註15〕 此據葉慶炳考論。詳參葉慶炳：《中國文學史》（臺北：臺灣學生書局，1987年8月），頁283，冊上。

〔註16〕 （五代）孫光憲：《北夢瑣言》（臺北：源流文化事業有限公司，1983年4月），卷10，頁79。

滑能是晚唐的圍棋國手，擔任僖宗的棋待詔。僖宗常詔滑能侍棋，滑能爲討皇帝歡心，總是故意輸棋，以致僖宗得意忘形，甚至夸言自己有天賦才能，原素不曉棋，「一日，夢人以《棋經》三卷，焚而使吞之。及覺，命待詔觀棋，凡所指畫，皆出人意」。〔註17〕及黃巢起事，僖宗幸蜀，命滑能偕往，不料滑能整理行裝時忽然暴斃。民間好事者或作者遂踵事增華，傳說是天帝召他下棋去也。然而所謂「天帝」，非也，作者自言是「酆宮帝君」，亦即酆都大帝，乃管理十殿閻王、統治陰間冥司酆都的主宰神，爲天下鬼魂之宗，〔註 18〕當屬「鬼帝」才是。滑能與張生弈棋，其實是遇到陰間使者索命。鬼帝爲了下棋，不惜折人陽壽，顯示圍棋具有無窮魅力，不僅人間好弈，陰間也好弈，讓人鬼都著迷。

（四）朱道珍死約劉廓圍棋

《太平廣記》亦載一鬼魂召棋之事，其文云：

> 朱道珍嘗爲屏陵令，劉廓爲荊州戶曹，各相並居江陵。皆好圍綦，日夜相就。道珍以元徽三年六日（疑爲「月」之誤）亡。至數月，廓坐齋中，忽見一人以書授廓云：「朱屏陵書。」題云：「每思慕聚，非意致闊。方有來緣，想能近顧。」廓讀畢，失信所在，寢疾尋卒。
> 〔註 19〕

朱道珍與劉廓是一對要好的棋友，十分沈迷於圍棋，每回對弈輒日以繼夜、連局落子不輟。朱道珍死後兩、三個月，遣鬼使託書信於劉廓，表明棋聚之思和續緣之約，劉廓讀畢書信不久，即寢疾而亡。好友以棋相知，竟要索命相陪，足見朱道珍嗜棋如命。

（五）程念倫勝乩仙

另有人鬼對弈之例，清代紀昀《閱微草堂筆記》云：

〔註17〕（明）陳耀文：《天中記》（揚州：廣陵書社，2007 年 2 月），下冊，卷 41，頁 59b，總頁 1358，冊下。

〔註18〕如南梁陶弘景《真誥・闡幽微》云：「凡六天宮，是爲鬼神六天之治也。洞中六天宮亦同名，相像如一也。此即應是北酆鬼王決斷罪人住處，其神即應是經呼爲閻羅王所住處也。其王即今大帝也。……世人知有酆都六天宮門名，則百鬼不敢爲害。」（臺北：臺灣商務印書館，1965 年 12 月，叢書集成簡編），卷 15，頁 189～190。

〔註19〕（北宋）李昉編：《太平廣記》（臺北：新文豐出版公司，1997 年 3 月，叢書集成三編），卷 325，頁 33a，總頁 246，冊 70。

程念倫，名思孝，乾隆癸酉甲戌間，來遊京師，弈稱國手。如臬冒祥珠曰：「是與我皆第二手，時無第一手，遽自稱耳。」一日，門人吳惠叔等扶乩，問：「仙善弈否？」判曰：「能。」問：「肯與凡人對局否？」判曰：「可。」時念倫寓余家，因使共弈（凡弈譜，以子紀數；象戲譜，以路紀數。與乩仙弈，則以象戲法行之。如縱第九路橫第三路下子，則判曰：「九三。」餘皆仿此。）初下數子，念倫茫然不解，以爲仙機莫測也，深恐敗名，凝思冥索，至背汗手顫，始敢應一子，意猶惴惴。稍久，似覺無他異，乃放手攻擊，仙竟全局覆沒，滿室譁然。乩忽大書曰：「吾本幽魂，暫來遊戲，托名張三丰耳。因初解弈，故爾率答。不虞此君之見困，吾今逝矣！」惠叔慨然曰：「長安道上，鬼亦誑人！」余戲之曰：「一敗既吐實，猶是長安道上鈍鬼也。」〔註20〕

紀昀的弟子們扶乩，請來的乩仙託名張三丰，並自稱善弈。正好有二流國手程念倫在旁，遂與之對弈。按常理而言，仙機莫測，凡人的棋藝應不及鬼神，未料棋局進行至半，程氏發現乩仙棋力甚遜，乃大敗之。原來是一孤魂野鬼冒充乩仙而露餡，門人吳惠淑慨嘆「長安道上，鬼亦誑人」，藉鬼魅行騙微辭嘲諷繁華人間的詭詐，揭露世道人心的黑暗。

　　本文就情節而言，是人與鬼仙之間的對弈及對話；若更進一層探討其隱含之義，則發現仍是人與人之間的對弈和對話。蓋作者對於扶乩一事心存懷疑，不敢盡信，只是姑妄聽之罷了，如是態度也表現在〈灤陽續錄三・江湖遊士扶乩人〉和〈槐西雜志四・鬼魂假冒〉兩則中。〔註21〕所以扶乩降仙本屬虛妄，請來的恐非乩仙，而是扶乩之人自己裝神弄鬼。乩仙棋藝的高下，在於扶乩之人，而此人棋藝平庸，故被弈中高手程念倫殺得全軍覆沒。表面上說是鬼騙人，內裡實強調人騙人，較前引「天帝召滑能弈棋」、「朱道珍死約劉廓圍棋」兩則，更具深刻的警世意義。

〔註20〕見〈槐西雜志一〉。（清）紀昀：《紀曉嵐文集》（河北：河北教育出版社，1991年7月），卷11，頁248～249，冊2。

〔註21〕前則描述一江湖遊士扶乩詐騙，稱所降之仙是青蓮居士李白，引詩年代、地理錯謬，爲趙春澗所揭穿。詳見紀昀《紀曉嵐文集》，同上註，卷21，頁529～530，冊2。後則記述一鬼魂假冒漢朝人，企圖騙取祭享，對於同一地方，卻無法分辨古今名稱的不同，而爲陳瑞庵所識破。卷14，頁356，冊2。

二、神仙授技

凡人的年壽有限，終必步向死亡一途，所以自古以來，追求長生不老、企慕飛昇成仙者眾多，無非希望擁有超自然的能力，擺脫肉身的限制和束縛，不必投胎，隨意變化形態，出入往來於常人無法抵達的境地。一般人總認爲神仙的智慧和法力高不可測，無所不能；任何事物經其點化，立顯神妙而不可思議，非凡人所能企及。

（一）婦姑授藝王積薪

相傳唐玄宗棋待詔王積薪曾受神仙授技而無敵於天下，事載唐代薛用弱《集異記》，其文云：

> 玄宗西狩，百司奔赴行在，翰林善圍棋者王積薪從焉。蜀道隘狹，
> 每行旅止息中道之郵亭、客舍，多爲尊官有力者所占，積薪棲息無
> 所入，因沿溪深遠，寓宿於山中孤姥之家。但有婦姑，止給水火。
> 纔暝，婦姑皆闔戶而休，積薪棲於簷下。夜闌不寐，忽聞堂內姑謂
> 婦曰：「良宵無以爲適，與子圍棋一睹可乎？」婦曰：「諾。」積薪
> 私心奇之，況堂內素無燈燭，又婦姑各處東西室，積薪乃附耳門扉。
> 俄聞婦曰：「起東五南九置子矣。」姑應曰：「東五南十二置子矣。」
> 婦又曰：「起西八南十置子矣。」姑又應曰：「西九南十置子矣。」
> 每置一子，皆良久思惟，夜將盡四更，積薪一一密記其下，止三十
> 六。忽聞姑曰：「子已敗矣！吾止勝九枰耳。」婦亦甘焉。
>
> 薪積遲明，具衣冠請問，孤姥曰：「爾可率己之意而按局置子焉。」
> 積薪即出橐中局，盡平生之秘妙而佈子，未及十數，孤姥謂婦曰：
> 「是子可教以常勢耳。」婦乃指示攻守殺奪救應防拒之法，其意甚
> 略，積薪即更求其說。孤姥笑曰：「止此已無敵於人間矣。」積薪
> 虔謝而別，行數十步，再詣則已失向之室閭矣。自是積薪之藝，絕
> 無其倫，即布所記姑婦對敵之勢，磬竭心力，較其九枰之勝，終不
> 得也。〔註22〕

盛唐第一名手王積薪棋力超群，天下無敵，卻是在一次偶然的奇遇中得到仙人「其意甚略」的指點。常人枰前對弈，每下一子，目必審視全局，以權衡

〔註22〕收錄於歷代學人：《筆記小說大觀》（臺北：新興書局，1976年8月），14編，頁28，冊1。

得失，一般業餘高手能算十手已屬不易，職業棋士則可算至三十手以後。文中婦姑二人竟不用棋盤，各處東西室，將全局默識於腦海中，以報座標的方式弈棋，手談變成了口談。無須下到終局，寥寥數著，勝負已判然於胸，彷彿至臻無棋勝有棋的意冥玄化之境。〔註23〕

　　王積薪逆旅遇婦姑口弈一事，亦載於唐代李肇《國史補》，內容簡則，並無神仙授藝之描述，〔註24〕顯較《集異記》徵實可信。後人或因此以駁薛說，如明代王世貞《弈問》云：「問孤山老姥之說信乎？曰：或有之。然非積薪之自爲神也。好事者假神而抑積薪之語也。所謂『指示以攻守劫殺之方甚略，曰是子可教以常勢耳』，其抑積薪可見也。」〔註25〕此評薛用弱刻意貶低王積薪。又謝肇淛《五雜組》云：「婦姑之說荒誕不足信，或者積薪以此自神其術耳。」〔註26〕則直指婦姑授棋是王積薪「自神其術」之說，用以炫惑世人。姑不論眞相如何，傳奇本就眞幻夾雜、虛實相映，不同於史筆之載，就因添加了神仙授技的情節，方使此事更加曲折生動、引人入勝，而成爲圍棋文化史上眾所樂道的趣聞軼談。

（二）南山水強人

　　仙人不僅教國手弈棋，有的還借以傳授兵法之要，唐代李隱《瀟湘錄》云：

> 馬舉鎮淮南日，有人攜一棊局獻之，皆飾以珠玉，舉與錢千萬而納焉。數日，忽失其所在，舉命求之，未得。而忽有一叟策杖詣門，請見舉。多言兵法，舉遽坐而問之。叟曰：「方今正用兵之時也，公何不求兵機戰術而將禦寇仇？若不如是，又何作鎮之爲也？」公曰：「僕且治疲民，未暇於兵機戰法也。幸先生辱顧，其何以教之？」

〔註23〕有關中國境界式文化型態之命題，龔鵬程論述精詳，可參考其作：〈中國哲學之美〉，《文學與美學》（臺北：業強出版社，1995年1月），頁47～70。

〔註24〕（唐）李肇《國史補》云：「王積薪棋術功成，自謂天下無敵。將遊京師，宿于逆旅，既滅燭，聞主人嫗隔壁呼其婦曰：『良宵難遣，可棋一局乎？』婦曰：『諾。』嫗曰：『第幾道下子矣！』婦曰：『第幾道下子矣！』各言數十。嫗曰：『爾敗矣！』婦曰：『伏局。』積薪暗記。明日復其勢，意思皆所不及也。」（臺北：世界書局，1991年6月），卷上，頁18。

〔註25〕收錄於國家圖書館分館編：《中國歷代圍棋棋譜》（北京：北京圖書館出版社，2004年8月），頁66，冊1。

〔註26〕收錄於歷代學人：《筆記小說大觀》（臺北：新興書局，1975年9月），8編，卷6，頁19b，總頁3630，冊6。

老叟曰：「夫兵法不可廢也。廢則亂生，亂生則民疲，而治則非所聞。曷若先生以法而治兵？兵治而後將校精，將校精而後士卒勇。且夫將校者，在乎識虛盈，明向背，冒矢石，觸鋒刃也。士卒者，在乎赴湯蹈火，出死入生，不旋踵而一焉。今公既爲列藩連帥，當有爲帥之才，不可曠職也。」舉曰：「敢問爲帥之事何如？」叟曰：「夫爲帥者，必先取勝地，次對於敵軍。用一卒，必思之於生死；見一路，必察之於出入。至於衝關入劫，雖軍中之餘事，亦不可忘也。仍有全小而捨大，急殺而屢逃，據其險地，張其疑兵，妙在急攻，不可遲疑也。其或遲速未決，險易相懸，力進不能，差須求活。屢勝必敗，慎在欺敵。若深測此術，則爲帥之道畢矣。」舉驚異之，謂叟曰：「先生何許人？何學之深耶？」叟曰：「余南山水強之人也。自幼好奇尚異，人人多以爲有韜玉含珠之舉。屢經戰爭，故盡識兵家之事。但乾坤之內，物無不衰。六合之體，殊不堅牢，豈得更久耶？聊得晤言，一述兵家之要耳。幸明公稍留意焉。」因遽辭去，公堅留，延於客館。至夜分，令左右召之，見室內惟一棋局耳，乃是所失之者。公知其精怪，遂令左右以古鏡照之。棋局忽躍起墜地而卒，似不能變化。公甚驚異，乃令焚之。〔註27〕

唐代留下的圍棋論著不多，以兵法解弈者尤爲稀有。〔註28〕本篇是首見以弈論爲基礎而創作出來的志怪小說，十分特殊。棋仙南山水強人以兵法教授淮南節度使，其印證於棋理之主要重點爲：（一）「必先取勝地，次對於敵軍」，即先佔據攻防要津，再與敵方戰鬥，可立於不敗之地。（二）「用一卒，必思之於生死；見一路，必察之於出入」，意謂要謹慎落子，不可盲目亂投，每一手棋，都必須考慮它的死活問題和進退出入的方向。（三）「至於衝關入劫，雖軍中餘事，亦不可忘也」，打劫雖是餘事，但劫材大小的交換，常影響勝負的結果，不可輕忽。（四）「仍有全小而捨大，急殺而屢逃，據其險地，張其疑兵，妙在急攻，不可遲疑也」，對於敵方不顧大局、貪戀孤子，或貿然打入，挑起無謂戰鬥之舉，則布陣引誘之，再對敵方倉皇逃遁的孤棋發動急攻，以

〔註27〕收錄於歷代學人：《筆記小說大觀》（臺北：新興書局，1976 年 6 月），12 編，頁 11～13。頁 6a～7a，冊 1。

〔註28〕詳情可參考張如安：〈唐代的棋著和棋論〉，《中國圍棋史》（北京：團結出版社，1998 年 8 月），頁 207。

掌握主動優勢。（五）「其或遲速未決，險易相懸，力進不能，差須求活」，是謂己方處於險境而無法進退的孤棋，務必就地做活。（六）「屢勝必敗，愼在欺敵」，屢勝必驕，驕兵必敗，不如偽裝示弱，謹愼使用欺敵戰術。此六點皆臨局之基本戰術，並涉及弈者心理素質的建設，雖寥寥數語，卻彌足珍貴，實爲自北周敦煌《碁經》到北宋《棋經十三篇》過渡期間的重要弈論資料。

（三）黃尊師授法籙

明人輯有《石室仙機》、《仙機武庫》、《萬彙仙機》等棋譜，〔註29〕皆以「仙機」爲名，強調圍棋的神妙不測之機。仙家弈局，充滿無窮玄機，前人總將之構築成一幅啓發世人疑惑的圖像，除了有傳授棋藝和兵法之外，還有更上一層助人成道者，《太平廣記・黃尊師》云：

> 黃尊師居茅山，道術精妙。有販薪者，於巖洞間，得古書十數紙，自謂仙書，因詣黃君，懇請師事。黃君納其書，不語，日遣斫柴五十束，稍遲，并數不足，呵罵及箠擊之，亦無怨色。一日，見兩道士于山石上碁，看之不覺日暮，遂空返。黃生火怒罵叱，杖二十，問其故，乃具言之。曰：「深山無人，何處得有棋道士？果是謾語。」謏叩頭曰：「實，明日便捉來。」及去，又見棋次，乃佯前看，因而擒捉，二道士并局，騰於室中，上高樹，唯得棋子數枚。道士笑謂曰：「傳語仙師，從與受卻法籙。」因以棋子歸，悉言其事。黃公大笑，乃遣沐浴，盡傳法籙。受訖辭去，不知其終。〔註30〕

一位樵夫求道未成，最後在仙人的點化之下，始得其師黃尊師傳授法籙。黃尊師係唐代知名道士，法術精妙，卻始終缺乏仙緣，未能成仙。文中刻畫黃尊師嚴厲易怒的性格，對比出樵夫的老實虔敬和神仙的廓然大度。樵夫每日勤苦斫柴，甘受杖責辱罵而無怨色，頗類孟子所謂「天將降大任於斯人也，必先苦其心志，勞其筋骨，餓其體膚，空乏其身，行拂亂其所爲」之義，〔註31〕成道的過程中，若非經歷種種磨難試煉，如何動心忍性，增益其所不能？

〔註29〕國家圖書館善本書室藏有敬一道人等撰《萬彙仙機》八卷（明崇禎潞藩刊本）、陸玄宇等《仙機武庫》八卷（明崇禎二年刊清康熙間增補本）。中研阮史語所傅斯年圖書館藏有佚名編《石室仙機》五卷（清許穀序刊本）。

〔註30〕（北宋）李昉編：《太平廣記》（臺北：新文豐出版公司，1997年3月，叢書集成三編），卷42，頁42a，總頁293，冊69。

〔註31〕語出《孟子・告子章句下》。（臺北：藍燈文化事業，影印嘉慶二十年重刊宋本十三經注疏本），孟疏卷12下，頁12b，冊8。

樵夫忍辱負重，已具備成就智慧的條件，故能獲仙人幫助。相同的故事亦載於《太平廣記》，只是販薪者改成少年瞿道士。黃尊師法術地位雖高，卻缺乏仙緣，反而是瞿道士先修成正果。〔註32〕合兩段記載觀之，與其說是黃尊師傳樵夫（或瞿道士）法籙，何不視爲仙人借弈棋開導黃尊師？稍諳弈理者即知，下棋須隨勢推移變化，最忌起瞋動怒，無理貪求，否則必遭致損失，一敗塗地。弈棋與成道，原非兩回事；藝術和生命，也惟有打成一片，方有超絕展現的可能。

三、時空換變

前引「晉人墜穴」故事中，尚有一值得注意的焦點，即晉人由嵩高山（即今河南嵩山）墜穴，在仙人的指示下，由蜀中找到出路。在仙境才過了十餘日，回到人間時已過了半年多，且地理位置也由河南移到了四川。圍棋傳說中類此時空變換的情節描寫，以南梁任昉《述異記》中所載「爛柯」之典最膾炙人口，其文云：

> 信安郡石室山，晉時王質伐木，至見童數人棊而歌。質因聽之，童子以一物與質，如棗核，質含之不覺饑。俄頃，童子謂曰：「何不去？」質起視，斧柯盡爛。既歸，無復時人。〔註33〕

〔註32〕 求道成仙，一意營求，往往適得其反。《太平廣記·神仙四十五瞿道士》載云：「黃尊師修道於茅山，法籙絕高，靈應非一。弟子瞿道士年少，不甚精愨，屢爲黃師所笞。草堂東有一小洞，高八尺，荒蔓蒙蔽，似蛇虺所伏。一日，瞿生又怠惰，爲師所笞，逡巡避杖，遂入此洞。黃公驚異，遣去草搜索，一無所見。食頃方出，持一棋子曰：『適觀秦時人留殘，見遺此秦人棋子也。』黃公方怪之，尚意其狐狸所魅，亦不甚信。茅山世傳仙府，學道者數百千，皆宗黃公，悉以爲德業階品，尋合上昇。每至良辰，無不瞻望雲鶴。明年八月望夜，天氣清肅，月光如晝。中宵雲霧大起，其雲五色，集於窗牖間。仙樂滿庭，復有步虛之聲，弟子皆以爲黃公上仙之期至矣，遽備香火。黃公沐浴朝服，以候眞侶。將曉，氣煙漸散，見瞿生乘五色雲，自東方出。在庭中，靈樂鷥鶴，彌漫空際，於雲間再拜黃公曰：『尊師即當來，更務修造，亦不久矣！』復與諸徒訣別，乘風遂去，漸遠不見，隱隱猶聞眾樂之音。金陵父老，每傳此事。」同前註，卷45，頁51a～51b，總頁298。冊69。唐韋應物〈寄黃尊師〉詩云：「結茅種杏在雲端，掃雪焚香宿石壇。靈祇不許世人到，忽作雷風登嶺難。」見《韋蘇州集》（臺北：新文豐出版公司，1979年8月，民國26年陶風樓藏本影印），卷3，頁12。

〔註33〕 （南梁）任昉《述異記》（臺北：新文豐出版公司，1985年1月，叢書集成新編影印武章如錦閣本），卷上，頁35，冊82。

內容敘述在晉朝時，浙江信安郡（今衢州市）有一座石室山，樵夫王質上山伐木，誤入石洞中，觀童子弈棋，悠然入神，忘了時間。待童子詢問，方如夢初醒，俯身拾斧，未料斧柄早已爛成成了灰。王質回到自家村裏，竟無一人識得，探問之下，才知已過百年。

　　在中國文學史上，這類時空錯置的仙異故事不算稀有，只因本篇與圍棋有關，更增幾分古奧玄深的意蘊。故自南梁以後，此一美妙傳說不脛而走，令無數文人棋客為之沉吟陶醉，為之唏噓動容。熱愛圍棋者，將之視為醒世文，以為芸芸眾生誤蹈塵網，唯有寄心楸枰，方能袪除俗念，排遣煩惱，怡情養性，以得天年；反對圍棋者，則奉它為警世鐘，對於那些沉迷不悟、棄學失業的弈徒，既委婉地勸戒諷諫，又施以嚴厲的當頭棒喝，以為唯有幡然醒悟，投局撤棋，才能回歸正途；有人則認為它是動亂時代下消極避禍的隱逸思想反映；另也有人將它當作光陰如箭、浮生如寄的比喻。〔註34〕此故事文雖簡短，卻內涵豐富，具備多樣的解釋和象徵意味，煥發迷人的魅力和色彩，予人無窮的想像空間。這正是為什麼爛柯仙跡遍布南北各地，為什麼人們題詠不絕的緣故。

　　類似的情節，後世不乏仿擬之作，如南宋洪邁《夷堅志‧仙弈》載云：

> 南劍尤溪縣浮流村民林五十六樵于山，見二人對弈，倚擔觀之。旁有兩鶴啄楊梅，墮一顆于地。弈者目林使拾之，俛取以食，遽失二人所在。林歸，即辟穀不食，不知其所終。〔註35〕

又如《江西通志‧謝仙翁傳》載云：

> 謝仙翁，瑞金人。後周時，登龍霧嶂採樵，偶於池側見二女奕，從旁觀之。女食桃遺核，因取食之，不飢。弈罷，恍失所在，謝駭而歸，不知若干年矣。〔註36〕

上引二則，皆欄柯遺意。這類貪看仙弈的傳說，並非文人們閉門杜撰，而是民間廣為流播的不同文字記載。李豐楙云：「不管仙道小說所具有的道教本質，既然它採用小說的文學形式，就與一般敘事文學一樣，會以不同的『版

〔註34〕相關論述，參考殷偉《趣話圍棋故事》（臺北：知書房出版社，2004 年 6 月），頁 19〜20。
〔註35〕（南宋）洪邁：《夷堅志》（臺北：明文書局，1982 年 4 月），乙志卷 1，頁 188，冊 1。
〔註36〕（清）謝旻等修：《江西通志》（臺北：成文出版社有限公司，1989 年 3 月，清雍正十年刊本），卷 105，頁 36a，總頁 1976。

本』在民間流傳，除非其神話意境已失去生機，始被歸於道教類書中的典故，不再流傳；否則必以活潑的生命力繼續衍變、生存，接受不同時代的新因素，被賦予新意義。」〔註37〕所以針對同一土題，在不同時代、不同作家的手中，抒發相同的旨趣和集體的願望。「王質觀棋爛柯」故事即爲顯例，文中的仙人，可以化身爲女子，也可化身爲童子；弈棋之所在，亦可隨意變幻，可以是石室山，可以是嵩高山，或是龍霧嶂。爛柯仙跡不只浙江衢州一處，廣東高要縣、河南新安縣、山西武鄉縣、四川達縣和陝西洛川縣都有爛柯山。〔註38〕另廣東連州市有一座斧柯山，山上有仙弈枰，明代屈大均《廣東新語‧山語‧斧柯山》云：「爛柯處在山高頂。王質事，有無不可知，然山下姓王，多有稱質子孫者⋯⋯山乃桂源第二峰，有仙弈枰。枰中棋子隱起，黑白判然，有手掌痕跡。」〔註39〕一個傳說，竟然有如此多附會的地點，瞻之在前，忽焉在後，令人眼花撩亂，好像《紅樓夢》所述之大觀園，作者似乎刻意隱去年代和位址，徒貽後世無窮爭論。清代袁枚謂大觀園即自己在南京的隨園，《清稗類鈔》以爲其遺址在京師後城之西北，周汝昌先生則認爲大觀園就是北京恭親王府，又有學者考證大觀園爲曹雪芹自家江寧織造署的西花園。〔註40〕總之，答案愈是迷離幽眇，愈發引人好奇，進而欲一探究竟。

　　既然是神話傳說，自不必盡信之，所以爛柯仙跡究竟在何處，並不重要，重要的是此故事塑造了一個不問世事的神仙之境、一個超然物外的奇幻空間、一個離塵忘憂的理想世界，就像陶潛〈桃花源記〉中所描述的桃花源，其文云：

> 晉太元中，武陵人捕魚爲業。緣溪行，忘路之遠近。忽逢桃花林，夾岸數百步，中無雜樹，芳草鮮美，落英繽紛。漁人甚異之。復前行，欲窮其林，林盡水源，便得一山。山有小口，髣髴若有光，便捨船從口入。

〔註37〕 李豐楙：《六朝隋唐仙道類小說研究》（臺北：臺灣學生書局，1997年2月），頁9。

〔註38〕 自古以來，有多處以「爛柯」爲名的景點，分布各地。可參考徐國慶：〈散落神州十餘處，何處尋得眞爛柯〉，《體育文化導刊》，第5期（1993年5月），頁51～52。

〔註39〕 收錄於張智主編：《中國風土志叢刊》（揚州：廣陵書社，2003年4月），第58冊，卷3，頁39b。總頁230，冊85。

〔註40〕 可參考王人恩：〈大觀園的原型究竟在哪裏——對紅學史的一個檢討〉，《東南學術》，第2期（2006年2月），頁161～165。

初極狹，纔通人，復行數十步，豁然開朗。土地平曠，屋舍儼然，有良田、美池、桑竹之屬。阡陌交通，雞犬相聞。其中往來種作，男女衣著，悉如外人。黃髮垂髫，並怡然自樂。見漁人乃大驚，問所從來，具答之。便要還家，為設酒殺雞作食。村中聞有此人，咸來問訊。自云先世避秦時亂，率妻子邑人，來此絕境，不復出焉，遂與外人隔絕。問今是何世？乃不知有漢，無論魏晉。此人一一為具言所聞，皆歎惋。餘人各復延至其家，皆出酒食。停數日，辭去。此中人語云：「不足為外人道也。」

既出，得其船，便扶向路，處處誌之。及郡下，詣太守說如此。太守即遣人隨其往，尋向所誌，遂迷不復得路。南陽劉子驥，高尚士也，聞之，欣然規往，未果，尋病終。後遂無問津者。〔註41〕

陶淵明生性嚮往自然簡樸的生活，無奈為貧窮所苦，一度求官。但真做了官，又無法忍受虛矯的官場文化而掛冠求去，桃花源記便是這種心態下的產物。相對於紛紜擾攘的現實世界，桃花源是寧謐素樸的，良田美池之中，桃源人各耘其田，各從其業，怡然自樂，與世無爭。在中國文學史中，桃花源遂成為一種樂土的象徵。實則桃花源未必不是作者構築的虛玄仙界，〈桃花源記·并詩〉云：「奇蹤隱五百，一朝敞神界。」〔註42〕又自古以來，桃林、蟠桃都是仙界的象徵。況且作者所處的魏晉時期，恐怖黑暗，戰禍頻仍，世人久更憂患，性命朝不保夕，在思想信仰上，不入於佛，即入於道，將精神寄託於夢幻虛玄的神仙之境、清淨之鄉，也是自然而容易理解的事。

與「觀棋爛柯」同工異曲者，還有美國前期浪漫主義作家華盛頓·歐文（Washington Irving, 1783～1859）的不朽傑作《李伯大夢》（Rip Van Winkle）。內容是以紐約的哈德遜河谷為背景，敘述一個農夫李普凡·溫克爾上山打獵，遇見一群玩九柱戲的人，溫克爾喝了他們的酒，沉沉睡去。待一覺醒來，世上已是二十年之後，懵懂之中，山水依然，村路如故，但是那村中旅館的畫像，已從英王喬治三世換成了大將軍華盛頓。早年坐在這裡的村民始終是倦容滿面、無所事事的樣子，現在則個個盛氣凌人，言詞鋒利，所談論者，都是自由、議會、選舉、民主、民權等他這隔世之人一無知解的概念。問及老友，有的早

〔註41〕　（東晉）陶淵明撰，龔斌校箋：《陶淵明集校箋》（臺北：里仁書局，2007年8月），卷6，頁465～466。

〔註42〕　同上註，頁466。

就謝世，墳木已拱；有的則在獨立戰爭中功勳彪炳，晉升將軍，入議院爲議員。
值得慶幸的是，陰損兇悍的妻子在他醒來後已歸西多年，閨房專制不再，溫克
爾重獲自由。世局變幻如是，孤單無依的畸零之感，一下子湧上溫克爾的心頭。
經過一段時間，他才稍微適應隔世的生活，意識略爲轉變過來。〔註43〕

　　作者高明之處，在於將溫克爾夢中巨變的契機安排爲專制與民權時代的交
替，並以其家庭躁動作爲美國獨立過程的象徵，表現出美國人追求光明前途的
熱望和積極振奮的開拓精神。反觀爛柯和桃花源故事主角仙遇後回到人間，只
是茫然失落，或沉緬在先前美好的情境中，欲「尋向所誌」而終不得也。比對
之下，可略窺中西方文化路徑之不同：西方大抵是一英雄主義，從古希臘神話
到今日的好萊塢電影，莫不崇尚英雄，歌頌英雄。因爲英雄向外開疆闢土，建
功立業；危難之時，又能挽狂瀾於既倒。中國則高揚聖賢傳統，雖未能至，心
嚮往之。英雄能夠征服世界，征服別人，但不能征服自己；聖賢則不必征服世
界和別人，卻要反恭內省，征服自己，所務皆成己之學，所謂「窮則獨善其身，
達則兼善天下」、〔註44〕「邦有道則仕，邦無道則可卷而懷之」、〔註45〕「滄浪
之水清兮，可以濯吾纓；滄浪之水濁兮，可以濯吾足」，〔註46〕都說明了中國
士人的基本生命型態。不論是儒是道，歷經一番興亡幻夢後，意志多半消磨殆
盡，提振不起，結果常是自憐或自虐，發爲吟詠，也多流連哀傷之調。試觀幾
首後世文人所作的爛柯詩詞，如唐代孟郊〈爛柯石〉云：

　　　　仙界一日內，人間千載窮。雙棋未徧局，萬物皆爲空。樵客返歸路，
　　　　斧柯爛從風。唯餘石橋在，猶自凌丹虹。〔註47〕

又唐代劉禹錫〈酬樂天揚州初逢席上見贈〉云：

　　　　巴山楚水淒涼地，二十三年棄置身。懷舊空吟聞笛賦，到鄉翻似爛
　　　　柯人。沈舟側畔千帆過，病樹前頭萬木春。今日聽君歌一曲，暫憑
　　　　杯酒長精神。〔註48〕

〔註43〕詳情可參考 Washington Irving 著，羅慕謙譯：《走進李伯大夢》（臺北：寂天
　　　　文化事業股份有限公司，2011 年 12 月）。
〔註44〕語出《孟子・盡心章句上》。同註31，孟疏卷 13 上，頁 6b，冊 8。
〔註45〕語出《論語・衛靈公》。同註31，第 8 冊，論語疏卷 15，頁 3b，冊 8。
〔註46〕語出屈原〈漁父〉。同註3，卷 5，頁 117。
〔註47〕（清）聖祖：《全唐詩》（臺北：宏業書局，1977 年 6 月），卷 380，頁 4262，
　　　　冊下。
〔註48〕（唐）劉禹錫：《劉禹錫集》（北京：中華書局，1990 年 3 月），卷 31，頁 421，
　　　　冊下。

又北宋釋宇昭〈爛柯山〉云：

> 仙家輕歲月，浮世重光陰。白髮有先後，青山無古今。局終柯已爛，
> 塵散海尤深。若覓長生路，煙霞無處尋。（其一）

> 王質爛柯事，傳聞不在疑。百年容易客，一局等閒棋。此著有誰見？
> 無言祇白知。石橋南畔路，依舊日斜暉。（其二）〔註49〕

又明代徐渭〈題王質爛柯圖〉云：

> 閒看數著爛樵柯，澗草山花一剎那。五百年來纍一局，仙家歲月也
> 無多。〔註50〕

又元代薛昂夫〈蟾宮曲・題爛柯石橋〉云：

> 甚神仙久占巖橋？一局楸枰，滿耳松濤。引得樵夫，旁觀不覺，晉
> 換了唐朝。斧柄兒雖云爛卻，袴腰兒難保堅牢。王母蟠桃，三千歲
> 開花，總是虛謠。（其一）

> 懶朝元石上圍棋，問仙子何爭？樵叟忘歸。洞鎖青霞，斧柯已爛，
> 局勢猶迷。恰滾滾桑田浪起，又飄飄滄海塵飛。恰待持杯，酒未沾
> 唇，日又平西。（其二）〔註51〕

或悼往傷今，發思古幽情；或悵惘若失，嘆世事滄桑。爛柯一典所顯示的意
義，是個體生命須與短暫對應宇宙生命永恆無窮時一種悲哀和無奈的自覺，
正如史良昭先生評云：「人們對圍棋有一種天然的神祕感，將它視作『仙家覃
思之具』，因為棋理精微，難以盡曉；人們更容易將圍棋與人生世事聯繫在一
起，因為兩者在內容和意象上有著相近之處：它們都有著變幻無常、茫昧莫
測的進程，都是一連串眼花撩亂的爭競竭力、成敗得失的記錄。然而，前者
是輕鬆的遊戲，後者卻是沈重的實實在在的負擔。在王質故事產生的時代，
中華大地上時局動盪，戰亂頻仍，人們無力改變現實和掌握命運，因而渴望
著擺脫煩惱和苦悶。圍棋『忘憂』功能已被時人公認，寄心楸枰之內可以得
到萬慮俱消的超脫。可是棋中的天地畢竟無謂，一旦返回食煙火的人間竟一
無所得，不過是徒然蹉跎了光陰、朽爛了斧柄而已！一面是短暫的解脫，一

〔註49〕同註8，卷126，頁1478，冊3。
〔註50〕（明）徐渭：《徐文長三集》，《徐渭集》（北京：中華書局，1999年2月），卷
　　　　11，頁381，冊2。
〔註51〕陸邦樞、林致大校注：《薛昂夫趙善慶散曲集》（上海：上海古籍出版社，1988
　　　　年5月），頁42～43。

面是永久的苦惱；一面是有限的追求，一面是無盡的失落。這種走不出怪圈所產生的傷感和思考，正是『觀棋爛柯』故事流傳千古、發人喟嘆的原因。」〔註 52〕圍棋是一門時空交錯的藝術，大可如亙古宇宙，小好似蜉蝣人生。一局棋從開始到結束，結束又開始，是一不斷周而復始、循環往復的過程。在此過程中，人類有限的生命總是渴望永恆不朽。「觀棋爛柯」和「顏超求壽」的故事一般，二文作者皆有意跨越相對時間觀念的迷障，將弈棋一事導入永恆絕對之中，藉仙凡境界的迥殊，彰顯其形上意蘊。六朝以來，這類仙境、仙遇式的圍棋傳說，提供人們冥思中一處玄異奇幻的世界，而爲無數嗜棋者終其一生所樂道和追尋。

第二節　坐隱忘憂的閑情雅趣

　　圍棋的起源與本質爲何？自古及今，眾說紛紜，本論文第貳、參章已論之矣。在它演變發展的數千年歷史中，或被嗤爲末技，或贊爲道藝；有以之演繹兵法，或以之卜卦測運。然而自始至終不變者，在於它是一種閑情的益智遊戲。唐太宗嘗論弈棋云：「怡神靜俗氛。」〔註 53〕宋徽宗則云：「忘憂清樂在枰棋。」〔註 54〕由於下一盤棋需耗費不少時間，在爭勝負的過程中，隨著局勢的千變萬化，弈者心神專注之際，暫忘世俗的煩憂，並從中領略無窮的樂趣。所以它能獲得不同身份、各個年齡族群的喜愛，成爲雅俗共適的消遣活動。圍棋是高深文化的產物，理當由知識階層發明，所以它一開始就與文人結下不解之緣。尤其自唐代以後，琴、棋、書、畫並列爲文人四藝，逐步發展出超脫勝負、追求閑雅逸趣的「文人棋」。文人棋的內蘊與風采，多見諸古來文學作品，而以詩詞爲大宗，以下分由「山水園林的逍遙」、「詩酒茶墨的雅賭」、「人生如棋的感悟」、「觀弈神遊的超脫」四方面析論之。

一、山水園林的逍遙

　　中國人對大自然的態度及兩者之間的關係，有著一段漫長的演進歷程。上古時代，初民爲洪水猛獸、乾旱疾疫所侵襲，生存面臨嚴重的威脅。所以期盼

〔註 52〕史良昭：《博弈遊戲人生》（臺北：臺灣商務印書館，1992 年 3 月），頁 139。
〔註 53〕語出唐太宗〈五言詠棊・其二〉。（唐）不著輯人：《翰林學士集》（臺北：新文豐出版公司，1989 年 7 月，叢書集成續編），頁 423，冊 113。
〔註 54〕同註 8，卷 1491，頁 17048，冊 26。

透過祭鬼酬神的儀式，免除天災的懲罰與危害。對他們而言，大自然中的山川與動植物，儼然帶有肅殺的權威意志和濃厚的神秘色彩，使之產生崇拜與畏怖的心理。然而隨著人類智慧的增長和生活經驗的累積，慢慢克服種種困難，自我主宰意志逐漸由大自然的壓力下挺立而出。尤其西周人文精神的顯揚，人們開始依據自己的立場與需要來看待自然。如《詩經》中的山川草木鳥獸，常被用於比、興，成爲人類感情或義理所投射的對象，形成了自然的人格化。老莊學說興起，厭棄周文疲弊所帶來的人世紛擾和人爲造作之苦，主張復歸自然。魏晉時代，玄風大搧，士人好爲清談，欲擺脫現世的羈絆，追求自由自在，自然山水遂成爲生命安頓、嚮往的所在。再者，由於當時政治社會動亂，生命失去保障，彌漫著及時行樂、隱逸、求仙的思想，士人一方面縱情聲色，以把握有限的時光；另一方面則煉丹服藥，以求延壽長生。服藥後須「行散」，以散發藥性，行散之人通常步行至郊外林野，增加接近大自然的機會；爲了追求遊仙的生活，遠離塵囂，終年累月遊山玩水、飲酒長嘯，亦成爲當時盛行的風氣。魏晉士人放下了主觀的自我，逍遙於大自然中，契入玄思以求悟道。在他們的眼中，自然山水不再只依附於人的主體，而被當成獨立的審美對象。〔註55〕

及至唐代，先秦以人爲主的比德式和魏晉審美式的兩種自然觀都獲得繼承，文人對山水美感、悟道、化性、比德等價值皆予高度肯定。在如是自然觀的主導下，士人徜徉山水、羈戀園林，自是賞心樂事，久之而浸成習尚。加以唐代釋老盛行，士人與僧道交遊互動頻繁，經常出入位於山林河畔的寺院與道觀，感受其中的情趣與意境，因而對園林生活更添嚮往與喜愛。在思想方面，唐代儒道釋三教合流，讓士人在「兼濟」與「獨善」之間覓得從容進退之道，山水園林遂扮演調適身心的重要角色。〔註56〕另一方面，大約自唐代開始，圍

〔註55〕以上所論，參酌侯迺慧：《詩情與幽境》（臺北：東大圖書公司，1991 年 6 月），頁 66～70。

〔註56〕侯迺慧云：「在儒家思想方面，三綱五常的倫理觀念及內聖外王的修治之道，使處身在封建社會的士人們，把理想放在政治體系的參與上，希望藉仕宦之位以行其成人成物的事業。可是道釋卻要求不染塵污的清淨與絕對逍遙自由的生活；這似乎與仕途生涯相違。然而思想上既然將三家做了調和同歸，在行爲與實際上便也可以設法調和之。那就是在政事公務上實踐其外王的儒家理想，而公退餘暇則又可以完全充分地進行其悠游蕭散、參禪靜坐的道釋生活。因此，對士大夫而言，公退之餘的家居生活，必須提供一個清幽寂靜、有若自然的環境；園林，就在這樣的思想背景之下，扮演起實際生活調和三教的角色來。」見所著《詩情與幽境》。同註55，頁 77。

棋的精神內蘊有所蛻變，更趨於雅化，逐漸形成「文人棋」的傳統。文人士大夫承襲六朝棋手怡情養性、忘憂消閒及標榜風流的觀念，大多不在意輸贏，著重圍棋的娛樂性和趣味性。對他們而言，圍棋不僅是盤上的藝術，其意境亦昇華為獨特的生活美學。許多文人喜歡在大自然的風光美景下弈棋，將之當成遊賞山水林園的樂事。相關詩作，如王維〈春園即事〉云：

　　　草際成棋局，林端舉桔槔。〔註57〕

又白居易〈池上二首‧其一〉云：

　　　映竹無人見，時聞上子聲。〔註58〕

又李郢〈錢塘青山題李隱居西齋〉云：

　　　林間掃石安棋局，巖下分泉遞酒杯。〔註59〕

又許渾〈奉命和後池十韻〉云：

　　　竹韻遷棋局，松陰遞酒卮。〔註60〕

又韋莊〈同舊韻〉云：

　　　凳石迴泉脈，移棋就竹陰。〔註61〕

又李洞〈宿葉公棋閣〉云：

　　　帶風棋閣竹相敲，局瑩無塵拂樹梢。〔註62〕

又皮日休〈李處士郊居〉云：

　　　園裏水流澆竹響，窗中人靜下棋聲。〔註63〕

在草際巖間、松風竹蔭下弈棋，大自然的林籟水聲與棋聲，相偕共鳴，反而更增園林幽深靜謐的氣氛，予人一種離塵隔世之感。唐代以後，這種融弈棋於自然美景的樂好雅尚，漫衍流行，尤其對於功成身退、出世隱居及參禪修道的士人而言，極具吸引力，其功用不僅是調適身心而已，主要藉此涵養智慧與追求精神的超越。所謂「一方清氣群陰伏，半局閒棋萬慮空」、〔註64〕「萬事翛然只

〔註57〕同註47，卷126，頁1278，冊下。
〔註58〕（唐）白居易：《白氏長慶集》（臺北：臺灣商務印書館，1979年11月，四部叢刊正編影印上海涵芬樓借江南圖書館藏日本翻宋大字本），卷65，頁14b，總頁797，冊36。
〔註59〕同註47，卷590，頁6850，冊下。
〔註60〕同註47，卷537，頁6133，冊下。
〔註61〕同註47，卷695，頁8002，冊下。
〔註62〕同註47，卷723，頁8297，冊下。
〔註63〕同註47，卷613，頁7068，冊下。
〔註64〕語見鄭損〈玉聲亭〉。同註47，卷667，頁7632，冊下。

有棋，小軒高淨簟涼時」、〔註65〕「余茲度炎燠，一局忘萬事」、〔註66〕「獨收萬慮心，於此一枰競」，〔註67〕皆顯示弈者務求凝神專一，忘慮息心，放下萬緣，以沈靜篤定的精神狀態入棋行弈，並以翛然自得的閑情逸致來審局度勢。侯迺慧云：「棋弈在園林中進行，只是藉著兵事大勢在一來一往中，表現雙方的權審能力及定靜慮得的工夫境界，是隱微而玄妙的議談方式，由弈者的入神狀態來呈現園林生活境界。」〔註68〕信乎其言，可知在大自然中弈棋，頗得寂靜幽深之境，是文人士大夫出世悟道、追求逍遙自在的絕妙法門。

山水園林之中，風光迥殊，千姿萬態，予弈者不同的審美體驗與情趣。如司空圖〈緯略〉云：

棋聲花院閉，幡影石壇高。〔註69〕

又其〈雜題二首·其一〉云：

棋局長攜上釣船，絞中棋殺勝絲牽。〔註70〕

又李洞〈對棋〉云：

小檻明高雪，幽人鬪智棋。〔註71〕

又吳融〈禪院弈棋偶題〉云：

裛塵絲雨送微涼，偶出樊籠入道場。半偈已能消萬事，一枰兼得了殘陽。〔註72〕

又南宋洪炎〈弈棋絕局二首之二〉云：

鷺落寒江鴉點汀，晴窗飛電擊桊聲。方圓動靜隨機見，清簟疏簾眼倍明。〔註73〕

又元代劉平叟〈對弈小景〉云：

坐對楸枰日似年，湖光如畫柳如煙。眼前局面從機巧，輸與山林一著先。〔註74〕

〔註65〕語見吳融〈山居即事四首其三〉。同註47，卷684，頁7847～7848，冊下。

〔註66〕語見文同〈白鶴寺北軒圍棋〉。同註8，卷448，頁5448，冊8。

〔註67〕語見歐陽脩〈新開棊軒呈元珍表臣〉。同註8，卷297，頁3739，冊6。

〔註68〕同註55，頁339。

〔註69〕唐代司空圖殘詩。同註47，卷634，頁7288，冊下。

〔註70〕同註47，卷634，頁7281，冊下。

〔註71〕同註47，卷722，頁8288，冊下。

〔註72〕同註47，卷686，頁7888，冊下。

〔註73〕同註8，卷1299，頁14741，冊22。

〔註74〕楊鐮主編：《全元詩》（北京：中華書局，2013年6月），頁23，冊66。

又清代彭孫遹〈菩薩蠻·圍棋〉云：

> 湘蘭九畹垂垂落，雕籠巧喚紅鸚鵡。長日試敲碁，嬌慵落子遲。
>
> 〔註75〕

弈棋之所，不設限於山泉石林、竹蔭松濤之間；亦可在花院釣船中、晴窗軒檻旁、清簟疏簾前，有湖光柳煙、裊塵絲雨為襯；有鷺鴉蘭畹、白雪殘陽相伴。四季之美，如詩如畫，弈者仰觀宇宙之大，俯察棋局之變，同樣遊目騁懷，不僅收視聽之娛，亦足以極無言之趣。此即文人棋的殊勝所在，他們追求風雅逸趣，就連弈棋的場合都十分講究，絕不同於一般的博徒，總是聚集在龍蛇雜處的市井中，為爭輸贏而喧鬧叫囂、競彩搶注；而是務求環境的清雅幽靜，以遠離塵垢、擺脫俗氛，讓身心獲得輕鬆自在的釋放。

二、詩酒茶墨的雅賭

　　文人對弈，固不以贏棋為首要之務，但是不爭勝負之棋，則頓失樂趣。儘管文人的棋藝未必高明，無法與職業棋手相比，偶逢敵手，若能贏個幾局，亦人生一大快事。何況人性本有爭強好勝之心，文人亦不能免，棋盤外的失意挫敗，也可藉贏棋作為心理的補償。所以弈棋之人，大概沒有不喜贏棋者。南宋王十朋有詩云：「予手不善談，臨局氣先怯。偶逢孫萬林，三戰輒三捷。都緣敵不勍，非以臺威脅。孺子濫成名，凱奏意殊愜。三君皆壯士，小挫未肯厭。予今務持勝，堅壁不容劫。」〔註76〕王十朋不善圍棋，遇三友人對弈，未料三戰皆捷，興奮得意之情溢於言表。對手不服輸，要求續弈，為了延續不敗紀錄帶來的快樂，乃掛起免戰牌來。

　　單純的贏棋，自已令人歡悅，若能押上賭注，則競技過程更添刺激緊張之趣味。博弈之事，原就在一賭字，古來上層社會，有以圍棋賭官、賭墅、賭郡、賭頭銜者，無非為求功名利祿而來；市井之中，博徒為賭彩金或酒食而弈，亦不過為溫飽而已。文士則不然，為增弈興，照例要賭它一番，不過彩頭多非金錢俗物，而是茶酒文墨等文人雅事，即所謂「雅賭」也。

　　雅賭最常見者，就是賭詩，徐鉉〈棋賭賦詩輸劉起居奕〉云：

〔註75〕 （清）彭孫遹撰，紀寶成等編：《延露詞》，《清代詩文集彙編》（上海：上海古籍出版社，2010年12月，清光緒十一年郭氏彙刻本），卷1，頁12a，總頁306，冊125。

〔註76〕 語出〈予素不善棋孫先覺萬大年林大和見訪戰與對壘偶皆勝之因作數語〉。同註8，卷2030，頁22758，冊36。

刻燭知無取，爭先素未精。本圖忘物我，何必計輸贏？賭墅終規利，

　　焚囊亦近名。不如相視笑，高詠兩三聲。〔註77〕

北宋弈論名著《圍棋義例詮釋》的作者徐鉉，與劉奐賭棋賦詩，因為輸了而有此作。雖然他對圍棋有相當精深的研究與造詣，卻謙稱自己藝業未精。輸棋難免窘迫，「本圖忘物我，何必計輸贏」，道出圍棋怡情悅性之本旨，顯現作者豁達開朗的心胸；「不如相視笑，高詠兩三聲」，則機智風趣，將詩情棋韻引向高遠寬闊之境。寥寥數句，兩人莫逆於心、推杯暢笑的神態如歷目前。又如王安石〈與薛肇明弈棊賭梅花詩輸一首〉云：

　　華髮尋春喜見梅，一株臨路雪培堆。鳳城南陌他年憶，杳杳難隨驛

　　使來。〔註78〕

王安石別開生面，弈棋賭梅花詩。詩中以梅之傲立霜雪自況，卻不免有春去人老之嘆。《古今合璧事類備要　奕棊　賭詩》云：「荊公在鍾山下棋，薛昂（肇明）門下與焉，〈梅花〉一首。薛敗而不善詩，荊公為代作，今集中所謂薛秀才是也。薛既宦達，出知金陵，或者嘲以詩曰：『好笑當年薛乞兒，荊公座上賭梅詩。而今又向江東去，奉勸先生莫下棊。』薛書名似丐字，故人有乞兒之說。」〔註79〕此事妙在薛昂不會作詩，卻偏要與王安石對弈，不論輸贏都是王安石寫。兩人一巧一拙、一博學一乏術，對比鮮明，為棋壇平添佳話，但也淪為笑談。

　　賦詩之外，另有以茶墨相賭者。北宋畫家文同，以墨竹聞名，是蘇軾的表兄，感情交好，常互相嬉笑戲謔。有一回二人對弈，以茶墨為賭資，文同〈子平棊負茶墨小章督之〉云：〔註80〕

　　睡憶建茶斟瀲灩，畫思克墨潑淋漓。可憐二物俱無有，記得南堂棊

　　勝時。〔註81〕

〔註77〕同註47，卷756，頁8604，冊下。

〔註78〕（北宋）王安石：《臨川先生文集》（臺北：華正書局，1975年4月），卷28，頁319。

〔註79〕（南宋）謝維新：《古今合璧事類備要》（臺北：新興書局有限公司，1971年3月），卷57，頁14b，總頁443，冊1。

〔註80〕子平，指蘇軾。文同的詩文遺稿因黨禍熾烈，其後人恐遭株連，遂將與蘇家有關的內容改換或刪除。《丹淵集・拾遺卷跋》云：「詩中凡及子瞻者，率以子平易之。蓋當時黨禍未解，故其家從而篡易。斯文厄至于如此，可勝歎哉！」（北宋）文同：《丹淵集》（臺北：臺灣商務印書館，1967年9月，四部叢刊初編），拾遺下，頁309。

〔註81〕見文同《丹淵集》。同上註，卷9，頁106。

蘇軾輸棋，卻未履約兌現，文同盼念之餘，只好作詩索討。建州茶〔註 82〕與兗州墨，俱是名品，爲雅士所好。香茗滿溢、潑墨淋漓，對文家而言，是何等快事！作者由此入手，將之描繪成夢幻虛空，一副哀求乞憐模樣。末句一筆宕開，將場景拉回當日南堂賭棋獲勝之實，提醒表弟勿忘約信和對弈之樂。這首戲筆之作，巧妙蘊藉，饒有餘韻，表面上寫索物之意，而內含的別後思念之情，則更是詩人所欲申達者。

　　孔平仲善弈又嗜墨，嘗弈棋賭墨，其〈子明棋戰兩敗輸張遇墨並蒙見許夏間出篋中所藏以相示詩索所負且堅元約〉云：

> 平生性好墨，以此爲晝夜。陳元爾何爲？能使我心化。四方購殊品，
> 十倍酬善價。江南號第一，易水乃其亞。古錦綴爲囊，香羅裁作帕。
> 精麤校白黑，情僞攷眞詐。欣然趣自得，其樂甚書畫。英英清河公，
> 風格繼王謝。語舊則鄉邦，論親乃姻婭。前時偶休澣，迂之城南舍。
> 所嗜與我同，奇蓄頗自詫。弈秋約籌局，張遇賭龍麝。貪多而務得，
> 廉遜或不暇。鉛刀施一割，駑足効十駕。決勝有如兵，必爭還似射。
> 黑雲半離披，玉馬相蹂藉。初鳴已驚人，再鼓遂定霸。物情矜俊捷，
> 天幸蒙假借。功成不自高，垂首甘褻罵。但當償所負，然諾重嵩華。
> 彎弓既有獲，豈不願鴟炙？滌硯埃見臨，倒屣出相迓。陵尊且犯貴，
> 此罪在不赦。更許觀篋中，前期指朱夏。〔註83〕

此詩與前首文同〈子平棊負茶墨小章督之〉意趣相近，手法雷同。詩題所謂「張遇墨」，乃五代張遇所製，又稱「畫眉墨」，爲墨中珍品。〔註 84〕孔平仲好收藏名墨，與同鄉姻親子明弈棋賭贏之，子明雖爽快答應，卻遲未履行承

〔註82〕 建茶爲產於建州（今福建建甌）的名茶，時爲貢茶。《宋史・錢俶傳》：「（太平興國）三年三月，來朝，……即日宴俶長春殿，令劉鋹、李煜預坐。俶貢白金五萬兩、錢萬萬，絹十萬匹、綿十萬屯、茶十萬斤、建茶萬斤、乾薑萬斤、……。」（元）脫脫等：《宋史》（北京：中華書局，1990 年 12 月），卷 480，頁 13901。

〔註83〕 （北宋）孔平仲：《朝散集》，《清江三孔集》（臺北：新文豐出版公司，1989 年 7 月，胡氏豫章校本），卷 1，頁 22b～23a，總頁 650～651，冊 104。

〔註84〕 如明代楊慎〈玉泉墨畫眉墨〉云：「金章宗宮中以張遇麝香小御團爲畫眉墨。」《升庵外集》（臺北：臺灣學生書局，1971 年 5 月），卷 19，頁 10a，總頁 575，冊 2。又金代元好問〈賦南中楊生玉泉墨〉詩云：「浣袖秦郎無藉在，畫眉張遇可憐生。」（元）元好問：《元遺山先生全集》（臺北：新文豐出版公司，1997 年 3 月，光緒 8 年靈石楊氏原刻本），卷 9，頁 7a，總頁 6294，冊 38。

諾，遂作詩討索。詩的開頭作者以夸張之筆，極力渲染自己對墨如何情有獨
鍾，其樂甚於書畫。「貪多而務得，廉遜或不暇」，接著再將子明不甚高明的
棋藝戲謔一番；「鉛刀施一割，駑足效十駕。決勝有如兵，必爭還似射。黑雲
半離披，玉馬相蹂藉。初鳴已驚人，再鼓遂定霸」，明明對自己的表現甚為得
意，卻故作謙虛狀，最後才客氣卻又堅定地表明索墨之意。作者幽默感十足，
使全詩洋溢著輕鬆俏皮的喜劇氣氛，讀之令人莞爾發噱。

　　中國古代騷人墨客，無論賤貴窮通、歡喜哀愁，都離不開酒。酒能消愁
解憂，又可啓思助興；圍棋亦有相同效用，蘇軾所謂「君談似落屑，我飲如
弈棋」是也。〔註85〕對好飲善弈的文士而言，兩者一拍即合，相得益彰。棋
酒相伴的詩文頗多，無法盡列，茲略舉較著之例，如白居易有「晚酒一兩杯，
夜棊三數局」、〔註86〕「興發飲數盃，悶來棊一局」、〔註87〕「花下放狂放衝
黑飲，燈前起座徹明棊」之句；〔註88〕蘇軾有「卯酒無虛日，夜棊有達晨」、
〔註89〕「樽酒樂餘春，棋局消長夏」、〔註90〕「棋聲虛閣上，酒味早霜前」
之句；〔註91〕或如陸游「遣日須棋局，忘憂賴酒巵」、〔註92〕「畫燭爭碁道，
金罍數酒籌」、〔註93〕「興闌棋局散，意愜酒杯深」、〔註94〕「曉枕呼兒投宿
酒，暮窗留客算殘棊」。〔註95〕有朋造訪，花下燈前，一邊對飲，一邊手談，
徹夜達旦，棋罷酒酣，此樂何極！在此情境之下，文人弈棋賭酒，亦乃自然

〔註85〕　語出〈次韻錢穆父會飲〉。蘇軾於該句下自註云：「世有作詩如弈棋，弈棋
　　　　　如飲酒，飲酒乃大戒之語。　　僕於棋、酒二事，俱不能也。」（清）王文
　　　　　誥輯注：《蘇軾詩集》（北京：中華書局，1982年2月），卷36，頁1929，
　　　　　冊6。
〔註86〕　語出〈郭虛舟相訪〉。同註58，卷7，頁21b，總頁89，冊36。
〔註87〕　語出〈孟夏思渭村舊居寄舍弟〉。同註58，卷10，頁21b，總頁119，冊36。
〔註88〕　語出唐代白居易〈獨樹浦雨夜寄李六郎中〉。同註58，卷15，頁26b，總頁
　　　　　182，冊36。
〔註89〕　語出〈和陶與殷晉安〉。同註85，卷42，頁2321，冊7。
〔註90〕　語出〈司馬君實獨樂園〉。同註85，卷15，頁733，冊3。
〔註91〕　語出〈晚遊城西開善院泛舟暮歸二首・其一〉。同註85，第8冊，卷48，頁
　　　　　2615，冊8。
〔註92〕　語出〈五月初作〉。（南宋）陸游：《劍南詩藁》，《陸放翁全集》（臺北：河洛
　　　　　圖書出版社，1975年5月），卷51，頁745，冊下。
〔註93〕　語出〈雨夜〉。同上註，卷11，頁181，冊下。
〔註94〕　語出〈甲子歲十月二十四日夜半夢遇故人於山水間飲酒賦詩既覺僅能記一二
　　　　　乃追補之・其二〉。同註92，卷60，頁849，冊下。
〔註95〕　語出〈春晚〉。同註92，卷53，頁770，冊下。

而然之事。賭法或隨人而異，最簡單者就是令輸者喝，歐陽修〈醉翁亭記〉
云：

> 宴酣之樂，非絲非竹，射者中，奕者勝，觥籌交錯，起坐而諠譁者，
> 眾賓懽也。〔註96〕

此段寫作者貶知滁州太守時與賓客遊宴醉翁亭之樂，其中最熱鬧的節目是投
壺和弈棋，兩者都是行酒令的方式。「射者中，弈者勝，觥籌交錯」，意謂投
壺射中者可罰未射中者喝酒，弈棋勝者可罰負者喝酒，因參與者眾多，但見
算籌與酒杯往來錯亂。雖然歐陽修描述得不夠詳細，但弈棋賭酒的原則大抵
如此，至於罰飲多少或是否添加其它花樣，則隨弈者之興味而定。

　　白居易喜愛飲酒和弈棋，嗜深癮大，老而彌篤，留下許多酒與棋的佳話。
其〈劉十九同宿〉云：

> 紅旗破賊非吾事，黃紙除書無我名。唯共嵩陽劉處士，圍棋賭酒到
> 天明。〔註97〕

對白居易而言，在宦途失意之時，將情懷寄託於棋酒之間，實為排憂解悶的
良方。劉處士十九，是他的棋伴兼酒友，〔註98〕夜裡喚來與己弈棋賭酒，邊
飲邊下，既迷且酣，直至東方既白，可謂狂放痛快之至！只是如此漫無節制
地弈棋賭酒，固然顯示文人的放浪疏狂，帶來短暫的陶醉和歡樂，卻難掩心
中有志難伸的抑鬱之情。所謂「夜涼吹笛千山月，路暗迷人百種花。棋罷不
知人換世，酒闌無奈客思家」，〔註99〕待棋罷酒闌，依然要對現實人生的殘酷
與無奈。但無論如何，棋教人迷，酒教人醉，單就一方言之，已教文士難以
抗拒；何況兩者以賭性連結，自然逸興倍增、樂趣加乘，其更令文士耽翫不
厭，也就不在話下。

　　以詩、酒、茶、墨雅賭的文人棋，除了適度鼓動勝負之心，增加競技的
樂趣；又可培養友朋之誼，展現個人的才華和巧思。由以上所舉諸例，處處
可見文人棋高雅的風韻、新奇的詼諧及溫馨的情味，與一般博徒為賭金爭勝
俗不可耐的市儈嘴臉，實有天壤之別，益發深拓了圍棋的文化內涵。

〔註96〕（北宋）歐陽修：《歐陽文忠公集》（臺北：臺灣商務印書館，1979年11月，
　　　　四部叢刊正編），卷39，頁15a，總頁299，冊44。

〔註97〕同註58，卷17，頁10b，總頁202，冊36。

〔註98〕白居易另有〈問劉十九〉詩云：「綠蟻新醅酒，紅泥小火爐。晚來天欲雪，能
　　　　飲一盃無？」。同註58，卷17，頁7a，總頁201，冊36。

〔註99〕語出歐陽修〈夢中作〉。同註96，卷12，頁2a，總頁118，冊44。

三、人生如棋的感悟

　　圍棋爲何能令人如此著迷？原因很多，最主要者在於短短十九路枰紋交織成一小宇宙，一局棋彷彿人生的縮影，每一手棋總潛藏著未知的可能與無窮的玄機；行棋過程中的得失成敗，往往抽象繾綣著人生的不同遭遇，凡稍諳棋理者，多少都有如是的體會。所以自古以來，在文人的吟詠中，常見「人生如棋」、「世事如棋」之喻，也就不難理解了。譬如蘇軾〈送司勳子才丈赴梓州〉云：

　　　　人生初甚樂，譬若枰上棋。〔註100〕

又陸游〈放歌行〉云：

　　　　人間萬事如弈棋，我亦曾經少壯時。〔註101〕

又南宋釋志文〈西閣〉云：

　　　　年光似鳥翩翩過，世事如棋局局新。〔註102〕

又文天祥〈又送前人琴棋書畫四首‧其一〉云：

　　　　紛紛玄白方龍戰，世事從他一局棋。〔註103〕

又明代釋憨山〈山居示眾〉云：

　　　　世事一局棋，著著爭勝負。〔註104〕

又明代洪應明《菜根譚‧閑適》云：

　　　　世事如棋局，不著的纔是高人。〔註105〕

又明代馮夢龍《醒世恆言》云：

　　　　世事紛紛一局棋，輸贏未定兩爭持。〔註106〕

又清代釋丈雪〈佚老關中作〉云：

　　　　人生好似一枰碁，局局贏來何作奇？〔註107〕

〔註100〕　同註85，卷48，頁2602，冊8。

〔註101〕　同註92，卷46，頁681，冊下。

〔註102〕　同註8，卷3756，頁45292，冊72。

〔註103〕　（南宋）文天祥：《文文山先生全集》（臺北：河洛圖書出版社，1975年9月），卷1，頁13。

〔註104〕　（明）釋憨山：《夢游集》，《憨山大師全集》（北京：河北禪學研究所，2005年12月），卷37，頁64，冊3。

〔註105〕　（明）洪應明：《菜根譚》（臺北：老古文化事業股份有限公司，1993年6月），頁18。

〔註106〕　語出〈陳多壽生死夫妻〉。（明）馮夢龍，顧學頡校注：《醒世恆言》（臺北：里仁書局，1991年5月），卷9，頁178，冊上。

〔註107〕　（清）釋中愐修，羅琳主編：《重修昭覺寺》，《四庫未收書輯刊》（北京：北京出版社，2000年，清光緒二十二年刻本），第9輯，卷6，頁13a，總頁194，冊7。

又清代紀昀〈再題桐蔭觀弈圖·其二〉云：

    一枰何處有成虧？世事如棋老漸知。〔註108〕

或如清代郭伯蒼〈自題閩山沁泉山館詩書鐫光祿吟臺石側〉云：

    世事渾如一局碁，我來況是白頭時。〔註109〕

上引十則，皆有類似之嘆，可見人生、世事如棋，千古以來，是許多善弈文人的共同心聲。俗人低手之弈，視野狹窄，貪多務得，通常著意於攻防技巧的應變，關心形勢的優劣與勝負的結果。對他們來說，圍棋的樂趣，是在猛砍亂殺之中獲得淋漓暢快的感覺，或品嘗技壓敵手的勝利滋味。至於將棋局比喻為人生世相，在其中有所感悟、超脫，限於文化程度的不足，實非其所能及。

    文人則不然，他們長年浸潤於中國傳統文化思想，於儒、道、兵家等重要學派多有所沾溉，而此三家正是圍棋的主要思想內涵。思想乃由生命進化而產生，是人腦對現實事物間接、概括的加工形式，運用語言文字表達出來。它往往是人類行為模式的歸納與總結，同時也反過來指導人類的行為模式。弈棋是比拼智慧的遊戲，每一著棋都傳達了弈者的思想，即便它無法直接、具象地模擬現實人生的事物，至少也是間接而抽象的概括與指涉。王壯為認為書法是「約象」的藝術，乃云：「謂為約象，只是自然而然的與自然界的若干事物神態類似，而並非著意的對自然界的某些具體物象加以摹擬。於是觀賞書法作品的人便可以從其行間字裏筆畫鋒神之中，看到了龜龍雲露飛行動靜的神態。推而至於世間萬象，無不可以於其中約括而見之，這就是書法之神奇的地方，也就是書法之成為高深藝術的道理之所在。」〔註110〕「約象」一詞，用來形容圍棋亦頗適切，黑白棋形的各種排列變化，與自然界的若干事物神態類似，同樣可推至於世間萬象，無不可於其中約括而見之。它與書法都是時間的藝術，隨著一定的時間序列呈現黑白相應的各種型態，只是在表現過程中，書法是靜態的沉澱，圍棋是動態的變化。在此動態的變化中，人生百態、世間萬象，都可隨著弈者的思想所至、棋形所生而約括見之。誠

〔註108〕同註20，卷11，頁534，冊1。

〔註109〕（清）郭柏蒼撰，紀寶成等編：《沁泉山館詩》，《清代詩文集彙編》（上海：上海古籍出版社，2010年12月，清光緒十一年郭氏彙刻本），卷下，頁13a。總頁98，冊662。

〔註110〕王壯為《書法研究》（臺北：臺灣商務印書館，1982年6月），頁42。

然，棋藝越高、思想益精者，對於人生如棋、世事如棋的感悟也就越深。

　　以上是從理性的角度，分析「人生如棋」感嘆之所由。次就感性方面言之，蓋因文人心思細膩、情感豐沛，以之投射世界萬物，使皆著人之色彩，譬若「我見青山多嫵媚，料青山，見我亦如是」之類。〔註111〕故人與物通，兩不相隔，此即文學中常見的「移情作用」，或謂之「宇宙的生命化」。〔註112〕這種移情作用不只限於文學創作，亦見諸其它藝術門類。圍棋自不例外，文人詩家行弈，難免擬人之慣性，於是方圓咫尺之枰，時見喜怒哀樂、貪瞋癡慢之情；成敗榮枯、禍福得失，皆寓於其中。如白居易〈放言五首之二〉云：

> 世途倚伏都無定，塵網牽纏卒未休。禍福迴還車轉轂，榮枯反覆手藏鉤。龜靈未免刳腸患，馬失應無折足憂。不信君看弈棋者，輸贏須待局終頭。〔註113〕

又如金朝馬鈺〈滿庭芳・看圍棋〉：

> 爭名競利，恰似圍棋。至於談笑存機，口侔滿謾，有若蜜裡藏砒。見他有些活路，向前侵，更沒慈悲。誇好手，起貪心不顧，自底先危。(其一) 深類猱龐鬥智，忒仁義，惟憑巧詐譎譏。終日相征相戰，無暫閒時。常存殺心打劫，往來覷，須要便宜。一著錯，似無常限至，扁鵲難醫。(其二)〔註114〕

名利場中，機關算盡，逼害他人，自埋禍因。貪心不足，只消一步走錯，難有挽救之機。白、馬兩作皆道出世路艱難，人生無常，禍福相倚，榮枯反覆，讓人看不清也摸不透，輸贏得失往往得到最後才能分個明白。一局棋中，亦復如此，除非弈者雙方棋力懸殊，否則誰也不能保證順風滿帆一路贏到底。盤上波詭雲譎，處處令人迷惑，一著不慎，全盤皆輸，乃司空見慣之事；也

〔註111〕語出〈賀新郎〉。(南宋) 辛棄疾撰，徐漢明編：《稼軒長短句》，《稼軒集》(臺北：文津出版社，1991年6月)，卷1，頁14。

〔註112〕移情作用就是文學創作的「擬人」。按朱光潛《文藝心理學》的解釋是：「移情作用有人稱為『擬人作用』(Anthropomorphism)。拿我做測人的標準，拿人做測物的標準，一切知識、經驗都可以說是如此得來的。把人的生命移注於外物，於是本來祇有物理的東西可具人情，本來無生氣的東西可有生氣，所以法國心理學家德臘庫瓦教授 (H.Delacroix) 把移情作用稱為『宇宙的生命化』。」(臺北：臺灣開明書店，1991年6月)，頁38～39。

〔註113〕同註58，卷15，頁25a，總頁182，冊36。

〔註114〕(金) 馬鈺：《馬鈺集》(濟南：齊魯書社，2005年6月)，頁236。

有因一念貪婪，而枉送好局者。

以實戰驗證之，圖十八是筆者低段時在 LGS 網路圍棋與某業餘二段的對局。筆者持黑，布局即出現問題，黑 15 衝斷不佳，所得太少，應於右邊夾功白 14 一子較妥。白 22 碰長出頭太早，應於左邊星位（黑 57）開拆構成模樣。白 30 後手拐出，黑乘機於 31 在左邊分投，稍得挽回。白 42 時，黑應於 47 應忍耐，43 位盲目衝斷稍嫌無理，只是自製孤棋而已。被白 56 鎮攻，形成雙擊，黑棋立呈敗勢，棋局應很快結束。但白 58 奪根太過凶狠，暴露左下白棋缺點。黑棋利用棄子，進行至黑 75，勉強處理中央，白只要於 32 位下方穩當退一手即可，全局仍保持攻勢居優。可惜白 76 引出太貪，想要通殺，見圖十九，黑 77 至白 92 棄掉左上八顆黑子，而後黑 93 斷吃，這時白只要做活左下白棋，黑再無爭雄餘地。白又貪心於 94 長出再吃黑六子，黑 93 至 101 再度棄掉，然後 103、105、107 連打與下邊黑棋連絡，下方白龍全死。白只好 116、118 攻擊，至 145 黑竄出做活，白無法盡吃右上星位一黑子，大敗終局。

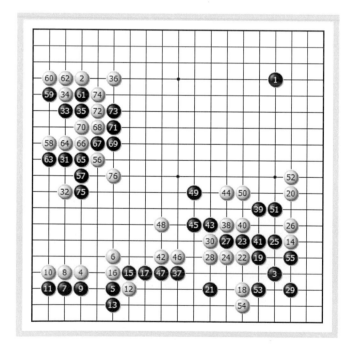

圖表十八　姜明翰持黑對某業餘二段之譜（上）

資料來源：（本書作者自製）

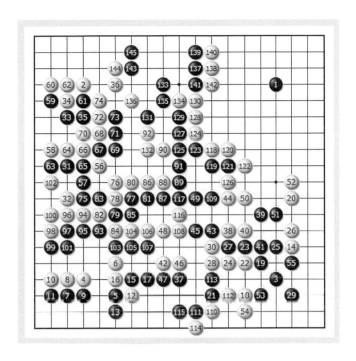

圖表十九　姜明翰持黑對某業餘一段之譜（下）

資料來源：（本書作者自製）

　　這盤棋驚心動魄，攻殺慘烈，實爲筆者生平對局中少見之例。原以爲黑棋
敗定，幸因對手貪得無厭而找到反攻契機。棋盤左邊，白方共吃黑十四子，斬
獲六十目大空，卻將下邊大龍奉送，使黑得到一百目巨空，可謂得不償失。反
映在競爭激烈的人生道途中，得勢者應謙退含茹，得饒人處且饒人；利欲薰心，
一路殺伐，常自招潰滅之運。反之，失意者宜冷靜應變，掌握關鍵機會，往往
能置之死地而後生。一局之中，禍福無常，悲喜交集，人生不也是如此？

　　正因步步弔詭，處處玄機，因果難料，勝負茫然，有些文人之作，以棋
局之變，寫自身多舛之運和家國興亡之感，具有深刻的社會現實意義。詩聖
杜甫暮年飄零，羈旅夔州，追望長安的繁盛，感嘆國家的殘破，作〈秋興〉
八首遣懷。其第四首云：7 聞道長安似弈棋，百年世事不勝悲。王侯第宅皆新
主，文武衣冠異昔時。直北關山金鼓震，征西車馬羽書馳。魚龍寂寞秋江冷，
故國平居有所思。〔註115〕

　　持續八年的「安史之亂」始告結束，藩鎮擁兵割據，繼有回紇、吐蕃入

<hr />

〔註115〕（清）楊倫箋注：《杜詩鏡銓》（臺北：華正書局，1986 年 8 月），卷 13，頁 645。

寇，戰亂時起，大唐國勢遽衰。百年以來，人事變更、綱紀崩壞，長安如弈棋般彼爭此奪。作者目睹國破家亡，壯志難酬，無力正乾坤，只能藉詩一吐滿腹悲辛。其寓意深遠，氣象恢廓，反映當時政治的動蕩和人民的苦難。

南宋陸游亦生於國家多難之際，遭遇坎坷，常於惆悵失望中賦詩弈棋，釋放精神痛苦，體味人生歡樂。淳熙十四年（西元 1187 年），陸游權知嚴州（今浙江建德）任上，夏日登上嚴州北面千峰榭，勝時美景，不由得湧起詩情棋興，招友同樂，有〈夏日北榭賦詩弈棋欣然有作〉詩云：

> 異事嚴州省見稀，幅巾闌角立多時。青林白鳥自成畫，急雨好風當
> 有詩。酷信醫方逢酒怯，強驅吏牘坐衙遲。悠然笑向山僧說，又得
> 浮生一局棋。〔註116〕

青林白鳥為伴，急風好雨相親，忙裏偷閒，幽賞未已，頗能表現作者隨遇而安、得樂且樂的疏放個性。約在同一時期，作者同樣登上千峰榭，心情卻有天壤之別，而另有詩云：「夷甫諸人骨作塵，至今黃屋尚東巡。度兵大峴非無策，收泣新亭要有人。薄釀不澆胸壘塊，壯圖空負膽輪囷。危樓插斗山銜月，徙倚長歌一愴神。」〔註117〕面對幾起幾落的擢用罷免和南宋王朝不思恢復的苟安政策，陸游壯圖空負，塊壘鬱積，無可奈何之下，只好寄情楸枰，發為吟詠。透過「又得浮生一局棋」，可體會他內心深處的悲憫與苦澀。

南宋愛國詞人辛棄疾，亦愛好圍棋，不乏吟詠，如「小窗人靜，棋聲似解重圍」、〔註118〕「點檢笙歌了，琴罷更圍棋」、〔註119〕「溪上枕，竹間棋，怕尋酒伴懶吟詩」，〔註120〕可見弈棋是他抗金之餘的精神寄託。如其〈念奴嬌‧登建康賞心亭呈史留守致道〉云：

> 我來弔古，上危樓，贏得閒愁千斛。虎踞龍蟠何處是？只有興亡滿
> 目。柳外斜陽、水邊歸鳥，隴上吹喬木。片帆西去，一聲誰噴霜竹？
> 卻憶安石風流，東山歲晚，淚落哀箏曲。兒輩功名都付與，長日惟
> 消棋局。寶鏡難尋，碧雲將暮，誰勸杯中綠？江頭風怒，朝來波浪
> 翻屋。〔註121〕

〔註116〕同註92，卷19，頁327，冊下。
〔註117〕同註92，卷53，頁770，冊下。
〔註118〕語出〈新荷葉‧再和前韻〉。同註111，卷7，頁107。
〔註119〕語出〈水調歌頭‧題趙晉臣敷文真得歸方是閒二堂〉。同註111，卷3，頁46。
〔註120〕語出〈鷓鴣習‧重九席上再賦〉。同註111，卷9，頁157。
〔註121〕同註111，卷2，頁17。

辛棄疾始終懷抱恢復中原的熱望，只是處在黑暗的政治環境裡，事與願違，
滿腔忠憤愛國之忱，只得一寄於詞。此闋是他任官建康時所作，開頭五句，
言「危」、「愁」、「亡」，深憂國都的不安。接著描述如今建康之景，只見處處
孤寂飄零、一片淒楚迷茫，即前謂「興亡滿目」是也。後半段用謝安受讒被
疏及弈棋破敵之典，〔註122〕假古人之酒杯，澆自己胸中塊壘。「兒輩功名都付
與，長日惟消棋局」，巧妙改變了「小兒輩遂已破賊」這段歷史中謝安弈棋臨
敵不亂的原意，將它轉成：建立功名之事讓與小兒輩，我就整天弈棋消磨歲
月吧！從中可見作者年華虛度、壯志未酬之嘆，也只有圍棋才能讓他暫忘煩
憂。全篇寓情於景，弔古傷今，以悲壯蒼涼之筆，表達感時憂世的苦心，乃
稼軒豪放詞作之典型。

　　杜、陸、辛三人之作，或顯或隱，皆把迷茫的國運和萬變的世事，納
入棋局之中體會聯想，為大時代的無情烽火與繁華煙滅留下血淚的見證。
他們都渴望能拯世濟民、建功立業，卻落得有志難伸、報國無門的結果。
在失意之餘，寄心楸枰，將之虛擬成戰場，通過對弈爭勝，或可稍作精神
的安慰與補償。他們在棋局中所感悟的人生，乃由個體擴及群體，較常人
更為殘酷和現實，從而使「人生如棋」之喻具體而顯豁；亦因其大我無私
的悲憫胸懷，使文人之弈不再只為小我的閑情雅致，而賦予崇高的道德意
義。

四、觀弈神遊的超脫

　　圍棋的玩法很多，樂趣不一，以人數區分：有獨弈之樂者，即一人打譜
擺棋；有對弈之樂者，即二人競技爭勝；有眾弈之樂者，如四人聯棋，一方
二人輪流著子。此外，尚有不持棋子的參與方式，即在旁觀戰。如前文第伍
章第三節所論，觀弈是一特殊的審美活動，不必權量利害得失，也無須背負
榮辱勝負的包袱，故能以「無所為而為」、「為藝術而藝術」的態度，神遊局
內，超然物外，獲致精神高度的解放和自由。俗諺有云：「當局者迷，旁觀者
清。」其實以圍棋的無窮變化而言，旁觀者亦迷難清，只是相對於當局者較
不迷而已。也正因如此，更加深了觀弈的樂趣。

　　自蘇軾〈觀棋〉名篇傳世後，文人士大夫中，漸興觀弈之風，發展至清

〔註122〕詳見《晉書・謝安傳》。（唐）房玄齡：《晉書》（北京：中華書局，1992年12
　　　　月），卷79，頁2072～2075。

代尤盛，甚至有親弈爲下、觀弈爲上的論點出現。李漁《閒情偶記·頤養部》云：「弈棋儘可消閑，似難藉以行樂；彈琴實堪養性，未易執此求歡。以琴必正襟危坐而彈，棋必整槊橫戈以待。百骸盡放之時，何必再期整肅？萬念俱忘之際，豈宜復較輸贏？常有貴祿榮名付之一擲，而與人圍棋賭勝，不肯以一著相饒者，是與讓千乘之國而爭簞食豆羹者何異哉？故喜彈不若喜聽，善弈不如善觀。人勝而我爲之喜，人敗而我不必爲之憂，則是常居勝地也。」〔註123〕他對弈棋行樂表示懷疑的態度，因爲盤上動輒兵戎相見，以貴祿榮名爲賭注，往往增加弈者心理上的壓力與負擔，快樂自然相對減少。但是觀弈則不同，既無名利寵辱之累、悲歡慶弔之虞，亦無輸贏得失之計，反而能從觀照的過程中獲得純然的樂趣，此其所謂「善弈不如善觀」。

　　人生如棋，棋如人生，若將一局棋當成人生的過程來看待，旁觀者從渾沌的局勢中抽離而出，站在超然的立場，觀賞別人的人生。此一審美經驗，與看戲相彷彿，因爲人生如戲，戲如人生，觀眾看的不是自己的人生，而是虛構他人的人生。只是不同者在於戲中角色形象鮮活，容易使觀眾盲目投射自身的生命情感，以致入戲過深，有時甚至混糊了戲劇與真實人生的界線，於是有「看戲的是傻子」之譏。觀弈比看戲之難度來得高，因爲觀者與弈者都必須具備相當程度的棋藝素養，如此方能看出門道，深解其中之趣；如不然，觀者只是粗通弈理，則不論弈者之棋藝如何，始終只是湊湊熱鬧，看不出個所以然，亦乏樂趣可言。再者，看戲看的是直接具象的人、事、物，容易形成刻板印象；觀弈看的是黑白子排列而成各種無法數計的不同抽象棋形，若欲以之模擬人生，則觀者當如弈者一般，透過主體情思投射其中而約其象，即前論之「約象」也。由於圍棋約象是間接、非定型的審美活動，故涵容廣大，其範圍、意境及想像空間皆非戲劇的具象審美所能企及。

　　在觀棋約象的過程中，「勝固欣然，敗亦可喜，優哉游哉，聊復爾耳」，〔註124〕誠然，觀弈若有蘇軾的曠達灑脫，秉持莊周「遊」的精神，是非雙遣，善惡兩忘，放下勝負的執念，就能達到李漁的理想標準，獲致純粹而正向的快樂。若再置身於大自然的優美風光中，如蘇軾「五老峰前，白鶴遺址，

〔註123〕（清）李漁：《閒情偶寄》（臺北：明文書局，2002 年 8 月），頁 286～287。
〔註124〕見蘇軾〈觀棋并引〉。同註85，卷 42，頁 2311，冊 7。

長松蔭亭，風日清美」，〔註125〕或如杜甫「楚江巫峽半雲雨，清簟疏簾看弈棋」，〔註126〕則收賞心悅目之效，更臻完美之境。

不過隨著個人生存環境和遭遇的不同，觀棋之心境亦迥殊。「誰言博奕尚優游？利害相磨未始休」，〔註127〕文人觀弈，除了獲得精神樂遊之趣，另一目的在體物閱世，進而洞微達理。如邵雍〈觀棋長吟〉云：

> 院靜春深晝掩扉，竹間閒看客爭棋。搜羅神鬼聚胸臆，措置山河入範圍。局合龍蛇成陣鬪，劫殘鴻雁破行飛。殺多項羽坑秦卒，敗劇苻堅畏晉師。座上戈鋋嘗擊搏，面前冰炭旋更移。死生共抵兩家事，勝負都由一著時。當路斷無相假借，對人須且強推辭。腹心受害誠堪懼，脣齒生憂尚可醫。善用中傷爲得策，陰行狡獪謂知機。請觀今日長安道，易地何嘗不有之？〔註128〕

邵雍觀客爭棋，心有所感，用借喻和夸飾之筆，「局合龍蛇成陣鬪，劫殘鴻雁破行飛。殺多項羽坑秦卒，敗劇苻堅畏晉師。座上戈鋋嘗擊搏，面前冰炭旋更移」，人肆鋪排棋局的攻絞劫奪和死活變化。「死生共抵兩家事，勝負都由一著時。當路斷無相假借，對人須且強推辭。腹心受害誠堪懼，脣齒生憂尚可醫」，乃作者對弈理的領悟，意謂下棋爭勝不是你死就是我活，一步錯全盤輸。該下重手時，絕不可遲疑大意，要有憂患意識，隨時保持警覺。兵不厭詐，要善用欺敵詭計才行。末兩句「請觀今日長安道，易地何嘗不有之」，則往側邊一挑，宕開新境，化用杜甫「聞道長安似弈棋，百年世事不勝悲」之意，將前面紋枰對戰之理，轉應於官場宦途的領悟。

觀弈以閱歷滄桑、洞明世故，固令人胸懷開展、理智清晰，但怡情之樂不免減去幾分。如邵雍者，尚能置身局外，冷眼旁觀，不涉入個人的遭遇和情感。有些文人觀弈，則忘記旁觀立場的超然，不分局內局外，一味投入其主觀的生命情感。明末清初名士錢謙益，頗好弈道，弈棋、觀棋之詩作甚多，但所述多無欣樂之情，總爲悲苦傷恨之調，如「九州一失算殘棋，幅裂區分

〔註125〕見蘇軾〈觀棋并引〉。同註85，卷42，頁2311，冊7。
〔註126〕此兩句出於〈七月一日題終明府水樓〉，沖穆淡遠，意趣幽深。蘇軾〈書參寥論杜詩〉云：「參寥子言：老杜詩云：『楚江巫峽半雲雨，清簟疏簾看弈棋。』此句可畫，但恐畫不就爾。」可謂觀棋之化境。同註115，卷16，頁771。又見蘇軾：《蘇軾文集》（北京：中華書局，1992年9月），卷68，頁2136。
〔註127〕語出邵雍〈觀棊小吟〉。（北宋）邵雍：《伊川擊壤集》（臺北：新文豐出版公司，1989年7月，叢書集成續編），卷17，頁11b，總頁130，冊165。
〔註128〕同上註，卷5，頁1b，總頁49，冊165。

信可悲」、〔註 129〕「閨閤心縣海宇棋，每於方罫繫懽悲」、〔註 130〕「身世渾如未了棋，桑榆策足莫傷悲」、〔註 131〕「起手曾論一著棋，明燈空局黯生悲」、〔註 132〕「棋罷何人不說棋，閒憁覆校總堪悲」、〔註 133〕「破碎江山惜舉棋，斜飛一角總堪悲」、〔註 134〕「撼戶秋聲剝啄棋，驚心局外轉傷悲」、〔註 135〕「三陣凋殘御制棋，祖宗眷顧不勝悲」等，〔註 136〕可見圍棋在他的生命中，非殘即破，自言其身世就是一盤未了棋，此當與其特殊遭遇及心境有關。錢謙益為明末文壇領袖，名聞天下，官至禮部尚書。明亡後未殉節而降清，任命為禮部侍郎管秘書院事，纂修《明史》，為士林譏嘲。旋即託病回鄉，投入反清復明的工作行列。〔註 137〕上引諸作，收錄於《投筆集》，記錄錢氏參與反清運動之起落及其由滿懷希望到傷心絕望的心境轉變。順治四年（西元 1647年），他以「觀棋」為題，比喻對國家局勢之分析，作〈後觀棋絕句六首〉，其第三首云：

> 寂寞枯枰響沈寥，秦淮秋老咽寒潮。白頭鐙影涼宵裏，一局殘棋見
> 六朝。〔註 138〕

「寂寞枯枰」，殆謂清兵攻陷南京，南明福王被擄，戰事結束，一片曠蕩空虛之景。「秦淮秋老咽寒潮」，深秋時節，看見秦淮河寒濤拍岸，發出鳴咽之聲，形容面對故國江山汍然欲泣的無限感傷。「白頭鐙影涼宵裡，一局殘棋見六朝」，在沁涼如水的深夜，白頭老翁的自己，鑑以六朝國祚之短，哀嘆南明弘光朝覆滅之速。又其第四首云：

〔註 129〕語出〈金陵秋興八首次草堂韻・其三〉。（清）錢謙益撰，錢曾箋註，紀寶成等編：《投筆集箋註》，《清代詩文集彙編》（上海：上海古籍出版社，2010 年12 月，清宣統二年鄧氏風雨樓鉛印本），第 3 冊，卷上，頁 1b，總頁 633，冊 3。

〔註 130〕語出〈後秋興八首・其四〉。（清）錢謙益撰，錢曾箋註，紀寶成等編：《牧齋有學集》，《清代詩文集彙編》（上海：上海古籍出版社，2010 年 12 月，涵芬樓影印清康熙三年刻本），卷 10，頁 13a，總頁 178，冊 3。

〔註 131〕語出〈後秋興之四・其四〉。同註 129，卷上，頁 7b，總頁 636，冊 3。

〔註 132〕語出〈後秋興之五・其四〉。同註 129，卷上，頁 10a，總頁 638，冊 3。

〔註 133〕語出〈後秋興之六・其四〉。同註 129，卷上，頁 1a，總頁 639，冊 3。

〔註 134〕語出〈後秋興之七・其四〉。同註 129，卷上，頁 15a，總頁 640，冊 3。

〔註 135〕語出〈後秋興之八・其四〉。同註 129，卷下，頁 1b，總頁 641，冊 3。

〔註 136〕語出〈後秋興之九・其四〉。同註 129，卷下，頁 4a，總頁 643，冊 3。

〔註 137〕關於錢謙益的生平事蹟，可參考朱莉美：《錢謙益詩歌研究》（臺北：中國文化大學中國文學研究所博士論文，2009 年），頁 17～30。

〔註 138〕同註 130，卷 1，頁 9b。總頁 107，冊 3。

　　　　飛角侵邊刦正闌，當場黑白尚漫漫。老夫袖手支頤看，殘局分明一

　　　　著難。〔註139〕

此作以戰局為喻，「飛角侵邊」意指棋局進入後半階段；「黑白尚漫漫」，局勢
渾沌，勝負尚未分曉。「老夫袖手支頤看，殘局分明一著難」，殘局中自有勝
著。對應時勢，則抗清行動失敗卻未到絕望時刻，當思險中求勝之道。又其
第五首云：

　　　　霜落鍾山物候悲，白門楊柳總無枝。殘棋正似烏棲候，一角斜飛好

　　　　問誰？〔註140〕

霜落鍾山，楊柳無枝，一幕深秋肅殺悲涼之景。「殘棋正似烏棲候」，殘局如
烏鴉尋覓棲息之所，有天涯茫茫、不知寄身何處的飄泊之感；「一角斜飛好問
誰」，棋局大勢底定，只能飛角收官得點便宜，逆轉戰局之策又能問誰呢？詩
人即景生情，因情生議，　　字　　句，道出孤臣無力回天的沈痛與無奈。

　　　錢謙益寫此組詩時，已降清乞歸，但悲思故國江山之情未曾稍減，只是
難以言明，故藉觀弈隱約抒發，以寄寓時世之感。作者混融個人的遭遇和情
感於棋局變化之中，可想見其內心是如何沈重與哀痛。雖然他只是個旁觀者，
卻比弈者更加認真投入。然而如此的觀弈模式，彷彿陷入連環的惡夢之中不
得清醒，無法獲得精神的愉悅與超脫。或許受錢謙益的影響，觀弈發展至後
來，多少帶有些消極避世的味道，有學者認為是它的負面作用。蔡中民云：「它
（觀棋）滿足了處於封建專制制度下的知識分子心中，那種諳於事理，明乎
得失，而又迫於無奈只能深藏不露的扭曲變態心理，是棋文化史上一個十分
值得注意的現象。這種現象同社會生活中的旁觀現象有著必然的千絲萬縷的
聯繫，它們互相影響，互相作用，互相求證，對民族文化心理和民族文化性
格產生了深刻的難以估量的影響。在封建專制制度之下，面對人心險側、爾
虞我詐、趨炎附勢、落井下石的炎涼世態和黑暗現實，旁觀無疑是一種無聲
的反抗，有一定的積極意義。但這種旁觀心理惡性發展，又造成了我們民族
性格的一些弱點：好而不競、遇事無爭、明哲保身、潔身自好、不為人先、
嫉妒人前、漠不關心、麻木不仁等等，都可以或多或少地看到旁觀心理的陰
影。」〔註141〕確如其言，知識分子觀棋，可以諳於事理，明乎得失，有助於

〔註139〕同註130，卷1，頁9b～10a，總頁107，冊3。

〔註140〕同註130，卷1，頁10a，總頁107，冊3。

〔註141〕見蔡中民《圍棋文化詩詞選》。同註7，頁318。

閱察人情世故智慧的提升。但通常它只是當下個人心靈的沉澱和精神的澡雪，云其爲深藏不露的扭曲變態心理，則未免太過。至於觀棋心理與社會生活中旁觀現象有千絲萬縷的聯繫，亦乃多慮之論。蓋觀弈一事，畢竟爲少數人投閒置散的生活經驗，而吾民族性格上種種弊病形成的因素，牽涉之傳統文化思想層面極廣，與觀弈之事實無多少關係，無須放大其作用影響以立說。目及幾部圍棋論著，皆沿引其說，〔註 142〕故不得不爲之辨正。

〔註 142〕如何云波：《圍棋與中國文化》（北京：人民出版社，2001 年 11 月），頁 387。又如殷偉《趣話圍棋的故事》，同註 34，頁 103。又如殷偉：《中國圍棋演義史》（昆明：雲南人民出版社，2001 年 9 月），頁 164。

第八章　中國古代圍棋文學的藝術技巧

　　圍棋，是中國古代文明的產物，也是先民智慧的結晶，它很早就成為文人生活中重要的遊藝活動。文人除了以之消愁破悶、怡情養性，還能從中觀悟天地之象與人生之道。賞會之餘，以弈棋為題，發為吟詠，亦乃自然而然之事。自春秋以迄於清末，與圍棋有關的各類體裁文學作品，散見於歷朝文家集錄之中，約有三千以上之數，〔註1〕雖未蔚成大國，亦頗有可觀，係文人棲心於黑白方罫之中，將圍棋的多重樣貌、豐富內涵以及玄妙境界形諸筆端，全面彰顯圍棋文化的優良傳統與精神。這些作品有以圍棋為主體敘論者，亦有非以圍棋為主題而僅附帶提及者。本論文採寬鬆認定，凡內容只要涉及圍棋者，皆歸屬於「圍棋文學」。

　　中國古代圍棋文學之作，取自多家，見乎眾體，難分統緒、派別，但可依隨圍棋本身的特殊性質，歸納出幾類主要而常用的藝術技巧，以下擇選佳篇，分別由「形神兼備的人物刻畫」、「博喻多方的鋪采摛文」、「規整曉暢的論說形式」、「深微婉曲的言外之意」等節析論之。

第一節　形神兼備的人物刻畫

　　圍棋對人而言，彷彿是一面生命之鏡，棋裡是一種人生，棋外是另一種人生，兩者交光互射，反映出弈者的思想、性情、面貌及生活百態。古代描

〔註 1〕詳見本論文第壹章第三節〈研究範疇與方法〉之估算。

寫棋人弈事的文學作品中，迭有佳構，在文家妙筆的烘托點染之下，將不同品流弈者的形象和神采，表現得栩栩如生，如歷目前。

一、反常加重，凸顯性情

通過人物反常言行的加重刻畫，往往能體現其強烈的性格與感情。如《後漢書・孔融傳》云：

> 初，女年七歲，男年九歲，以其幼弱得全，寄它舍。二子方弈棊，融被收而不動。左右曰：「父執而不起，何也？」答曰：「安有巢毀而卵不破乎！」主人有遺肉汁，男渴而飲之。女曰：「今日之禍，豈得久活？何賴知肉味乎？」兄號泣而止。或言於曹操，遂盡殺之。及收至，謂兄曰：「若死者有知，得見父母，豈非至願！」乃延頸就刑，顏色不變，莫不傷之。〔註2〕

建安七子之一的孔融，爲曹操所嫌忌，曹操令路粹誣殺之，且斬草除根，連其一雙兒女也予以加害。孔融的兒子年方九歲，女兒七歲，皆稚齡弱童，當自己的父親被拘捕時，兄妹倆竟紋枰對弈，鎮定如常，還能用「巢毀卵破」之喻回應自身的處境，顯示二童知書達理、器識非凡。換成一般兒童，面對如此遭遇，恐已嚇得魂飛魄散，不知所措。作者先狀其反常表現，已令讀者頗感詫異。接著描述兄妹臨死前的態度：哥哥渴飲主人供給的肉汁，可見猶有戀生之意，而妹妹已勘破生死，此爲第一層；當得知要被處死時，妹安慰兄云：「若死者有知，得見父母，豈非至願！」更加展露其達觀的心境和無畏的精神，此爲第二層。如此反其常理，再層層加重，益發凸顯一個七歲女童從容赴死的凜然形象，比歷來許多忠臣義士殺身成仁之例更教人悽惻感傷，且深刻難忘。

竹林七賢之一的阮籍，任誕放曠，不拘世俗常禮，《晉書・阮籍傳》云：

> 籍雖不拘禮教，然發言玄遠，口不臧否人物。性至孝，母終，正與人圍棊，對者求止，籍留與決賭。既而飲酒二斗，舉聲一號，吐血數升。及葬，食一蒸肫，飲二斗酒，然後臨訣，直言窮矣，舉聲一號，因又吐血數升。毀瘠骨立，殆致滅性。〔註3〕

阮籍的母親死時，他正與人對弈決賭而不肯罷休，表面上違反常情，令人不

〔註2〕（南朝宋）范曄：《後漢書》（北京：中華書局，1993年3月），卷70，頁2279。
〔註3〕（唐）房玄齡：《晉書》（北京：中華書局，1992年12月），卷49，頁1361。

齒其荒唐行徑。其實他強壓內心的悲慟，不爲外界冷眼、訾詬所動，正展現出魏晉名士「矯情鎮物」之風度。作者先寫其反常之舉，以聳人心目，再狀其弈後悲母之痛的盡情釋放：「飲酒二斗，舉聲一號，吐血數升。」此其一層；待其母下葬臨訣之時，阮籍「食一蒸肫，飲二斗酒，然後臨訣，直言窮矣，舉聲一號，因又吐血數升」，此又一層。此兩層藉狂飲、吐血之量與次數，加重阮籍的喪母之痛，和前述的與人圍棋不肯罷賭的壓抑，適成強烈的對比，由此而彰顯阮籍性情之眞：對外不守世俗禮法，其實內心深得禮意，眞孝而不爲行跡所拘，與莊周「鼓盆而歌」之義，異曲而同工也。

　　明代吳中四才子之一的唐寅，風流倜儻，狂放不羈，雅好圍棋。鄭仲夔《玉麈新譚・雋區》云：

> 唐伯虎，高才任誕，好爲詭譎之行。有太學某者，慕其名，不遠數百里來訪。入門，伯虎方作婦人裝，與一僧對弈，都不一顧客。客見其所爲，殊失望，悻悻而去。局完，閽人具述客所以不悅狀。伯虎曰：「渠知有唐伯虎，更能責唐伯虎，此定奇人。」即命駕造訪，時已巳夕矣。刺入，客尚含怒，閉門不肯納。伯虎排戶直入，客避之室中。伯虎逕趨室，客臥床轉面向壁。伯虎邀之起，不得，遂解衣同臥。多方致款，終不作答。伯虎因賦詩數首，鼾然假寐。明旦起，書其詩几上而去。客起見詩，殊自悔，遂趨謝不恭。伯虎知其當來，預陳觴酌，宴之暗室中。燈燭輝煌，歌舞繽紛，客極快忘疲，留連且久，始得辭去。歸時，家人甚怪其久。問之，已踰三晝夜矣。
>
> 〔註4〕

此與前引兩例手法雷同，而趣味過之。唐寅著婦人裝與僧對弈，實乃標新立異的反常行爲，作者先言其狀，足以引人注目，並凸顯其荒唐怪誕之性情。全文妙在遠客來訪，因唐寅專注弈棋而竟未一顧，悻然離去。後唐寅聞其不悅，以爲逢遇知音，乃命駕倒追，於日夕時分，「刺入，客尚含怒，閉門不肯納。伯虎排戶直入，客避之室中」；強行入侵民宅也罷，乾脆「逕趨室，客臥床轉面向壁。伯虎邀之起，不得，遂解衣同臥」；解衣同臥尚不足，「多方致款，終不作答。伯虎因賦詩數首，鼾然假寐。明旦起，書其詩几上而去」。如此一連串誇張逾矩的行爲，透過作者層層加壓的敘寫，將唐寅戲謔不羈和訪

〔註　4〕（明）鄭仲夔：《玉麈新譚》（上海：上海古籍出版社，2002 年 3 月，上海圖書館藏明刻本），卷 7，頁 5b～6 b，總頁 555～556，冊 1268。

客負氣的模樣，演繹得極為生動逗趣。數相往還後，兩人言歸於好，遂絃歌燈宴，在狂歡三晝夜後，一場鬧劇方休。

二、以賓襯主，凡中出奇

　　作品中以次要人物來襯顯主要人物，使得平波漾彩、暗室生輝，如綠葉之扶花、眾星之拱月耳。許恂儒云：「文章之有主客，猶五行之有陰陽也，用兵之有虛實也。……作文之法，必有賓筆，有主筆，或先賓而後主，或先主而後賓，互相襯托，互相發明。」〔註5〕唐代杜光庭《虯髯客傳》即「先賓而後主」之例，其文云：

> 如期至，即道士與虯髯已到矣。俱謁文靜，時方弈棋，揖而話心焉。
> 文靜飛書迎文皇看棋。道士對弈，虯髯與公（李靖）傍侍焉。俄而
> 文皇到來，精采驚人，長揖而坐，神清氣朗，滿坐風生，顧盼煒如
> 也。道士一見慘然，下棋子曰：「此局全輸矣！於此失卻局哉！救無
> 路矣！復奚言！」罷弈而請去。既出，謂虯髯曰：「此世界非公世界，
> 他方可也。勉之，勿以為念。」因共入京。〔註6〕

此為唐人傳奇名篇，主要刻畫的人物不是弈者，而是觀弈者。作者所採取的敘事策略，是人物一個引一個的接連出場，後出者的地位和作用比前者更高，首先由楊素引出李靖，由李靖引出紅拂，再由李靖、紅拂引出虯髯客，而在最高處才由虯髯客引出李世民。所有人都不能超越他，都是作為他鋪墊和陪襯的角色。此段之前，作者雖已寫虯髯客見李世民後「心死」，所謂「吾得十八九矣，然須道兄見之」，〔註7〕事實上他心仍未甘，留有餘地，自然引出道士及眾謁劉文靜一段。接著作者巧意安排李世民二次出現的場景，正值道士與劉文靜弈棋，並從道士眼中點出李世民非凡的氣質風貌，致令道士一見慘然，喊出「此局全輸」、「於此失卻局」之語。此二語皆雙關之意，既指眼下的棋局，又指天下之事。道士灰心的罷弈而去，反襯出李世民真命天子席捲天下的神采和氣數，也論定虯髯客非李世民的對手，讓他完全死心。此作之中，作者寫李靖、紅拂、虯髯客、劉文靜、道士等賓陪角色，皆實狀其形；最後由眾賓襯引主角李世民，「精采驚人，長揖而坐，神清氣朗，滿坐風生，

〔註5〕許恂儒：《作文百法》（臺北：廣文書局，1989年8月），卷1，頁26。
〔註6〕汪辟疆編：《唐人傳奇小說》（臺北：文史哲出版社，1988年4月），頁180。
〔註7〕同上註。

顧盼煒如也」，乃虛寫其神。如是眾賓拱主、形神對映的手法，使讀者對帝王的形貌和氣象產生無限想像，亦爲故事增添幾分虛玄神秘的色彩。

弈棋神童代有其人，並不稀奇，說弈神童才眞罕見。《太平廣記・神仙三十八》載唐代李泌事云：

> 開元十六年，玄宗御樓大酺，夜于樓下置高座，召三教講論。泌姑子貞俶（此誤，當爲「員俶」，員半千之孫），年九歲，潛求姑備儒服，夜昇高座，詞辯鋒起，譚者皆屈。玄宗奇之，召入樓中，問姓名。乃曰：「半千之孫，宜其若是。」因問：「外更有奇童如兒者乎？」對曰：「舅子順年七歲，能賦，敏捷。」問其宅居所在，命中人潛伺於門，抱之以入，戒勿令其家知。玄宗方與張說觀棋，中人抱泌至，俶與劉晏偕在帝側。及玄宗見泌，謂說曰：「後來者與前兒，絕殊儀狀，眞國器也。」說曰：「誠然。」遂命說試爲詩，即令詠方圓動靜。泌曰：「願聞其狀。」說應曰：「方如棋局，圓如棋子，動如棋生，靜如棋死。」說以其幼，仍教之曰：「但可以意虛作，不得更實道棋字。」泌曰：「隨意即甚易耳。」玄宗笑曰：「精神全大於身。」泌乃言曰：「方如行義，圓如用智，動如逞才，靜如遂意。」說因賀曰：「聖代嘉瑞也。」玄宗大悅，抱於懷，撫其頭，命果餌啗之，遂送忠王院，兩月方歸。仍賜衣物及綵數十，且諭其家曰：「年小恐於兒有損，未能與官。當善視之，乃國器也。」〔註8〕

李泌爲唐德宗朝宰相，幼居長安，少聰穎，博涉經史，七歲能文，張九齡奇之，獎愛有加。〔註9〕此文記李泌幼年時在皇帝面前說弈之事，旨在表現其文思敏捷過人。然而作者開篇不欲直陳，乃先寫玄宗於禁中召三教論講，李泌九歲的表兄員俶登堂升座，詞辯鋒射，眾人皆屈，卓異之才已令皇帝驚奇。接著藉玄宗詢問引出七歲的李泌，時玄宗正與燕國公張說觀弈，因使張說試其能。兩人共詠「方圓動靜」，張說以實喻成詩，並出難題要求李泌以意虛作，且不可道棋字；未料李泌以爲甚易，即以「方如行義，圓如用智，動如逞才，靜如遂意」妙喻答之，實乃深會弈理之言，遂被贊爲「聖代嘉瑞」，

〔註8〕（北宋）李昉編：《太平廣記》（臺北：新文豐出版公司，1997 年 3 月，叢書集成三編），卷 38，頁 27a～27b，總頁 286，冊 69。

〔註9〕見《新唐書・李泌傳》。（北宋）歐陽脩等撰：《新唐書》（北京：中華書局，1991 年 12 月），卷 139，頁 4631～4632。

而令玄宗大悅。文中先以李員俶爲賓，次以張說爲賓。一才高，一位尊；前爲正襯，後爲反襯。最後以李泌不凡之吐屬壓倒二人，成爲作者詠頌的主角。經此三層堆疊，水漲船高，使李泌「神童」、「國器」之形象活脫傳神，躍然紙上。

三、大斧劈形，平波生浪

圍棋國手技藝超卓，所向無敵，識者欽服之餘，咸誇其能，且目爲豪聖。故載其生平事蹟者，每多傳奇附會之說。雖眞僞難判，而狀其技藝之精彩神妙處，輒令人擊節再三、贊歎不已。尤其一代國弈遊走江湖，擺擂臺較勁，場面熱鬧盛大，勝負懸於一線，甚具戲劇懸疑張力。北宋何薳《春渚紀聞》云：

> 碁待詔劉仲甫，初自江西入都，行次錢塘，舍于逆旅。……仲甫舍館既定，即出市遊，每至夜分，方扣戶而歸。初不知爲何等人也，一日晨起，忽於邸前懸一幟云：「江南碁客劉仲甫奉饒天下碁先。」并出銀盆酒器等三百星，云以此償博負也。須臾觀者如堵，即傳諸好事。翌日，數土豪集善碁者會城北紫霄宮，且出銀如其數，推一碁品最高者與之對手。始下至五十餘子，眾視白勢似北；更行百餘碁，對手者亦輡手自得，責其誇言曰：「今局勢已判，黑當贏籌矣。」仲甫曰：「未也。」更行二十餘子，仲甫忽盡斂局子，觀者合噪曰：「是欲將抵負耶！」仲甫袖手徐謂曰：「仲甫江南人，少好此伎，忽似有解，因人推譽致達國手。年來數爲人相迫，欲薦補翰林祗應，而心念錢塘一都會，高人勝士，精此者眾，碁人謂之一關。仲甫之藝，若幸有一著之勝，則可前進。凡駐此旬日矣，日就碁會觀諸名手對奕，盡見品次矣。故敢出此標示，非狂僭也。」如某人某日某白本大勝，而失應碁著；某日某局黑本有籌，而誤於應劫，卻致敗局。凡如此覆十餘局，觀者皆已愕然，心奇之矣。即覆前局，既無差誤，指謂眾曰：「此局以諸人視之，黑勢贏籌，固自灼然；以仲甫觀之，則有一要著，白復勝不下十數路也。然仲甫不敢遽下，在席高品幸精思之，若見此者，即仲甫當攜挈累還鄉里，不敢復名碁也。」於是眾碁極竭心思，務有致勝者，久之不得，已而請仲甫盡著。仲甫即於不當敵處下子，眾愈不解，仲甫曰：「此著二十著後方用也。」

即就邊角合局，果下二十餘著，正遇此子，局勢大變。及斂子排局，
果勝十三路，眾觀，於是始伏其精至，盡以所對酒器與之，延款十
數日，復厚斂以賵其行。至都，試補翰林祗應，擅名二十餘年，無
與敵者。〔註10〕

記敘之文切忌平板單調、乏味少變，如流水帳簿。倘能於敘述中平地起雷、
平波生浪，使讀者擔心驚惶之際，忽爾調轉筆鋒，化險爲夷，正是「山重水
複疑無路，柳暗花明又一村」。雖波瀾迭起，卻又切理厭心，洵屬文家慣常之
筆法也。

　　北宋國手劉仲甫尚未入宮任棋待詔之前，曾歷經一段流落江湖鬻技謀生
的歲月。茲作記其客遊錢塘時設擂臺贏彩的故事，情節曲折緊張，結局出人
意外。全文大意可析爲五層：

　　開頭作者描寫劉仲甫大手筆川銀盆酒器三百星，並於邸前懸寫「江南棋
客劉仲甫奉饒天下棋先」之幟。主角出場，即架式、氣派十足，「須臾觀者如
堵」，顯現江湖藝人擅於招搖聚眾的本事。此第一層也。

　　接著將場景拉到城北紫霄宮，在劉仲甫大言宣傳之下，當地土豪集善棋
者前來邀賭挑戰，推棋品最高者與仲甫對弈。中盤過後，眼見仲甫局勢不妙，
即將敗北，「忽盡斂棋子」，以爲他要推枰認輸。此第二層也。

　　看似劉仲甫將自取其辱，以輸棋抵負收場，如一般料想。此時奇峰突起，
他以一番自信懇切復帶褒美的語言，道出爲試補翰林祗應而來錢塘試身手的
原因。其間出人意表者，乃在劉仲甫不過花十天工夫就把當地所有高手的棋
路和對局內容摸透，還能毫無誤差地在眾人面前覆盤，並指類駁瑕一番，以
證明自己「非狂僭也」。這種本事對職業棋手而言並非困難，但看在低手眼裡，
已是神乎其技的展現了。「觀者皆已愕然，心奇之矣」，想必當時現場鴉雀無
聲，但仍疑雲重重，眾皆靜待劉仲甫對方才將負之局如何收尾。此第三層也。

　　故事即將進入高潮，就在眾人將信將疑之際，劉仲甫大玩「中盤詰棋」
有獎徵答的遊戲，乃回應剛才未竟之局。白有一起死回生要著，若有人指出，
「仲甫當攜孥累還鄉里，不敢復名棊也」，幾乎把全部身家賭上。此舉讓現場
躍動起來，眾高手苦思不得。劉仲甫料到無人能解，於是揭曉答案，於一不
起眼處落子，妙算二十餘手後發揮作用，如所言終勝黑十三路。至此眾人疑

〔註10〕（北宋）何薳：《春渚紀聞》（臺北：藝文印書館，1965年，百部叢書集成學
　　　　津討源本），卷2，頁13b～15a。

團盡釋，莫不拜服其能。此第四層也。

劉仲甫大顯身手後，結果是眾人「盡以所對酒器與之，延款十數日，復厚歛以贐其行」，名利雙收，遂如所願，後來順利當上棋待詔。此第五層也。

從此五層的鋪陳中，可見作者大筆落墨，鳥瞰式地勾勒出整個弈棋活動的熱鬧景象；再透過近距離特寫，主角劉仲甫好似精算的魔術師，自編自導自演，操控著整齣戲劇情節奏的起伏和觀眾心理的變化。尤其是第三、四層文意的陡起和轉折，即前謂「平地起雷，平波起浪」，如走鋼絲般驚險刺激，卻又安穩地抵達終點。整場表演得以成功，主角的膽識、口才、技藝缺一不可，在作者精心的描摹下，塑造出劉仲甫活脫全能的江湖藝人形象。

清代乾隆時期棋壇泰斗范西屏，亦靠獻藝維生，公卿富賈常奉爲上賓。其技老而不衰，小橫香室主人《清朝野史大觀》載其暮年軼事云：

> 嘉慶初范曾來滬，時上海倪克讓弈品居第一，次如富嘉祿等數人皆精其技。惟倪不屑屑與人弈，富等則恆設局豫園，招四方弈客以逐利。范初至局，觀人弈，見一客將負，爲指隙處，眾艴然曰：「此係博采者，豈容多語？君既善此，何不一角勝負？」范曰：「諾。」眾請出注，范於懷中出大鏹曰：「以此作彩可乎？」眾艷其金，爭來就。范曰：「余奕不禁人言，君等可俱來耳。」枰未半，而眾已無所措手，乃急報富。富入局，請以三先讓，竟，富負局；請再讓，又負，眾遂走告倪。倪至，亂其枰曰：「此范先生也，君等何可與敵！」少頃，事徧傳，富室齎金延范。〔註11〕

上海乃人文薈萃、富貴繁華之地，范西屏或爲生計，才來此鬻技。不過相較於前述劉仲甫的張揚招搖，范則內斂低調得多。豫園是當地一流棋手會聚之所，范西屏於時早已名震天下，卻刻意隱匿身份，入內觀弈，現場無人識得，只當他是尋常弈客。他見某人將負，遂指點如何應對，此舉立遭眾人切責並要求下場對局。所謂「觀棋不語眞君子」，他怎會不明此理而犯忌？何況弈局博采，事關金錢利益，旁觀多言，必然引起糾紛。走筆至此，不過是描述豫園中來了個棋品欠佳的客人罷了，文情平板無波。殊不知這是范西屏故弄狡獪之計，目的是吸引現場人士的注意，使自己成爲主角。此時波瀾翻起，他豪快地拿出大鏹下重彩，「眾艷其金，爭來就」，顯示他深諳博徒貪婪的心理。

〔註11〕收錄於歷代學人：《筆記小說大觀》（臺北：新興書局，1983 年 6 月），33 編，卷 11，頁 70，冊 8。

接著波瀾再起，未料他自信滿滿地說：「余奕不禁人言，君等可俱來耳！」適爲剛才自己旁觀指點之失開脫，同時表現所向無敵的氣概。眾人共商對策皆無以爲繼，連滬上第二好手富嘉祿都被讓到四先仍負。最後驚動當地第一好手倪克讓出來，才認出范西屏的身份。

文中所描述的范西屏，是一位身懷絕藝卻隱藏身份的高手，無有識者；然而一旦出招，即技驚四座，令群雄束手。他以先隱後顯之策，把情節高潮安排在最後，藉以拉抬身價，效果是「少頃，事徧傳，富室賫金延范」，快速而圓滿地達到自己來滬的目的。他不僅玩弄勝負於掌股，也善於操控群眾心理的變化反應，十足江湖藝人的本色，與前述劉仲甫之例，可謂各擅勝場。

四、側筆烘托，形象鮮活

文家透過豐富的想像，運用側筆，將某人或某件事物的形象描繪得活靈活現，使讀者感覺狀溢目前，如同身歷其境、親聞親見一般。南朝梁劉勰《文心雕龍・神思》云：「文之思也，其神遠矣。故寂然凝慮，思接千載；悄焉動容，視通萬里。吟詠之間，吐納珠玉之聲；眉睫之前，卷舒風雲之色。」〔註12〕文思的神奇，無遠弗屆，可以跨越時空的藩籬，高明的作者憑之形諸筆端，將已發生或未發生的景象映現於眼簾。以現代修辭學而言，是爲「示現」。在古代圍棋文學作品中，以示現筆法側寫弈者形象者，如北宋王安石〈用前韻戲贈葉致遠直講〉云：

> 葉侯越著姓，胄出實楚葉。缙雲雖窮遠，冠蓋傳累葉。心大有所潛，
> 肩高未嘗脅。飄飄凌雲意，強禦莫能慑。辟雍海環流，用汝作舟楫。
> 開胸出妙義，可發矇起魘。詞如太阿鋒，誰敢觸其鋏？聽之心凜然，
> 難者口因噤。摶飛欲峨峨，鎩墮今跕跕。忘情塞上馬，適志夢中蝶。
> 若金靜無求，在冶惟所挾。載醪但彼惑，饋漿非我諜。經綸安所施？
> 有寓聊自愜。碁經看在手，碁訣傳滿篋。坐尋碁勢打，側寫碁圖貼。
> 攜持山林屐，刺擿溝港艓。一枰嘗自副，當熱寧忘箑。反嗤褦襶子，
> 但守一經笈。亡羊等殘生，朽筴何足摺。歘然值手敵，便與對乜筴。
> 縱橫子墮局，膈膊聲出堞。樵父弛遠擔，牧奴停晏饁。旁觀各技癢，
> 竊議兒女囁。所矜在得喪，聞此心更慄。熟視籠兩手，徐思撚長鬣。

〔註12〕（南朝梁）劉勰著，王更生注譯：《文心雕龍讀本》（臺北：文史哲出版社，1986年11月），下篇，頁3。

> 微吟靜悟悟，堅坐高帖帖。……或戚如告亡，或喜如獻捷。陷敵未
> 甘虜，報仇方借俠。諱輸寧斷頭，悔誤乃批頰。終朝已罷精，既夜
> 未交睫。翻然悟且嘆，此何宜劫劫。〔註13〕

此詩戲贈的對象葉致遠直講，是王安石兄王安國的女婿葉濤，〔註14〕由於過度沈迷圍棋，王安石以長輩的身份作此詩戒責之。開頭前四句交代葉濤的家世背景後，即以大量筆墨側寫其形象：從「心大有所潛」到「強禦莫能儡」，寫葉濤頂天立地、不隨物移又不爲勢劫的人格；從「辟雍海環流」到「難者口因噎」，寫其才學淵通、吐屬不凡又言詞鋒利；從「搏飛欲峨峨」到「有寓聊自愜」，謂其仕途失意，有志難伸，卻能忘懷得失，寄情楸枰，聊以自娛。以上三層分由人格、才學、遭遇三方面虛寫其神，使讀者感受葉濤是一風骨嶙峋且自適安命的名士。

接著作者鋪寫葉濤弈棋癡迷的神情：從「碁經看在手」到「當熱寧忘箑」，形容他不論遊山玩水，都要帶著棋書和棋具，獨自打譜研究。因爲太過專注，天氣炎熱而忘了搧扇；從「反嗤襁褓子」到「朽筴何足摺」，描述他惟弈棋爲樂、譏笑那些只知讀經論道之士的模樣；從「歡然值手敵」到「牧奴停晏饁」，寫他遭遇對手弈棋的歡樂心情，隨著腷膊棋聲的傳出而引來觀者；從「旁觀各技癢」到「聞此心更懾」，是寫他顧慮得失，聽到現場旁觀者的議論而擔心；從「熟視籠兩手」到「堅坐高帖帖」，則寫他弈棋時籠手撚鬚、微吟堅坐的專注模樣；最後從「或戚如告亡」到「既夜未交睫」，寫他弈後獲勝的得意欣喜和敗北的悔恨不甘。日以繼夜對局不輟，即使心勞體倦，仍爲自己的失誤喟歎不已，無法瞌眼入眠。以上六層從葉濤單獨打譜，寫至與人對弈，再寫至眾人圍觀；由外境之擾寫至其內心之憂，由其內心之憂帶至弈時之神情、動作及姿勢；最後再寫其弈後之情緒起伏變化。作者實狀其形之外，兼及心理反應，妙語連珠，宛然幽默，且描摹極爲細膩生動，使一執拗沈迷的棋癡形象活現眼前，與前述之名士風度相映成趣。

弈棋不怕輸，就怕輸不起，常見弈者品態不佳，貽笑大方。清代嚴遂成

〔註13〕　（北宋）王安石撰，（南宋）李壁箋注：《王荊文公詩箋注》，（上海：上海古籍出版社，2012年12月），卷3，頁63～66，冊上。

〔註14〕　葉濤，字致遠，處州龍泉人。熙寧進士，官至中書舍人、給事中。王安石兄安國女婿，嘗從安石學文辭，尤嗜圍棋，詳見《宋史·葉濤傳》。（元）脫脫等撰：《宋史》（北京：中華書局，1990年12月），卷355，頁11182～11183。另可參考本論文第壹章註2，頁1。

曾以戲筆側寫一位輸不起而失態的棋友，其〈觀奕歌戲贈吳大廣維〉云：

> 余於奕居最下品，廉勇之際謝不敏。希逢鉅鹿誇戰酣，屢坐滎陽被
> 圍窘。吳生輕我雅自矜，謂是小冠子夏香鑪僧。面戴一目易與耳，
> 掀髯踞局虎上騰。一鼓再鼓三則竭，手中漸漸生荊棘。儵赴敵場懼
> 辱國，忠義勃然變顏色。輸攻墨守窮所思，蟬蛻槁木飛游絲。計出
> 萬全子欲落，旋復改悔移置之。間亦得利南風競，暗許通盤主必勝。
> 蔓延河北收鄧禹，迅埽江東下王濬。一刼乘虛遇反攻，將敗未敗頰
> 發紅。項筋暴起大于箸，此讐不報非英雄。反唇而詬語刺刺，我謹
> 避之以囊括。旁觀大笑筆之書，死諸葛走生仲達。〔註15〕

吳生棋力不佳，還敢輕視對手前來挑戰，「面戴一目易與耳，掀髯踞局虎上
騰」，前句語含雙關，以「小冠子夏」比作者，意為只有一目，〔註16〕容易被
欺負；又以目為圍棋術語，一目為單眼，不得活，自然不是自己的對手。遂
氣勢洶洶，擺出一副猛虎踞柈的姿態，其實只是紙老虎罷了。

棋局開展以後，吳生非作者敵手，節節敗退。「手中漸漸生荊棘」一句，
天外飛來，形容吳生不知如何措手，一著難接一著，用喻甚妙！「儵赴敵場
懼辱國，忠義勃然變顏色」，則微辭暗諷吳生假裝一副壯烈成仁的氣概，隨即
「計出萬全子欲落，旋復改悔移置之」，根本就是舉棋不定，落子旋悔，違反
規矩。「將敗未敗頰發紅，項筋暴起大于箸」，結果臉紅筋暴，惱羞成怒；「反
唇而詬語刺刺」，不惜反唇相罵，惡語不休，完全失去風度。作者將弈者情態
和戰局演變間雜成詩，波瀾迭起，舒緩有致；又用語生動，不避俚俗，將吳
生要賴輸不起的惡劣形象描繪得維妙維肖，令人捧腹發噱。

梁魏今是清代雍乾時期知名國手，晚年與「揚州八怪」鄭燮交游，鄭燮
〈贈梁魏今國手〉云：

> 坐我大樹下，秋風飄白髭。朗朗神仙人，閉息飲光儀。小婦竊窺廊，
> 紅裙颺疏籬。黃精煨正熟，長跪奉進之。食罷仍閉目，鼻息細如絲。
> 夕影上樹杪，落葉滿身吹。機心付冰釋，靜脈無橫馳。養生有大道，

〔註15〕　（清）嚴遂成撰，紀寶成等編：《海珊詩鈔》，《清代詩文集彙編》（上海：上
　　　　海古籍出版社，2010 年 12 月，清乾隆二十二年驩溪世綸堂刻本），補遺卷上，
　　　　頁 4a～4b，總頁 92，冊 276。

〔註16〕　《漢書‧杜欽傳》：「欽字子夏，少好經書，家富而目偏盲，故不好為吏。……
　　　　欽惡以疾見詆，乃為小冠，高廣才二寸，由是京師更謂欽為『小冠杜子夏』。」
　　　　（東漢）班固：《漢書》（北京：中華書局，1992 年 12 月），卷 60，頁 2667。

不獨觀奕碁。〔註17〕

由首句「坐我大樹下」觀之，梁魏今應是來鄭燮家作客，而背景正在其府邸的庭園中。清秋時節，只見梁魏今靜坐樹下，閉息養神，和風拂掠而來，他雪白的髭鬚隨之飄起，就像是修道有成、超然物外的仙人。自古以來，圍棋因本身內蘊的玄奧詭變，總被視為仙家樂道養性之物，率多神仙弈棋的故事，引人遐思。此詩開頭短短四句，即將一位圍棋國手彷彿躋升仙道的模樣描寫得「神氣活現」。接著「小婦竊窺廊，紅裙颺疏籬」，小婦人不敢驚擾梁魏今，在廊間偷窺。此時清風吹來，劃破寂靜，不單飄起白髭，也颺動紅裙，原然是為了進奉「黃精」給魏今。此處在一靜一動、一白一紅、一老翁一小婦的對映中，構成一幅情味盎然、機趣十足的畫面。食完黃精之後，梁魏今依舊閉目養神，直至「夕影上樹杪，落葉滿身吹。機心付冰釋，靜脈無橫馳」，顯示他不受外塵的干擾，似乎臻至離形去知的坐忘之境。

在作者巧筆映襯的側寫之下，一位老國手風神朗照、飄然不群的形貌歷歷在目，極為生動傳神，可使吾人擺脫對博弈之徒的傳統刻板印象，而有不同面向的觀察和了解。

女子弈棋，往往少些煙硝殺伐之氣味，多添些婉約嫵媚的風情。北宋謝邁〈減字木蘭花‧又贈棋妓〉云：

　　風篁度曲，倦倚銀屏初睡足。清簟疏簾，金鴨香銷懶更添。　　纖纖

　　露玉，風雹縱橫飛鈿局。顰斂雙蛾，凝佇無言密意多。〔註18〕

史乘詩文之中，常見樂妓、歌舞妓的記載，棋妓則甚少，此闋即為一例。妓女習弈，無非是為迎合恩客所需，恩客中每多文人顯貴，除了誘以美色之外，相與手談調情，益增風流雅韻。謝邁浪跡青樓，想必與此棋妓感情交好，故能觀察入微，描摹細膩。此作上片寫棋妓的好弈之情，先狀其閨房之景：輕風吹竹，發出自然的旋律，「倦倚銀屏初睡足」，喚醒了沈睡屏邊的女子（棋妓）。醒來以後，不待添香，第一件事是便急著置局尋弈，可見此妓棋癮頗大。次由銀屏、簟簾、金鴨香爐等物觀之，顯示室內布置頗為講究，非一般坊曲可比。而該妓於此接客，又擅弈棋，應屬名妓一流。下片則著重妓女形象的

〔註17〕　（清）鄭燮撰，紀寶成等編：《板橋集》，《清代詩文集彙編》（上海：上海古籍出版社，2010年12月，清清暉書屋刻本），頁33b～34a，總頁628，冊273。
〔註18〕　（北宋）謝邁：《竹友詞》（臺北：新文豐出版公司，1989年7月，叢書集成續編），頁2b～3a，總頁692，冊206。

描摹：弈棋時，露出纖細且如玉般光潔的手，落子果斷迅速，如風馳電降，縱橫全局。然而臉上蹙眉凝眸的專注神情，卻顯示思慮周密，棋力應頗不俗。「密意多」語帶雙關，另暗含對作者的愛戀之情。

　　作者就像是功力不凡的導演，運筆如掌鏡，先置遠再拉近，由周遭景物氛圍的鋪陳，再由外而內，及於人物形象的特寫與其心理微妙變化的捕捉，蘊藉傳神，情味雋永，一位美麗柔弱卻又好弈務勝的棋妓形象躍然紙上；兩人互動的風光香豔之景，亦增添無限遐想。

　　弈棋是偏於靜態的活動，弈者多內斂含茹，少有誇張的言行。不論其是何身份，如以上列引作品所刻描的神童、文人、國手、棋妓等，或為謀生，或為遣懷，皆須耗費精神心力投入其中，從而由枰間反映出弈者的性情、修為及風采。如是人物，欲狀其形已屬不易，欲傳其神則尤難，不過在上述文家的妙筆刻描下，或以形寫神，或會神擬形，兩者融貫為一，逼真靈活地重現在讀者眼前，深刻難忘。

第二節　博喻多方的鋪采摛文

　　譬喻是就是俗稱的「打比方」，簡言之，即「借彼喻此」之意。用得巧妙，能以易知說明難知，以具體形容抽象，以警策彰顯平淡。好比電腦修圖軟體，只須一按，就能掃除畫面上的暗沈瑕疵，立刻變得明亮完美；或如明礬投入污水，不消片刻，即澄清無滓。清代沈德潛《說詩晬語》云：「事難顯陳，理難言罄，每托物連類以形之。鬱情欲舒，天機隨觸，每藉物引懷以抒之。比興互陳，反覆唱嘆，而中藏之懽愉慘戚，隱躍欲傳，其言淺，其情深也。」〔註19〕文學中的事、理、情，常藉助於「托物連類」、「借物引懷」的方法來表現，不僅形象鮮活，而且妙趣橫生。

一、託物連類，馳騁想像

　　圍棋玄妙莫測，猶如一縮小宇宙，黑白參差列布，乃能擬諸萬象，通乎世理，達於人情，自古有「棋如人生」、「人生如棋」之喻，良有以也。圍棋本身既為喻體，又能反映人生的千姿百態，故文人詠歎之際，自然託物連類，

〔註19〕　（清）沈德潛：《說詩晬語》（臺北：新文豐出版公司，1989 年 7 月，叢書集成續編），頁 1b，總頁 331，冊 199。

馳騁想像。隨著一局棋的進行，黑白子絞紐所呈現不斷變化的抽象排列形狀，使弈者產生各種物象的對應聯想，此一經驗過程可稱之為「約象」。〔註20〕文學家就為了形容棋局中不斷變化的各種抽象棋形，遂在約象的過程中，透過個別的感知與觀察，以具體的物象加以比擬之，方能生動貼切，使人易於明瞭，例如北宋邵雍〈觀棋長吟〉云：「局合龍蛇成陣鬥，劫殘鴻雁破行飛。」〔註21〕或如明代吳寬〈觀弈〉云：「豪鷹欲擊形還匿，怒蟻初交陣已成。」〔註22〕皆以動物的習性與姿態來模擬棋形的變化。但由於棋形的變化多端，所以運用的譬喻亦須廣博，往往接連而來，令人目不暇給，如南朝梁武帝〈圍棋賦〉云：

> 或龍化而超絕，或神變而獨悟。勿膠柱以調瑟，專守株而待兔。

〔註23〕

又如南朝後梁宣帝〈圍棋賦〉云：

> 引如征鴻赴沼，布若群鵲依枝。類林麓之隱隱，匹星漢之離離。

〔註24〕

梁武帝賦作中的四句，是形容弈棋時的思運之道，即弈者須通權達變之意：前兩句謂弈棋要如飛龍昇天之超絕，或如契悟神仙之變化，意謂當奇想天外，下出令對手震驚的著手；後兩句則以「膠柱鼓瑟」、「守株待兔」之典為喻，告誡弈者莫固執不知變通，勿妄想不勞而獲。此均以動態的形象以表現抽象的思維，而賦予文學的趣味。後梁宣帝賦作四句，則明白形容棋盤上棋子列布之形：如征鴻赴沼、群鵲依枝。前者狀一鴻鳥由空中降臨沼池，彷彿打入敵陣破空；後者則以群鵲集結樹上，彼此照應，形成團體的防護網，有類棋盤的棋子相連以固守陣地。後兩句描寫盤上棋子重重排列，如深林隱密，或如星羅滿布。整體而言，有特寫的動態和遠景的靜態，作者竟能將一小小棋盤放大，比擬天地物象的動靜之美，實令人贊賞。

四句連比之數不多，用意有限。試觀西晉蔡洪〈圍棋賦〉，通篇譬喻，明

〔註20〕 相關探討，詳見本論文第柒章第二節〈坐隱忘憂的閒情雅趣〉。

〔註21〕 （北宋）邵雍：《伊川擊壤集》（臺北：新文豐出版公司，1989 年 7 月，叢書集成續編），卷 5，頁 1b，總頁 49，冊 165。

〔註22〕 （明）吳寬：《匏翁家藏集》（臺北：臺灣商務印書館，1979 年 11 月，四部叢刊正編上海涵芬樓藏明正德刊本），卷 9，頁 11b，總頁 77，冊 74。

〔註23〕 （清）嚴可均輯：《全上古三代秦漢三國六朝文》（北京：中華書局，1991 年 10 月），卷 1，頁 7b，總頁 2951，冊 3《全梁文》。

〔註24〕 同上註，卷 68，頁 5a，總頁 3359，冊 4《全梁文》。

喻、借喻交用，造語新奇，意象生動，其文云：

> 算塗授卒，三百惟羣，任巧於無主，譬採菽乎中原。於是攄妙思，奮玄籌，玩服色，尚駃駒，旅進旅退，二騎迭驅，翻翻馬合，落落星敷。各嘯歌以發憤，運變化以相符，乍似戲鶴之干霄，人（當爲「又」之誤）類狡兔之繞丘。散象乘虛之飛電，聚類絕貫之積珠。然後枕以大羅，繕以城郭，綴以懸險，經以絕落。……爾乃心鬭奔競，勢使揮謙，攜手詆欺，朱顏妒嫌。……屈則尺蠖，舒則龍蟠，崔嵬雲起，巃嵸浪傳。釜岑山結，杳如霧分，靜若清夜之列宿，動若流彗之互奔。〔註25〕

前段取《詩經・采菽》之義，〔註26〕喻圍棋之戰有如諸侯問鼎中原，黑白子的糾纏就像雙方戰馬奔騰翻合，又似繁星散布。接著以「戲鶴之干霄」、「狡兔之繞丘」，形容棋局之玄詭；「乘虛之飛電」、「絕貫之積珠」，則狀擬棋子之聚散；「枕大羅」、「繕城郭」、「綴懸險」、「經絕落」，則象兩軍攻防設伏布陣之形。後段寫對戰時雙方屈伸、動靜的形勢變化，分別以尺蠖、龍蟠、高峰、雲霧、清夜、流彗等自然物象形容。作者發揮豐富的想像力，接連創造不同意象的喻依，精巧貼切，歷歷在目，使讀者恍如置身其中，反易忽略弈棋爲喻體之主要地位。發生如是注意轉移的現象，實因文學的妙趣與魔力所導致。

如此連續借喻自然物象以比擬棋戰的修辭模式，亦出現在長篇詩作中，北宋邵雍〈觀棊大吟〉云：

> 珠玉出懷袖，龍蛇走肝脾。金湯起樽俎，劍戟交幨幃。白晝役鬼神，平地蟠蛟螭。空江響雷電，陸海誅鯨鯢。寒暑同舒慘，昏明共蔽虧。
> 山河璨輿地，星斗會璿璣。〔註27〕

此爲該作其中一段，表現弈者臨局對弈時龍爭虎鬥的驚心動魄之景。「珠玉出懷袖，龍蛇走肝脾。金湯起樽俎，劍戟交幨幃」，形容兩人互逞心機，竭盡所能，再寫到弈局場景劍拔弩張的騰騰殺氣；「白晝役鬼神，平地蟠蛟螭。空江響雷電，陸海誅鯨鯢」，以平陸、江海的鬼哭神號、巨物翻騰，狀擬黑白交鋒

〔註25〕同註23，卷81，頁7a～7b，總頁1928，冊2《全晉文》。
〔註26〕《詩經・小雅魚藻之什毛序》云：「采菽，刺幽王也，侮慢諸侯。諸侯來朝，不能錫命，以禮數徵會之，而無信義。君子見微而思古焉。」《十三經注疏》（臺北：藍燈文化事業，影印嘉慶二十年重刊宋本十三經注疏本），詩疏卷15之1，頁2a～2b，冊2。
〔註27〕同註21，卷1，頁1a，總頁27，冊165。

之凶險；「寒暑同舒慘，昏明共蔽虧。山河璨輿地，星斗會璿璣」，則形容戰況激烈，雙方殺得天昏地暗，日月無光。如此由人及於物，由物及於自然，作者視通萬里，思理邃密，創造一連串警策驚奇的形象語言。又如清代趙執信〈觀弈歌〉云：

> 乍如青天斂餘靄，一南一北行秋雲。又如殘日墮西極，大星小星耿不昏。豐隆驅電撒沙落，毛仲牧馬雲錦屯。肅肅魚麗就行陣，翻翻鳥散隨飛塵。〔註28〕

此則由天象轉爲物象之喻，形容紋枰局勢的變化，意象大開大闔，翻騰鮮活，充滿無窮生機；豐隆驅電、毛仲牧馬兩典熨貼自然，〔註29〕筆力遒媚健勁。更長篇者，如明代吳承恩〈後圍棋歌贈小李〉云：

> 其初不過三與六，保角依旁起邊幅。忽然變成常山蛇，八陣旌旗耀魚腹。……相持廣武只鬬智，堅忍時爲漢高帝。渭南護戰奉節制，獨立毅然辛佐治。飛書燕將獻降城，手劍齊人返侵地。又如泰山膚寸雲初興，雨風斗黑雷翻空。咸陽火起初若螢，片時燒遍秦王宮。天官星宿羅心胸，地師點穴當來龍。九針神祕按脈絡，纖毫不爽靈樞經。隄穿一線走萬壑，五丁山爲金牛鑿。深林赤手虎可搏，鳩奪危巢失乾鵲。拋餌忙牽掣海鰲，彎弧命中橫秋鶚。〔註30〕

此作爲長篇歌謠，所錄僅其半數內容。其中引諸葛亮奉節常山蛇陣、漢高祖廣武鬬智、辛毗渭南持節制軍、魯仲連飛書復聊城、秦始皇封禪襲暴雨、項羽咸陽焚秦宮等事典，〔註31〕以狀擬棋局戰鬬演變中的各種形勢；次以天官、地師、神醫、力士之能，以喻弈者運思神妙，縱橫自如，力轉乾坤，鎮定不亂；再以「搏虎」、「奪巢」、「掣鰲」、「射鶚」等攻擊動作，以喻弈者制勝之

〔註28〕 （清）趙執信撰，紀寶成等編：《飴山詩集》，《清代詩文集彙編》（上海：上海古籍出版社，2010 年 12 月，清乾隆刻本），卷 2，頁 5a，總頁 208，冊 210。

〔註29〕 豐隆爲古代神話中的雷神。屈原〈離騷〉云：「吾令豐隆乘云兮，求宓妃之所在。」注云：「豐隆，雷師。」（南宋）朱熹：《楚辭集注》（臺北：河洛圖書出版社，1980 年 8 月），卷 1，頁 17。又《舊唐書・王毛仲傳》云：「扈從東封，以諸牧馬數萬匹從，每色爲一隊，望如雲錦。」（後晉）劉昫等撰：《舊唐書》（北京：中華書局，1991 年 12 月），卷 106，頁 3254。

〔註30〕 （明）吳承恩：《吳承恩詩文集》（臺北：河洛圖書出版社，1975 年 9 月），卷 1，頁 18～19。

〔註31〕 關於此作用典來源出處，學者考證甚詳，此不贅述。可參考蔡中民選注：《圍棋詩詞文化》（成都：蜀蓉棋藝出版社，1989 年 10 月），頁 298～303。

勢。作者左右逢源，渾灑自如，一氣呵成，咳唾成珠。行文意，乃從棋勢及於弈者，由戰事及於物象；論筆法，則從實入虛，由虛返實。連番佳喻妙典，如貫珠直下，警策傳神，相得益彰，顯見作者胸羅象緯、學富五車。然而用典過多，難免炫博耀富之失，稍感美中不足。

　　上引諸篇，作者無不騁思逞才，連用天文、物象、人事等多方喻依，妙擬棋局之變，體現圍棋文學用譬技巧之特色。吾人賞會留連之餘，不得不讚歎其獨造而豐沛的想像力。

二、據事爲喻，氣勢磅礡

　　文學創作，貴能「課虛無以責有，叩寂寞而求音」，[註32] 意到筆隨，自然成章。然而再傑出的文學家，也難期句句珠璣、篇篇佳構，總有腸枯思竭之時。是以操觚搦筆，酌理衡情，或借軍經典，或徵引史事，使情感更具渲染力，理論更增說服力，斯乃爲文之妙方。

　　在古代許多文人的認知中，圍棋與兵法之關係密不可分，甚而有圍棋起源於兵法之說，此前已論之。所以古代圍棋文學之作，援兵法以說理，據戰事而喻義，亦自然之致耳。尤其爲了形容枰間交戰的莫測之變和緊繃情勢，常借各種戰事爲喻，且連番鋪陳，氣勢磅礡，令人精神振奮，彷彿親臨戰場一般。典型之例，如「建安七子」之一應瑒的〈弈勢〉，其文云：

> 蓋碁弈之制，所由來尚矣。有像軍戎戰陣之紀，旌旗既列，權慮蜂
> 起，絡繹雨集，魚鱗鴈峙，奮維闡翼，固衛邊鄙，寇動北壘，備在
> 南尾。或飾遁僞旋，卓攣軯列，贏師延敵，一乘虛絕，歸不得合，
> 兩見擒滅，淮陰之謨，拔旗之勢也。或匡設無常，尋變應危，寇動
> 北壘，備在南麾，中碁既捷，四表自虧，亞夫之智、耿弇之奇也。
> 或假道四布，周爰繁昌，雲合星羅，侵逼郊場，師弱眾寡，臨據孤
> 亡，披掃彊禦，廣略土疆，昆陽之威、官渡之方也。挑誘既戰，見
> 欺敵對，紛挐相救，不量進退，群聚俱隕，力行唐突，瞋目忿憤，
> 覆局崩潰，項將之咎、楚懷之悖也。時或失謬，收奔攝北，還自保
> 固，完聚補塞，見可而進，先負後剋，燕昭之賢、齊頃之德也。長

〔註32〕語出陸機〈文賦〉。（南朝梁）蕭統編，（唐）李善注：《文選》（臺北：華正書
　　　　局，1991 年 9 月），卷 17，頁 4a，總頁 241。

－287－

驅馳逐，見利忘害，輕敵寡備，所喪彌大，臨疑猶豫，算慮不詳，
苟貪少獲，不知所亡，當斷不斷，還為所謀，項羽之失、吳王之尤
也。持基相守，莫敢先動，由楚漢之兵，相拒索輂也。〔註33〕

作者先言弈棋有如軍戎戰陣對壘，而後馳騁豐富的想像力，連用著名軍事戰役之例來形容對弈中敵我形勢的強弱消長，用意周到，別出心裁。「或飾遁僞旋，卓犖軒列，贏師延敵，一乘虛絕，歸不得合，兩見擒滅，淮陰之謨，拔旗之勢也」，即淮陰侯的「背水之戰」；〔註34〕「或匡設無常，尋變應危，寇動北壘，備在南麾，中基既捷，四表自虧，亞夫之智、耿弇之奇也」，意指西漢周亞夫的「平吳之役」〔註35〕及東漢耿弇的「平齊之役」；〔註36〕「或假道四布，周爰繁昌，雲合星羅，侵逼郊場，師弱眾寡，臨據孤亡，披掃彊禦，廣略土疆，昆陽之威、官渡之方也」，是指漢光武帝劉秀的「昆陽之戰」〔註37〕和曹操的「官渡之戰」；〔註38〕「挑誘既戰，見欺敵對，紛拏相救，不量進退，群聚俱隕，力行唐突，瞋目恚憤，覆局崩潰，項將之咎、楚懷之悖也」，此謂武信君項梁敗軍定陶、〔註39〕楚懷王爲秦相張儀所欺之事。〔註40〕「時或失謬，收奔攝北，還自保固，完聚補塞，見可而進，先負後剋，燕昭之賢、齊頃之德也」，是指燕昭王的偉略〔註41〕和齊頃王的德政。〔註42〕「長驅馳逐，見利忘害，輕敵寡備，所喪彌大，臨疑猶豫，算慮不詳，苟貪少獲，不知所亡，當斷不斷，還為所謀，項羽之失、吳王之尤也」，則泛指項羽爲劉邦所敗〔註43〕及吳王夫差爲越王句踐所滅。〔註44〕

〔註33〕 同註23，卷42，頁6a〜6b，總頁701，冊1《全後漢文》。
〔註34〕 事見《史記‧淮陰侯列傳》。瀧川龜太郎：《史記會注考證》（臺北：洪氏出版社，1986年9月），卷92，頁1066〜1067。
〔註35〕 事見《史記‧絳侯周勃世家》。同上註，卷57，頁822。
〔註36〕 事見《後漢書‧耿弇列傳》。（南朝宋）范曄：《後漢書》（北京：中華書局，1993年3月），卷19，頁708〜712。
〔註37〕 事見《後漢書‧光武帝紀》。同上註，卷1上，頁5〜8。
〔註38〕 事見《三國志‧魏書武帝紀》。（西晉）陳壽：《三國志》（臺北：宏業書局，1976年6月），卷1，頁12〜13。
〔註39〕 事見《史記‧項羽本紀》。同註34，卷7，頁143。
〔註40〕 事見《史記‧屈原賈生列傳》。同註34，卷84，頁1010。
〔註41〕 事見《史記‧燕召公世家》。同註34，卷34，頁584。
〔註42〕 事見《史記‧齊太公世家》。同註34，卷32，頁558〜559。
〔註43〕 事見《史記‧項羽本紀》。同註34，卷7，頁146〜158。
〔註44〕 事見《史記‧越王句踐世家》。同註34，卷41，頁666〜668。

　　作者連引古代著名戰役作爲借喻，並用簡扼之語闡其制勝之術，以對照詮解棋局戰鬥中種種策略的應用：或聲東擊西，或決戰中腹，或發動奇襲，或布陣引誘，或後來居上，或著著爭先，皆實戰攻防要略，並探及弈者的心理素質與反應，可謂深通弈理之論也。又全篇多爲四字連句，緊峭頓挫，勁氣貫串，使人讀之志氣昂揚，逸興遄飛。

　　詩歌之中，亦有類似之作，如明代胡應麟〈後圍棋歌再贈黃山人〉云：

> 三千牧野行造基，百萬昆陽坐奔潰。大軍涿鹿平蚩尤，孤卒鴻門闒樊噲。混壹區夏秦有權，表裏河山晉無害。成皋堅壁控土宇，函谷封泥距關隘。含枚定陶襲項梁，卷甲陰平走鄧艾。七縱七擒啓荒服，八戰八克定邊塞。歲時吳魏爭長江，日夜梁唐鬭夾寨。乘風帥眾下井陘，冒雪潛師抵淮蔡。晉陽三版浸難沒，即墨殘都守無奈。闔閭貪欲甚蛇豕，勾踐陰謀築蜂蠆。推鋒白起勁若飛，持重廉頗老能耐。盧狡李密王世充，鷸蚌高觀宇文泰。〔註45〕

此作篇幅甚長，所引僅其部分。此段以古代知名戰役爲喻，以印證棋道與兵道相合。作者接連披引武王滅殷的牧野之戰、劉秀破王莽的昆陽之戰、黃帝戰蚩尤的涿鹿之戰、楚漢相爭的成皋之戰、秦破五國合縱的函谷關之戰、章邯擊敗項梁的定陶之戰、魏滅蜀的陰平之戰、諸葛亮七擒孟獲之戰、吳漢八克公孫述之戰、魏破吳的長江之戰、後唐攻後梁的夾城之戰、韓信破陳餘的井陘之戰、唐憲宗平定淮蔡之戰、晉國四大世族的晉陽之戰、田單復國的即墨之戰、隋末李密和王世充之戰、東西魏高歡和宇文泰之戰，加以闔閭之貪勝、勾踐之權謀、白起之勁勇、廉頗之持重等事，皆爲耳熟能詳的經典戰役，不致有冷僻艱澀之弊。以此大肆夸張圍棋戰局之變與攻敵制勝之道，文勢如排山倒海而來，令人摒息瞠目，想見其風雲詭譎、廝殺慘烈之畫面。

　　胡應麟於歌後跋云：「會稽黃生弈爲過江第一流，而詩亦佼佼。一日邂逅黃金臺上，持卷乞余贈言，嗣是亟見亟請，今且逾十八載矣。顧余卒卒，亡寸晷之暇，仲冬扁舟北歸，楸枰塵積，不勝技癢，因抽筆爲長歌，食頃便成，餘興勃勃，復摭拾古今與兵家合者數十百事餂飣茲篇，勉之黃生努力精進。」〔註46〕作者爲著名的學者、詩人、文藝評論家，在文獻學、史學、詩學、小

〔註45〕　（明）胡應麟：《少室山房集》（臺北：臺灣商務印書館，1986 年 3 月，景印文淵閣四庫全書），卷 25，頁 151，冊 1290。

〔註46〕　同上註，頁 152，冊 1290。

說及戲劇皆卓然有成，爲有明一代之學術宗匠。由此詩歌及跋文觀之，他還是一位圍棋愛好者，且深通弈理。黃生是當時棋壇後起之秀黃赳，〔註47〕作者因惜其才，作詩歌爲贈。然而令人驚異者，不過一頓飯的時間，就能摭拾古代兵家數十百事而成篇，充分顯示他淵博的學問和敏捷的詩才。

清代汪縉〈弈喻〉是一篇以兵法論弈之作，其中亦引知名戰典及治國方略，以喻棋藝高下差別之理。其文云：

> 國工爭道，贏止半子；止二、三子者，良工也，非國工也。贏二、三子者不止，非良工矣！贏多者，爭多也，爭多技下是何也？爭多，嗜殺人者也；爭少，不嗜殺人者也。天道好生而惡殺者也。嗜殺、不嗜殺，項、劉之所以成敗也。項、劉者，黑白之勢也。弈之爲道，以正行師，鄙貪而賤詐。鄙貪賤詐，《春秋》之貶吳楚也；以奇合變，不知變，陳餘之所以死於泜水也；攻中腹者，先食邊，食邊，司馬錯之所以論伐蜀也。國小者，勿謂不可以善；地阻者，勿謂可守而不可以攻。國小而善，國僑之所以治鄭也；地阻而出攻，諸葛亮之所以伐魏也。弱勿卑，卑，杞之所以即於夷也；強勿亢，亢，秦苻堅之所以喪師於淝水也。善弈者，勿輕用其子；善兵者，勿輕用其民；善自固者，固厥本；善攻人者，攻厥心。〔註48〕

此篇先從爭多和爭少、嗜殺與不嗜殺，以項羽和劉邦的成敗爲喻，區分國工與良工的差別所在。次言兵法中「奇正」之理以通弈道：論不知奇變，引陳餘敗於韓信之戰；〔註49〕論攻中腹者先食邊，引司馬錯向秦惠王論伐蜀之謀；〔註50〕論國小而善，引子產治鄭之政；〔註51〕論地阻而出攻，引諸葛亮伐魏

〔註47〕《上虞縣志校續・方技》云：「黃赳，字斗華，博學善弈。時神宗好手談，大璫欲引之入見，特使宣召，赳忽遁去。」（清）儲家藻修，徐致靖纂：《上虞縣志校續》（臺北：成文出版社，1975年，清光緒二十五年刊臺本），卷15，頁16b，總頁1114，冊2。胡應麟另有〈圍棋歌贈黃生應魁〉之作，歌中有「高軒駟馬競延致，爭先結襪黃金臺」之句，對照〈後圍棋歌再贈黃山人・跋〉，可知此黃生亦是黃赳。同註45，頁150，冊1290。

〔註48〕（清）汪縉：《汪子文錄》（上海：上海古籍出版社，2002年3月，山東省圖書館藏清道光三年張杓等刻本），卷1，頁5b～6a，總頁202～203，冊1437。

〔註49〕事見《史記・淮陰侯列傳》。同註34，卷92，頁1067。

〔註50〕事見《戰國策・秦策》。何建章注釋：《戰國策注釋》（北京：中華書局，1992年7月），卷3，102～103頁，冊上。

〔註51〕事見《史記・鄭世家》。同註34，卷42，頁681～682。

之舉；〔註52〕論弱而卑，引杞國用夷禮而降爵之恥；〔註53〕論強而亢，引苻堅兵敗淝水之鑑。〔註54〕原本抽象的棋理，經作者連番用典設喻，不僅文勢迭起，增強說服力；且引發豐富的聯想，使讀者跳脫棋枰之外，腦海中呈現出具象的人物用智與戰爭交兵之畫面，生動有趣，得收言有盡而意無窮之效。

三、借物引懷，理無盡藏

圍棋形制雖簡小，所寓之內涵卻極深廣，文人借物引懷，以之暢喻宇宙人生之理，又豈僅止於戰爭而已。北宋歐陽修《新五代史・周臣傳》云：「作器者，無良材而有良匠；治國者，無能臣而有能君。蓋材待匠而成，臣待君而用。故曰治國譬之於弈，知其用而置得其處者勝，不知其用而置非其處者敗。」〔註55〕即以弈棋論治國用人之道。清代汪縉亦據此義，借弈為喻，發為長篇答客之辯，其〈弈說二〉云：

> 邱子曰：「下臣以貨事君，中臣以身事君，上臣以人事君。為人佐之差數，則盡乎此矣，是可以通於弈乎？」曰：「可。今夫弈以貨譜其子者，下也；以身譜其子者，中也；以人譜其子者，上也。」「曷言乎以貨譜其子者也？」曰：「譜其子者，冥冥焉，張口望人，遇食則食之而已。食其一而喪十者有矣，食其一而喪百者有矣。彼則何知食其一以為己功，一初下咽，十百之禍已隨於後，而不勝其十百之貪也。於是徧行劫勢，劫徧於外，無術以自固，吾見其本之蹶耳矣。是所謂上溢而下漏，弈之下者也。」「曷言乎以身譜其子者也？」曰：「譜其子者，下一子焉，慎之又慎，惟一子之是慎也；下二子焉，慎之又慎，惟二子之是慎也。如是下子至於十、至於百，無弗慎之又慎也。然而譜其子於角，惟角子之慎而角以上弗能及也；譜其子於邊，惟邊子之慎而邊以內弗能及也；譜其子於腹，惟腹子之慎而腹以外弗能及也。遇不慎者，往往而贏也，值敵而贏絀無常矣。與至者遇，幸而得完焉，而不勝其蹶也，弈之中也。」「曷言乎以人譜

〔註52〕事見《三國志・蜀書諸葛亮傳》。同註38，卷35，頁922～925。

〔註53〕《左傳・僖公二十七年》云：「二十七年春，杞桓公來朝，用夷禮，故曰子。公卑杞，杞不共也。」同註26，春秋疏卷16，頁10a，冊6。

〔註54〕事見《晉書・謝安傳》。（唐）房玄齡：《晉書》（北京：中華書局，1992年12月），卷79，頁2074～2075。

〔註55〕收錄於《二十五史》（臺北：臺灣開明書店，1969年2月），卷31，頁4425。

其子？」曰：「譜其子者，一子之下，全弈之勢備焉者也。譜一子於左，左之子成右之勢成也；譜一子於右，右之子成左之勢成也；譜一子而仰，仰之子成俯之勢成也；譜一子而俯，俯之子成仰之勢成也。勢成矣，敵入吾角，角之子動而邊之子、腹之子應焉；入吾邊，邊之子動而角之子、腹之子應焉；入吾腹，腹之子動而角之子、邊之子應焉。蓋如環之無端也，其能以人者也，上也。」說者曰：「是則然矣，時則乏材，若之何應之曰？」弈者曰：「吾非不能善吾弈也，吾無如弈之無子，何也其可乎？夫弈不患無子，天下之不患無材也，是不待乎審度者也。弈不患無子，患有子而不能用焉爾；天下不患無材，患有材而不能用焉爾。能以天下之人為天下用者，是良佐也；能以全弈之子為全弈用者，是良工也。」〔註56〕

本文以弈道喻論人臣事君之理，先立「下臣以貨事君，中臣以身事君，上臣以人事君」三等之義柱，繼而以下、中、上三種品級的棋手依次比附：

下手是「以貨譜其子」，即下棋只會貪吃敵子，以為吃得愈多，愈佔便宜，愈易獲勝；殊不知吃對方一子，反而招致十倍甚至百倍的損失，於是處處吃虧，往往不戰而敗。

中手是「以身譜其子」，即下棋拘守常法，慎之又慎，亦步亦趨，不知變通，視野狹小，見樹不見林。這類棋手通常死記定式，斤斤於局部利益，不諳先後手的差別。習慣跟隨敵方步調，不知何時該手拔轉身搶佔大場或攻防急所。所下子與子之間各自為陣，缺乏關聯呼應。對上不如自己謹慎的低手，當然容易獲勝；但遇到真正的高手，就很難贏了。

上手是「以人譜其子」，即每落一子，或攻或防，皆以全局之形勢為考量。子與子之間，不論上下左右、俯仰向背，皆前呼後應，相互為用，形成一有機之連動體，乃能將每一子的效率聯合加總而發揮至極，「如環之無端也」。

經此三層遞進、三等判別高下後，末尾呼應開頭立柱，乃道出：「弈不患無子，患有子而不能用焉爾；天下不患無材，患有材而不能用焉爾。」乃全文之警策，點出國君要有知人之明，治國就得善用良佐上臣之材，就如上手弈棋能「以人譜其子」，才能攻無不克，所向無敵。此文妙用對話形式和弈技為喻，使文章意象鮮明、熱鬧生動，不致流於平板無趣；而所述之道理明白曉暢、宛轉細密，較前引歐陽修之作深刻許多。此篇為作者弈喻系列諸作之

〔註56〕同註48，卷1，頁7b～8b，總頁203～204，冊1437。

一，另有〈弈說一〉和〈弈說三〉兩文，前者以弈喻闡釋孟子「是非之心，人皆有之」之理，以明爲人師之道；〔註57〕後者則以弈爲喻，駁斥世人以蹈虛逐末務外之名薄文章者。〔註58〕可知圍棋能喻之事與道極夥，何況單以其思想內蘊而言，至少涵容儒、道、釋、兵、陰陽等家，足見其理無盡藏，端視吾人是否會心有得或微觀以驗證之。

清代錢大昕亦有〈弈喻〉之作，描述某次因觀弈而了悟人生得失之道，其文云：

> 予觀弈於友人所。一客數敗，嗤其失算，輒欲易置之，以爲不逮己也。頃之，客請與予對局，予頗易之。甫下數子，客已得先手。局將半，予思益苦，而客之智尚有餘。竟局，數之，客勝予十三子，予赧甚，不能出一言。後有招予觀弈者，終日默坐而已。今之學者讀古人書，多訾古人之失；與今人居，亦樂稱人失。人固不能無失，然試易地以處，平心而度之，吾果無一失乎？吾能知人之失而不能見吾之失，吾能指人之小失而不能見吾之大失，吾求吾失且不暇，何暇論人哉？弈之優劣有定也，一著之失，人皆見之，雖護前者不能諱也。理之所在，各是其所是，各非其所非。世無孔子，誰能定是非之眞？然則人之失者，未必非得也；吾之無失者，未必非大失也。而彼此相嗤，無有已時，曾觀弈者之不若已。〔註59〕

所謂「當局者迷，旁觀者清」，通常旁觀者沒有成敗得失的包袱，較能保持公正超然的立場，洞察局勢的發展變化；一旦旁觀成了當局，則往往自迷而不知。蓋因人的理性認知能力有限，不可能沒有盲點，所以「吾能知人之失而不能見吾之失，吾能指人之小失而不能見吾之大失」，亦屬人情之常。何況「我執」是人類的通病，表現在待人接物上，常自以爲是，批評他人頭頭是道，自己實行起來卻不見高明。《文心雕龍・知音》云：「會己則嗟諷，異我則沮棄，各執一隅之解，欲擬萬端之變，所謂『東向而望，不見西牆』也。」〔註60〕不單是文人相輕而已，弈者也常相輕。作者藉個人觀棋和弈棋之體驗爲喻，進而反思是非得失乃相對而非絕對，吾人不應只見他人之失而彼此相

〔註57〕 同註48，卷1，頁7a〜7b，總頁203，冊1437。
〔註58〕 同註48，卷1，頁8b〜11a，總頁204〜205，冊1437。
〔註59〕 （清）錢大昕：《潛研堂文集》（上海：上海古籍出版社，2002年3月，清嘉慶十一年刻本），卷17，頁21a〜21b，總頁602，冊1438。
〔註60〕 同註12，下篇，頁352。

嗤，正所謂「行不得則反求諸己，躬自厚而薄責於人」是也。

本篇寫作方法概分爲二：前半段敘事，後半段則闡發事件中蘊含的道理。作者先喻後議，敘事簡鍊，論理警闢，從接觸具體事物的經驗中細緻分析，乃能因小見大，借題發揮。雖無華美采藻，而辭直義暢，深中人心。

第三節　規整曉暢的論說形式

圍棋道妙通玄，理無盡藏，是以古代相關之文學作品，說理之成份居多。尤其弈論之文，常迭用排句以增氣勢，或藉正反映襯以顯奧義，呈現規整曉暢、健朗有力的議論形式。

一、迭用排比，波瀾翻疊

將語氣、結構相似的句法排列起來，以表達同範圍、同性質內容的手法，是爲「排比」。陳騤《文則》云：「文有數句用一類字，所以壯文勢、廣文義也。」〔註 61〕排比運用得好，能把複雜的思想和強烈的情感集中，並透徹明白地表現出來，而收形式整齊、音節響亮、氣勢充沛之效。

此類辭格常見於弈論之中，單句鋪排者，如東漢黃憲〈機論〉云：

> 奕之機，虛實是已。……雖然，此特奕之道耳。若機之流於眾妙也，肆而淵乎，羲皇得之而畫其卦，神農得之而藝其穡，軒轅得之而奠其兵，勛華得之而禪其器，夏禹得之而驅其澤，殷湯得之而陳其綱，周武得之而奮其鉞，倉頡得之而淺其文，女媧得之而煉其石，許由得之而洗其耳，儀狄得之而制其酒，造父得之而神其御，后羿得之而精其射，伊尹得之而負其鼎，公輸得之而雲其梯，寧戚得之而扣其角，伯牙得之而鼓其琴，老子得之而守其谷，孔子得之而擊其磬。……由此觀之，天地萬物皆機也。〔註 62〕

此篇主要探討「弈之機」，即下棋時顯露在對手落子之後、己方著手之前的幾微之兆。爲申明「機」的重要性，作者推而衍之，連舉羲皇、神農、軒轅、唐堯、禹舜、夏禹、商湯、周武、倉頡、女媧、許由、儀狄、造父、后羿、

〔註 61〕（南宋）陳騤：《文則》（臺北：莊嚴出版社，1979 年 3 月），頁 30。
〔註 62〕（清）陳夢雷編：《古今圖書集成》（臺北：鼎文書局，1985 年 4 月），卷 799，頁 8371。

伊尹、公輸盤、寧戚、伯牙、老子、孔子等二十位古代聖王和賢者之例，皆因得機而成其志業，進而論證天地萬物之作，皆由機也。連續單句排疊，一氣貫注，莫之能禦；引據多方，加強說服，正陳騤所謂「壯文勢，廣文義」之功也。又如元代虞集《玄玄棋經・序》云：

> 夫棊之製也，有天地方圓之象，有陰陽動靜之理，有星辰分佈之序，有風雲變化之機，有春生秋殺之權，有山河表裏之勢。世道之升降、人事之盛衰，莫不寓是。惟能者爲能，守之以仁，行之以義，秩之以禮，明之以智，又烏可以尋常他藝忽之哉？〔註63〕

茲段表達作者對圍棋之理解與稱美，目的在提升其藝術地位。開頭以「有天地方圓之象，有陰陽動靜之理，有星辰分佈之序，有風雲變化之機，有春生秋殺之權，有山河表裏之勢」六句排比，從天地自然之象闡論圍棋深廣的內涵，以凸顯其玄妙莫測之變，其中含括世道升降、人事盛衰之理。其次再由能者弈棋可「守之以仁，行之以義，秩之以禮，明之以智」四句排比，見證儒家修身養性之道。前六句爲七字，後四句爲四字，列論而出，意義顯豁。且在整齊規律中，安排適度的變化，讀來鏗鏘悅耳，富有節奏韻律感。

人生最大的愉悅，是精神的愉悅；最高的享受，是心靈的享受。欲得到最大的精神愉悅、最高的心靈享受，方式有很多，弈棋不失爲上選之一。傳統文人，鍾靈毓秀，弈棋多爲遣興，視之爲生活情趣。清初張潮乃此類之尤，其《幽夢影》中有數條論棋，文云：

> 善讀書者，無之而非書：山水亦書也，棋酒亦書也，花月亦書也。〔註64〕

眞正善讀書者，不是只讀文字書；放眼天下，無處不是書，無處不讀書。山水風物是描繪大地靈秀的書，棋與酒是譜寫人間悠閒和豪快的書，花與月是表現人生美麗願景的書。苟能如此讀書，則生活多姿多彩，情趣無窮。作者將棋與山、水、酒、花、月、書等物連類排疊，清雅空靈，韻致幽遠，有別於一般排比句法呈現之鋪張氣勢。其文又云：

> 春雨宜讀書，夏雨宜弈棋，秋雨宜檢藏，冬雨宜飲酒。〔註65〕

〔註63〕　（元）嚴德甫、晏天章：《玄玄棋經》（臺灣大學圖書館所藏哈佛大學漢和圖書館攝製明嘉靖戊子本，2004年7月），頁4a。

〔註64〕　（清）張潮著，王名稱校：《幽夢影》（臺北：漢京文化事業有限公司，1982年8月），頁42。

〔註65〕　同上註，頁25。

又云：

> 春聽鳥聲，夏聽蟬聲，秋聽蟲聲，冬聽雪聲。白晝聽棋聲，月下聽
> 簫聲，山中聽松聲，水際聽欸乃聲，方不虛此生耳。〔註66〕

兩則皆以單句排比分述圍棋與自然節候的關係，含蓄雋永，情味盎然，機鋒妙語，耐人咀嚼。前則謂在不同季節的雨景中宜做何事：春雨細綿，潤澤萬物，可以靜心養氣，適合讀書；夏雨猛厲，滌洗燠悶，令人清涼悠閒，適合弈棋；秋雨淅瀝，連陰不開，使人煩惱憂愁，適合檢藏；冬雨稀疏，冰寒蕭索，不妨圍爐歡聚，適合飲酒。達觀灑脫之人，無論外境如何，都能隨緣歡喜，找到解脫煩惱的法門，就算身處凄風苦雨之中，心念一轉，反能領略風雨的情趣。

都市嘈雜喧擾，使人耳聾神喪；若能遠離塵囂，親近自然，在春夏秋冬四季、白晝月下之時、山中水涯之處，諦聽萬籟清音，景情交融，物我兩忘，方為人生至樂。其中「白晝聽棋聲」，讓人萬慮皆息，何等悠閒自在！圍棋藝術化，人生審美化，正是圍棋與中國文化的動人所在。

排比有單句形式，亦有複句形式，後者較前者更具參差跌宕之勢。如明代吳承恩〈後圍棋歌贈小李〉云：

> 或有時而鬆，四圍垓下歌楚聲；或有時而快，白馬坡前犯麾蓋；或
> 有時而暗，趙幟滿營俄變漢；或有時而奇，火鼓連天梟郅支。〔註67〕

小李是指永嘉派繼鮑一中後之名弈李沖，〔註68〕棋藝與鮑氏雁行。吳承恩分別以鬆、快、暗、奇，形容其著手變化神妙：有時疏置遠圍，如項羽四面楚歌，兵困垓下；有時落子快捷，如關羽立斬顏良，解白馬之圍；有時形勢撲朔迷離，暗中使計，如韓信換旗破趙；有時忽出奇謀，如漢軍突襲郅支單于獲勝，梟其首而懸城。此處連用四組複句排比，兼據事借喻，不僅氣勢鼎盛，熨貼順暢，且能激發讀者豐富想像。又如北宋王安石〈用前韻戲贈葉致遠直講〉云：

> 或撞關以攻，或覷眼而擫，或贏行伺擊，或猛出追躡。垂成忽破壞，
> 中斷俄連接。或外示閒暇，伐事先和燮；或冒突超越，鼓行令震疊；

〔註66〕 同註64，頁3。
〔註67〕 同註30，卷1，頁18。
〔註68〕 此據張如安考證。張如安：《中國圍棋史》（北京：團結出版社，1998年8月），
　　　　 頁319。

　　　或粗見形勢，驅除令遠蹀；或開拓疆境，欲并包揔攝；或僅殘尺寸，

　　　如黑子著屬；或橫潰解散，如尸僵血喋；或懃如告亡，或喜如獻捷。

〔註69〕

王安石有鑑於兄婿葉濤沈迷圍棋，遂贈詩勸誡之，此段乃形容其弈局中種種變化情狀。先以「或撞關以攻，或覷眼而揻，或贏行伺擊，或猛出追躙」四個單句排疊，前兩句是謂「正兵」，後兩句是謂「奇兵」，描寫雙方攻防之際的奇正互用、爾虞我詐，文勢咄咄逼人，緊湊有力。接著再以六組複句排比，進一步演繹棋局之變：或外示和平閒暇，暗裡埋伏殺機，以攻敵之不備；或忽出奇著，勇於掀啟戰端，為使對手畏懼；或敵子打入我方陣地，則驅趕攻擊，藉以圍地取利；或搶佔攻防要津，全面擴大戰線，將敵方趕盡殺絕。戰鬥的結果，不是僅存寥寥殘子，如美人面上幾點黑痣；就是大龍被屠，死子多如戰場上屍橫遍野。敗者羞愧無地，如殘兵剩卒，四處竄逃；贏家則欣喜若狂，一副四處報捷模樣。作者由弈者臨局構思用智，到戰局攻防演變，再至結束後勝負雙方的心情反應，以虛實交映、層層排疊及譬喻的筆法，把整個弈棋有形和無形的過程，描述得絲絲入扣，活靈活現，狀溢目前；而且前用單句，後用複句，使詩歌結構適度變化，不流於簡單板滯。

　　北宋宋白撰〈弈棋序〉，排比句式幾佔全篇，運行巧妙多變，其文云：

　　　是故奕人之說，有數條焉：曰品、曰勢、曰行、曰局。品者，優劣之

　　　謂也；勢者，強弱之謂也；行者，奇正之謂也；局者，勝負之謂也。

　　　品之道，簡易而得之者為上，戰爭而得之者為中，孤危而得之者為下；

　　　勢之道，寬裕而陳之者為上，謹固而陳之者為中，懸絕而陳之者為下；

　　　行之道，安徐而應之者為上，疾連而應之者為中，躁暴而應之者為下；

　　　局之道，舒緩而勝之者為上，變通而勝之者為中，劫殺而勝之者為下。

　　　品之義有淺深，定淺深之制由乎從時；勢之義又有疎密，分疎密之形

　　　由乎布子；行之義又有利害，審利害之方由乎量敵；局之義又有安危，

　　　決安危之理由乎得地。時有去來，乘則得之，過則失之；子有向背，

　　　遠則斷之，慼則窮之；敵有動靜，緩則守之，急則攻之。地有廢興，

　　　多則破之，少則開之。能從時者無不濟，能布子者無不成，能量敵者

　　　無不勇，能得地者無不強。然從時之權戒乎遷，布子之權戒乎欺，量

────────────

〔註69〕同註13，卷3，頁65，冊上。

敵之權戒乎忽，得地之權戒乎貪。無謂品高而怠其志，怠即將卑；無謂勢大而驕其心，驕即將羸；無謂行長而泄其機，泄即將疲；無謂局盛而忘其敗，忘即將危。若然，則制術於未形之前，識宜於臨事之際，轉禍于垂亡之間。知此道者，爲善弈乎！引而伸之，可稽於古：彼簡易而得之，寬裕而陳之，安徐而應之，舒緩而勝之，有若堯之禪舜、舜之禪禹乎？彼戰爭而得之，謹固而陳之，疾連而應之，變通而勝之，有若湯之放桀、武王之伐紂乎？彼孤危而得之，懸絕而陳之，躁暴而應之，劫殺而勝之，有若秦之併六國、項羽之霸楚乎？是故，得堯舜之策者爲首，得湯武之訣者爲心，得秦項之計者爲趾焉。抑從時有如設教，布子有如任人，量敵有如馭眾，得地有如守國。其設教也，在寬猛分，其任人也，在善惡明，其馭眾也，在賞罰中，其守國也，在德政均。〔註70〕

作者論弈，由棋品之優劣、棋勢之強弱、棋行之奇正、棋局之勝負等四方面分析，展開連番排比變化句型；且層層遞降，每一面向列論上、中、下三等技藝之別。首先「品者，優劣之謂也」等四組複句排比，以釋品、勢、行、局之義；其次擴論其義，再構「品之道，簡易而得之者爲上，戰爭而得之者爲中，孤危而得之者爲下」等四組複句排比，而每組皆遞分上中下三層單句排比。論完道，再論義，又接以「品之義有淺深，定淺深之制由乎從時」等四組複句排比，由果推因，得出「從時」、「布子」、「量敵」、「得地」之義；再接以「時有去來，乘則得之，過則失之」等四組複句排比，申明其掌握要領；繼而言「能從時者無不濟」等四單句排比，以論掌握四義要領之功效；「從時之權戒乎遷」等四單句排比，以論掌握四義要領當有所戒。此誠之不足，再回論品、勢、行、局之反義，續以「無謂品高而怠其志，怠即將卑」等四組複句排比出之，以警示弈者；再連用「制術於未形之前」等三單句排比，允爲善弈之道。

行文翻疊至此，已令讀者眼花撩亂，彷彿置身迷宮之中。然而作者意猶未盡，又引而伸之，以「彼簡易而得之，寬裕而陳之，安徐而應之，舒緩而勝之，有若堯之禪舜、舜之禪禹乎」等三組複句排比，每組各含四單句排比，總結品、勢、行、局之上中下三等之棋。末尾回應「從時」、「布子」、「量敵」、

〔註70〕同註62，卷799，頁8373～8374。

「得地」之義，以「從時有如設教」等四單句排比設喻，以弈理引申治國之道；復接以「其設教也，在寬猛分」等四組複句排比解釋治國應備之具體作爲。全文單句、複句排比參伍錯綜，複句排比中又內含單句排比，波瀾起伏激盪，氣勢升騰飛揚，文義亦隨之層疊翻轉，放大推高。驟讀乍聞之，如入九曲迴廊，不知所止；熟誦細繹之，則又水落石出，辭達義暢。處處可見作者匠心獨運，將排疊之法發揮得淋漓盡致。

二、二元辯證，相反相成

　　陰陽的概念，源出於中國古代先民素樸的自然觀，逐步擴張爲一龐大的思想體系。人們透過感官知覺和意識作用，據之而形成種種印象，並產生了形神、氣味、剛柔、動靜、清濁、虛實、……等一系列對立的觀念。這些觀念從各種不同的角度，對陰陽的性質進行概括和詮釋，不僅拓展了哲學辯證的多重層面，也成爲吾國美學主要探討的內容與範疇。

　　此由陰陽推衍而爲各種二元對立的辯證法則，滲入許多思想流派而爲所襲用。道家即爲顯例，《老子》一書中到處可見這種辯證方式，而出之以弔詭言辭，如「後其身而身先，外其身而身存」、〔註 71〕「曲則全，枉則直，窪則盈，敝則新」、〔註 72〕「知其雄，守其雌」、〔註 73〕「知其白，守其黑」、〔註 74〕「知其榮，守其辱」、〔註 75〕「將欲歙之，必固張之；將欲弱之，必固強之；將欲廢之，必固興之；將欲奪之，必固與之」、〔註 76〕「大直若屈，大巧若拙，大辯若訥」、〔註 77〕……等皆屬之，蓋所謂「正言若反」之義也。〔註 78〕此外，兵家亦多採此一辯證形式，以論述作戰致勝之道，如《孫子兵

〔註 71〕語出《老子・七章》。（魏）王弼注：《老子註》：（臺北：藝文印書館，1975
　　　　年 9 月），頁 16。
〔註 72〕語出《老子・二十二章》。同上註，頁 44〜45。
〔註 73〕語出《老子・二十八章》。同註 71，頁 58。
〔註 74〕語出《老子・二十八章》。同註 71，頁 58。
〔註 75〕語出《老子・二十八章》。同註 71，頁 59。
〔註 76〕語出《老子・三十六章》。同註 71，頁 71。
〔註 77〕語出《老子・四十五章》。同註 71，頁 94。
〔註 78〕牟宗三云：「依道家的講法，最好的方式就是『正言若反』這個方式。『正言
　　　　若反』是道德經上的名言。這個話就是作用層上的話。『正言若反』所涵的意
　　　　義就是詭辭，就是弔詭（paradox），這是辯證的詭辭（dialectical paradox）。」
　　　　牟宗三：《中國哲學十九講》（臺北：臺灣學生書局，1997 年 1 月），頁 140。

法》中的「近而示之遠，遠而示之近」、〔註 79〕「卑而驕之，佚而勞之，親而離之」、〔註 80〕「軍爭之難者，以迂爲直，以患爲利」、〔註 81〕「以治待亂，以靜待譁，此治心者也；以近待遠，以佚待勞，以飽待饑，此治力者也」、〔註 82〕「凡軍好高而惡下，貴陽而賤陰」、〔註 83〕……等皆屬之，然而其辯證的目的著重在術和用上，非落在對道的形容，故未若《老子》的詭辭那般渾淪玄妙。

　　圍棋是陰陽思想的產物，又與兵法有密不可分的關係，故歷來的弈論，亦多運用二元辯證法來說理。所表現的語言模式，則類同《老子》、《孫子兵法》等作，若以現代修辭學的觀點衡之，是謂「映襯」。映襯或謂對比，即將兩種相反的觀念或事物，對立比較，從而使形象鮮明、語氣增強、意義顯豁。〔註 84〕如東漢黃憲〈機論〉云：

　　　　奕之機，虛實是已。實而張之以虛，故能完其勢；虛而擊之以實，

　　　　故能制其形。〔註 85〕

此以形勢的虛實論弈之機。棋形爲實，棋勢爲虛；機者，幾也，即人的心意或事物未發生變化之前或初動之時所顯露的纖微徵兆。在棋局中，先探敵方虛實之幾，再以我之虛應敵之實，以我之實擊敵之虛。以虛應實爲防，以實擊虛是攻。形勢、虛實，互爲攻防辯證之關係，所謂「實而張之以虛，故能完其勢；虛而擊之以實，故能制其形」。此四句爲「對襯」之例，〔註 86〕即針對攻和防兩種不同的戰術，從兩種不同的觀點描寫形容，形成對比，加強讀者對圍棋形勢和虛實之間關係的了解。

　　由二元辯證論述形成映襯對句，已成爲弈論修辭的主要特色，如北周敦煌寫本《碁經》云：

〔註 79〕語見《孫子‧計》。（清）孫星衍等注：《孫子十家注》（臺北：廣文書局，1978年 7 月），卷 1，頁 10a。

〔註 80〕語見《孫子‧計》。同上註，卷 1，頁 12b～13b。

〔註 81〕語見《孫子‧軍爭》。同註 79，卷 7，頁 1b。

〔註 82〕語見《孫子‧軍爭》。同註 79，卷 7，頁 13b～14a。

〔註 83〕行軍語見《孫子‧行軍》。同註 79，卷 9，頁 5b。

〔註 84〕參考黃慶萱：《修辭學》（臺北：三民書局，1992 年 9 月），頁 287。

〔註 85〕同註 62。

〔註 86〕沈師謙將「映襯」辭格分爲三類：反襯、對襯及雙襯。所謂「對襯」，即對兩種不同的人、事、物，從兩種不同的觀點予以形容描寫，恰恰形成強烈的對比。沈謙：《修辭學》（臺北：國立空中大學，1991 年 12 月），頁 118，冊上。

貪則多敗，怯則少功。喻兩將相謀，有便而取。古人云：「不以實心
爲善，還須巧詐爲能。」或意在東南，或詐行西北。似晉君之伐虢，
更有所規；若諸葛之行丘，多能好詐。……或誘征而浪出，或因征
而反亡；或倚死而營生，或帶危而求劫。交軍兩競，停戰審觀。弱
者救之，贏者先擊；強者自備，尚修家業；弱者須侵，侵而有益。
已活之輩，不假重營；若死之徒，無勞措手。〔註87〕

「貪則多敗，怯則少功」、「不以實心爲善，還須巧詐爲能」，此論弈者心理素質
面的差異；「或誘征而浪出，或因征而反亡」，則論成敗取決於征子的適當與否；
「倚死而營生，帶危而求劫」，則由治孤、打劫論死中求活、反敗爲勝之策；「弱
者救之，贏者先擊；強者自備，尚修家業」，則指示守強攻弱之理；「已活之輩，
不假重營；若死之徒，無勞措手」，意謂活棋不補，死棋勿救，以論發揮子效，
不可有贅著和廢著。此段由弈者的精神和心理層面，論及實戰的攻防要領，處
處皆用對襯之語以辯證棋理。又如北宋張靖《棋經十三篇‧度情》云：

持重而廉者多得，輕易而貪者多喪；不爭而自保者多勝，務殺而不
顧者多敗。因敗而思者，其勢進；戰勝而驕者，其勢退。求己弊不
求人之弊者益，攻其敵而不知敵之攻己者損。目凝一局者，其思周；
心役他事者，其慮散。行遠而正者吉，機淺而詐者凶；能自畏敵者
強，謂人莫己若者亡；意傍通者高，心執一者卑。語默有常，使敵
難量；動靜無度，招人所惡。〔註88〕

兩軍作戰，攻心爲上，兵法之中，屢致意焉。弈棋何嘗不如是？此篇通論弈
者應具備的心性修養，透過持重輕易、廉貪、得喪、不爭務殺、自保不顧、
勝敗、敗思勝驕、進退、益損、思周慮散、行遠機淺、正詐、吉凶、強亡、
高卑、有常無度等二元多重交互辯證，連用八組對襯予以闡述，分別從相對
負面之義，反顯弈者當恪遵「持重而廉」、「不爭而自保」、「因敗而思」、「求
己弊」、「知敵」、「目凝全局」、「行遠而正」、「自畏敵」、「意傍通」、「語默有
常」之道，方能知己知彼，百戰百勝。全文一正一反，層層剖析，辭達氣盛，
理要義明。又如《棋經十三篇‧合戰》云：

寧輸數子，勿失一先。有先而後，有後而先。擊左則視右，攻後則

〔註87〕成恩元：《敦煌碁經箋證》（成都：蜀蓉棋藝出版社，1990年4月），頁305。
〔註88〕收錄於國家圖書館分館編：《中國歷代圍棋棋譜》（北京：北京圖書館出版社，
　　　　2004年8月），頁27～28，冊1。

瞻前。兩生勿斷，皆活勿連。闊不可太疏，密不可太促。與其戀子
以求生，不若棄之而取勢；與其無事而強行，不若因之而自補。彼
眾我寡，先謀其生；我眾彼寡，務張其勢。善勝敵者不爭，善陣者
不戰，善戰者不敗，善敗者不亂。〔註89〕

此段演繹棋理，有類老子「正言若反」之表詮方式。以單句而言，「有先而
後」、「有後而先」、「擊左則視右」、「攻後則瞻前」、「善勝敵者不爭」、「善陣
者不戰」等，皆辯證之詭辭，亦為「反襯」。反襯為映襯辭格中的一種，即
對於一件事物，用恰恰與此事物的現象或本質相反的詞語予以形容。〔註90〕
以上之單句，皆針對弈棋對戰中某一手法，以其相反之義襯之，既無理而
妙，亦反常合道。

　　次就複句而論，「寧輸數子，勿失一先」、「有先而後，有後而先」、「闊不
可太疏，密不可太促」、「與其戀子以求生，不若棄之而取勢」、「與其無事而
強行，不若因之而自補」、「彼眾我寡，先謀其生；我眾彼寡，務張其勢」等
組，則又為對襯之法，且連番鋪排，緊扣文義主脈，在搖曳跌宕的文勢中，
穿插規整的節奏。全文反襯、對襯參用，富含層次變化；尤其末尾再銜接四
句警策排疊，振動全篇，發人深省，實為光焰與氣力兼具之作。

　　《棋經十三篇》十有八九，皆為二元辯證映襯句式的連續鋪陳，文中隨處
可見。例如〈洞微〉云：「凡棋有益之而損者，有損之而益者；有侵而利者，有
侵而害者。有宜左投者，有宜右投者；有先著者，後著者；有緊辟者，有慢
行者。粘子勿前，棄子思後。有始近而終遠者，有始少而終多者。欲強外先攻
內，欲實東先擊西。路虛而無眼則先覷，無害於他綦則做劫。」〔註91〕另如〈雜
說〉云：「弈不欲數，數則怠，怠則不精；弈不欲疎，疎則忘，忘則多失。勝不
言，敗不語。振廉讓之風者，乃君子也；起忿怒之色者，小人也。高者無亢，
卑者無怯。氣和而韻舒者，喜其將勝也；心動而色變者，憂其將敗也。赧莫赧
於易，恥莫恥於盜；妙莫妙於用鬆，昏莫昏於覆劫。……夫綦者，有無之相生，
遠近之相成，強弱之相形，利害之相傾，不可不察也。是以安而不泰，存而不
驕。安而泰則危，存而驕則亡。」〔註92〕由此可證，此一連續映襯鋪排議論的

〔註89〕同上註，頁21～22，冊1。
〔註90〕參考沈師謙《修辭學》，同註86。
〔註91〕同註88，頁30～31，冊1。
〔註92〕同註88，頁37～40，冊1。

句法，乃該經慣用的藝術技巧，形成獨特且具代表性的風格。

第四節　深微婉曲的言外之意

　　爲文或說話時，遇有不便或不願直陳的事物及感情，不直接表達本意，而用委婉曲折的方式，含蓄閃爍的言辭，流露或暗示本意，是爲「婉曲」。〔註93〕婉曲是含蓄之美，爲中國文學之傳統特色，《周易·繫辭下》云：「其旨遠，其辭文，其言曲而中，其事肆而隱。」〔註94〕所論雖非文學，但要求「旨遠」、「事隱」，其言要「曲而中」。婉曲亦乃古人所謂「隱」者也。《文心雕龍·隱秀》云：「夫隱之爲體，義生文外，祕響旁通，伏采潛發。」〔註95〕此謂文中祕而不宣之旨，可由筆觸旁敲側擊，而曲盡其變化；隱藏不露的文采，得藉委婉的辭句，發揮於無形。文章之美，貴在蘊藉，言不盡意，方能傳神。若太直太盡，則傷於淺露，讀之便覺乏味。元代王構《修辭鑑衡》云：「文有三等：上焉藏鋒不露，讀之自有滋味；中焉步驟馳騁，飛沙走石；下焉用事庸常，專事造語。」〔註96〕故明說不如暗說，直說不如曲說，實說不如虛說。善用婉曲之筆，往往可臻第一流的境界，爲讀者留下以意逆志、深識鑑奧、靈魂在傑作中尋幽訪勝的空間。

　　北宋宋白〈弈棋序〉云：「觀夫散木一枰，小則小矣，於以見興亡之基；枯棊三百，微則微矣，於以知成敗之數。」〔註97〕清代尤侗〈弈賦〉亦云：「試觀一十九行，勝讀二十一史。」〔註98〕在變化萬端的棋局中，寓藏著世局盛衰、朝代興替之理，可使吾人有所體會、驗證。故古代圍棋文學作品所隱之義，以家國之思、興亡之感爲多，尤以身處亂世的文人好爲類此之作。南宋陸游喜好弈棋，嘗爲弈棋詩數首，其〈悲秋〉云：

> 病後支離不自持，湖邊蕭瑟早寒時。已驚白髮馮唐老，又起清秋宋
> 玉悲。枕上數聲新到雁，燈前一局欲殘棋。丈夫幾許襟懷事，天地

〔註93〕參考沈師謙《修辭學》。同註86，頁184，冊上。
〔註94〕同註26，易疏卷8，頁16b，冊1。
〔註95〕同註12，下篇，頁203。
〔註96〕（元）王構：《修辭鑑衡》（臺北：臺灣商務印書館，1965年8月），卷2，頁36。
〔註97〕同註62，卷799，頁8373。
〔註98〕（清）尤侗：《西堂文集》，《清代詩文集彙編》（上海：上海古籍出版社，2010年12月），卷1，頁13a，總頁16，冊65。

無情似不知。〔註99〕

淳熙八年至十三年（西元 1181 年至 1186 年），陸游因遭彈劾而賦閒家鄉。〔註100〕此間所作詩歌，匡復之忱、愛國之情絲毫未減。然君門萬里，仕途坎壈；又年齒漸增，壯志難酬。故與先前詩篇比較，少了些豪縱不羈，多了些沈鬱悲憤，甚而淒涼潦倒，憂愁自傷，風格益加沈著雋永、雄渾悲壯。據錢仲聯考證，此詩成於淳熙十一年秋，〔註101〕即此時期創作典型之例。前四句由景入情，寫清秋時節，一片淒寒蕭瑟之中，驚覺自己馮唐已老，而興宋玉之悲。「枕上數聲新到雁」，更增悲秋傷晚之意。古人常以雁自喻，抒寫自己思鄉懷舊、羈旅孤苦之情。枕上數聲傳來，憂愁無法成眠。「燈前一局欲殘棋」，於是挑燈夜弈，一局殘棋未了。何以謂「殘棋」？猶言國家蒙難，世局殘破，抗金之志未酬，孤臣無力回天。此中自有深意，作者隱而未宣，只道「丈夫幾許襟懷事，天地無情似不知」，吞吐其辭，強自壓抑自己心中熾熱澎湃、唯天可表的愛國之情。又其〈出游〉云：

> 僧院軒窗酒市樓，過門自入不須留。恰來竹下尋棋局，又向沙邊上
> 釣舟。詩放不能諧律呂，書狂猶足走蛟虬。秦碑禹窆風煙外，一弔
> 興亡萬古愁。〔註102〕

此詩作於嘉泰元年（西元 1201 年），〔註103〕陸游將近八十高齡，閒居故鄉十多年。雖屢受裁抑，遠離朝廷，卻仍不忘懷國事，恢復之志凜然無稍回撓。但因身處鄉野，貼近農民，創作不少賦詠田園生活的詩歌。乃於慷慨激昂之外，又兼融樸素自然、清新雋永的風格。如此作寫自己平居悠遊於僧院、酒肆，出入無礙。閒暇時或弈棋，或垂綸，或賦詩，或揮毫，一派隨興愜意、瀟脫自在的情懷。忽爾「秦碑禹窆風煙外，一弔興亡萬古愁」收尾，抬高跌重，對比強烈，歡樂極兮哀情多，隱然道出作者內心無法釋懷的家恨國仇。故無論身處何方，所爲何事，殷殷難忘者，仍是他北定中原、匡復山河的大業。就算在下棋，也下的是一盤滿目興亡、步步驚心的棋。

〔註99〕（南宋）陸游：《劍南詩稾》，《陸放翁全集》（臺北：河洛圖書出版社，1975
　　　年 5 月），卷 16，頁 284，冊下。

〔註100〕詳歐小牧編：《陸游年譜》（臺北：木鐸出版社，1982 年 5 月），頁 167～182。

〔註101〕（南宋）陸游著、錢仲聯校注：《劍南詩稿校注》（上海：上海古籍出版社，
　　　2005 年 4 月），卷 16，頁 1286，冊 3。

〔註102〕同註 99，卷 49，頁 718～719，冊下。

〔註103〕同註 101，卷 49，頁 2948，冊 6。

明代亡國以後，有幾位文化學術界的漢人領袖，眼見江山淪於異族之手，心念前朝舊業，乃將滿腔血淚欲訴於詩文中。卻鑑於文網密布，不得不委婉其辭，深隱其志，以吞吐之筆，寄寓亡國之沈哀。前章論文人觀棋，嘗引錢謙益仿擬杜甫〈秋興〉之作及觀棋詩若干首，皆含蓄閃爍之作，透露其參與反清運動之起落及其由滿懷希望到傷心絕望的心境轉變。另一位明末遺老吳偉業，亦有類似之調，如其〈觀棋六首〉云：

深院無人看劇棋，三郎勝負玉環知。康猧亂局君王笑，一道哥舒布算遲。（其一）

小閣疏簾枕簟秋，晝長無事為忘憂。西園近進修宮價，博進知難賭廣州。（其二）

閒向松窗覆舊圖，當年國手未全無。南風不競君知否？抉眼胥門看入吳。（其三）

碧殿春深賭翠鈿，壽王游戲玉床前。可憐一子難饒借，殺卻拋殘到那邊。（其四）

玄黃得失有誰憑？上品還推國手能。公道世人高下在，圍棋中正柳吳興。（其五）

莫將絕藝向人誇，新勢斜飛一角差。局罷兒童閒數子，不知勝負落誰家？（其六）〔註104〕

由詩題小引云：「和錢牧齋先生。」〔註105〕可知此六首是應和錢謙益〈觀棋絕句六首〉之作。〔註106〕同是天涯淪落人，心曲相通，深隱之意、幽微之旨，

〔註104〕（清）吳偉業：《梅村家藏稿》（臺北：臺灣學生書局，1975年5月，清宣統三年武進董氏誦芬室刊本），卷8，頁187～188，冊上。

〔註105〕同上註，頁187，冊上。

〔註106〕錢謙益〈觀棋絕句六首〉云：「當局休論下子遲，爭先一著有人知。由來國手超然處，正在推枰斂手時。（其一）一局分明小刦期，餘尊尚湛日初移。人間多少樵薪子，都向仙人為看棋。（其二）黑白相持守壁門，龍拏虎攫賭侵分。重瞳尚有烏江敗，莫笑湘東一目人。（其三）渭津老子解論兵，半局偏能讓後生。弈到將殘休戀殺，花陰漏日轉楸枰。（其四）冠鸘巾鷗趁刦灰，西園諧價笑喧豗。白身誰以羊玄保？賭得宣城太守迴。（其五）疏簾清簟楚江秋，剝啄叢殘局未收。四句乘除老僧在，看他門外水西流。（其六）」其中第二、五、六首，尤寓國破家亡、河山易主的沈痛之情。（清）錢謙益撰，錢曾箋註，紀寶成等編：《牧齋有學集》，《清代詩文集彙編》（上海：上海古籍出版社，2010年12月，涵芬樓影印清康熙三年刻本），卷1，頁8b～9b，總頁107，冊3。

當於言外求之：

第一首先引玄宗與親王對弈，楊貴妃放康猧亂局一事，〔註107〕是謂弈者自矜其能，得意忘形；次舉玄宗令哥舒翰守潼關失策之事，〔註108〕則喻「一著不慎，滿盤皆輸」之理。合二事觀之，暗寓一朝敗亡之意。

第二首「西園近進修宮價」，西園爲漢上林苑別稱，〔註109〕謂徵納民稅大修宮室苑囿；「博進知難賭廣州」，則用西漢陳遼、南齊沈憲弈棋授官之典。〔註110〕合而觀之，有暗指一代皇朝興盛、諷其君王好大喜功、任才不當之意。

第三首「閒向松窗覆舊圖，當年國手未全無」，語帶雙關，不只是覆擺舊譜而已，亦有恢復江山之意；國手非僅指善弈者而已，亦暗指定天下大業之雄才。「南風不競君知否？抉眼胥門看入吳」，前句引《左傳・襄公十八年》云：「晉人聞有楚師，師曠曰：『不害，吾驟歌北風，又歌南風，南風不競多死聲，楚必無功。』」〔註111〕「南風不競」在此可釋爲坐南面者之棋不夠強勁，有漏洞和隱憂。後句則典出《史記・吳太伯世家》，記吳敗越，越王句踐朝吳，伍子胥認爲不殺句踐必留後患。吳王不納其諫，並賜劍令自刎。伍子胥死前云：「樹吾墓上以梓，令可爲器。抉吾眼置之東門，公觀越之滅吳也。」〔註112〕此處之「眼」，仍爲雙關，非僅指子胥之眼，亦指圍棋之眼。抉眼即破眼，眼破則龍屠，暗寓「江山爲敵所奪，難挽頹勢，死不瞑目」之意。

第四首「碧殿春深賭翠鈿，壽王游戲玉床前」，意指唐玄宗與十八子壽王李瑁聚麀亂倫，〔註113〕或謂二人弈棋；「可憐一子難饒借，殺卻拋殘到那邊」，是謂棋盤上不別親疏，只有敵人，就算父子對弈，一子也不相讓，非得廝殺到底，拼個你死我活才罷。譬之爭天下，亦復如是。

第五首「圍棋中正柳吳興」，柳吳興即柳惲，因官吳興太守，故稱。《南

〔註107〕「康猧亂局」一事，詳見本論文第陸章第一節〈宮廷趣聞〉。

〔註108〕事詳《新唐書・哥舒翰傳》。同註9，卷135，頁4571～4574。

〔註109〕東漢張衡〈東京賦〉云：「歲惟仲冬，大閱西園。」《文選・李善注》云：「西園，上林苑也。」同註32，卷3，頁23b，總頁62。

〔註110〕陳遼事見本論文第肆章第二節〈兩漢三國儒教下的末流小技〉。《南齊書・沈憲傳》云：「宋明帝與憲棊，謂憲曰：『卿，廣州刺史才也。』補烏程令，甚著政績。」（南梁）蕭子顯：《南齊書》（北京：中華書局，1992年7月），卷53，頁920。

〔註111〕同註26，春秋疏卷33，頁15b，冊6。

〔註112〕同註34，卷31，頁546～547。

〔註113〕楊貴妃原爲壽王李瑁妃，後爲玄宗召納禁中而得幸，事詳《新唐書・楊貴妃傳》。同註9，卷76，頁3493。

史‧柳惲傳》云：「（柳惲）再爲吳興太守，爲政清靜，人吏懷之。……梁武帝好弈棊，使惲品定棊譜，登格者二百七十八人，第其優劣，爲《棊品》三卷。惲爲第二焉。」〔註114〕意謂盤上黑白交戰變幻迷茫，得失難料，惟如柳惲之才，方能第其優劣，公評高下，推國手之能。

　　第六首「莫將絕藝向人誇，新勢斜飛一角差」，意謂自己隱藏才能，收斂鋒芒，弈棋不好戰貪功，飛角收官和平結束；「局罷兒童閒數子，不知勝負落誰家」，局罷默然而退，不戀棧計較，勝負留與他人說。

　　綜上所析，對照吳氏生平遭遇及和錢謙益詩意，第一首似指明季之亡；第二首似謂清廷之立；第三首似影射南明政權，如弘光、隆武、永曆朝及張煌言、鄭成功等復明殘餘勢力，難挽大局，終遭覆滅；第四首約指清廷對南明王朝的無情鎮壓；第五首謂世局的是非成敗，自有公評；第六首則似作者見復明無望，欲遠離政治，隱居不仕。清末朱庭珍《筱園詩話》評云：「吳梅村祭酒詩，入手不過一豔才耳。迨國變後諸作，纏綿悱惻，淒麗蒼涼，可泣可歌，哀感頑豔。以身際滄桑陵谷之變，其題多紀時事，關係興亡。」〔註115〕就此組詩觀之，用典精切，無一字無來歷，看似論弈，實則自傷身世，暗寓亡國之思。試將之反覆玩味十遍，甚而百遍，定可感觸作者悽婉沈鬱的心懷和國族興亡的血淚，流露在字裡行間，豈能僅視爲尋常詠誦之作？

　　明清之交，與顧炎武、黃宗羲並稱三大家的王夫之，是具有高度民族氣節的愛國學者。滿清入關後，不肯屈節投降，持續參與反抗行動，直至目睹復國之事再無可爲，始隱居深山窮谷之中，潛心著述，終老一生。閒暇時寄情楸枰，卻未忘懷素志，其〈圓通菴初雨睡起聞朱兼五侍御從平西謁桐城閣老歸病書戲贈〉云：

　　　　愁裏關山江北杳，尊前星漢粵天寒。棊枰應盡中原略，莫遣蒼生屬
　　　　望難。〔註116〕

仰望天地，飛夢關山，無論江北粵南，盡淪於異族鐵蹄之下，怎能不憂愁悲

〔註114〕（唐）李延壽：《南史》（北京：中華書局，1992 年 8 月），卷 38，頁 988～
　　　　989。

〔註115〕（清）朱庭珍：《筱園詩話》（臺北：新文豐出版公司，1989 年 7 月，叢書集
　　　　成續編），9a，總頁 183，冊 202。

〔註116〕（清）王夫之撰，紀寶成等編：《五十自定稿》，《清代詩文集彙編》（上海：
　　　　上海古籍出版社，2010 年 12 月，民國二十二年上海太平洋書店排印船山遺
　　　　書本），頁 16b～17a，總頁 503～504，冊 66。

寒？前兩句道盡作者壯志難伸之慨。繼而「棊枰應盡中原略，莫遣蒼生屬望難」，雄心豪情頓起，當逐鹿中原，圖謀匡復大業，莫辜負天下蒼生的厚望。此處一語雙關，巧妙將反清復明的心願暗藏於棋局之中。

然而隨著時勢推移，王夫之心知肚明，此一願望終將成爲絕望，再也無力扭轉乾坤。自己成了局外閒身，弈棋的心境亦隨之改變。其〈和梅花百詠詩・碁墅梅〉云：

> 未了尋香又拂枰，冰綃遙暎碧紗明。春前開亦隨春落，先手何心百轉爭？〔註117〕

王夫之善詠梅花，藉以砥志礪行，此其百首之一。「未了尋香又拂枰，冰綃遙暎碧紗明」，冰清玉潔、晶瑩高雅的梅花，掩映棋墅之窗紗，作者尋香而來，興至而弈。「春前開亦隨春落，先手何心百轉爭」，但見春去春回，花開花落，作者了悟世事無常，是非成敗轉頭空，又何必著著爭先呢？由此道出其無心爭競的人生態度。他曾於〈丙辰贈千壽寺惟印大師〉中云：「公以奕爲游戲，與余品皆最劣，然終日欣然對局不倦，王積薪必無此樂也。一行和尚冷眼覷破，只知著著求先，故不能出普寂圈繢中。古今人當推我與公爲最上國手，輒覆前韻，以一絕終之：『看局如暝煙，下子如流水。著著不爭先，楓林一片紫。』」〔註118〕惟印原係明末遺臣，明亡後出家爲僧。〔註119〕作者是入清不仕的遺老，與之相交數十年，甚敬重其爲人，嘗贊云：「公能先我心，不掛國師紫。三十年來，折腳鐺作鼎烹，鼎養浩浩徧天下。」〔註120〕不論在思想、氣節方面，乃至弈棋情趣上，實與己最爲深契，故戲稱兩人是「最上國手」。

「著著不爭先」之語，耐人尋思，適與「先手何心百轉爭」同風味也。此兩句之背後，暗藏詩人扭曲受創的心靈和苦澀抑鬱的感情。清代王先謙〈題王船山先生書卷・其一〉云：「雙髻峰幽病榻寬，卅年情事總心酸。雲翻雨覆江沈陸，贏得閒身局外看。」又〈其五〉云：「不論勝敗總欣然，頗似髯蘇對局年。眼底河山成破碎，一枰何意更爭先？」〔註121〕山河破碎，陸沈江翻，

〔註117〕見《和梅花百詠詩》。同上註，頁 7a，總頁 559，冊 66。
〔註118〕見王先謙〈題王船山先生書卷〉詩題下所錄。（清）王先謙撰，紀寶成等編：《虛受堂詩存》，《清代詩文集彙編》（上海：上海古籍出版社，2010 年 12 月，清光緒二十八年平江蘇氏刻本），頁 8b，總頁 353，冊 749。
〔註119〕惟印者，明遺臣，曾官沔陽州官。國亡，爲萬佛、千壽兩寺之祖。事詳黃俊《弈人傳》：（長沙：嶽麓書社，1985 年 5 月），卷 14，頁 180。
〔註120〕同註 118，頁 8a，總頁 353，冊 749。
〔註121〕同註 118，頁 8b～9a，總頁 353～354，冊 749。

除了苟活旁觀，又能如何？一枰既無虧成，何必爭先？世局成敗已定，抑又何須爭先？此詩實爲知言，道破王夫之作爲亡國遺民的隱痛與哀思。

時局的衰亂、政治的壓迫，常使文人處境艱難，有志難伸。值此無可奈何之際，藉弈棋或觀棋以閱世，發爲吟詠，則紆徐呑咽，不欲直陳，卻可由隱微婉曲的文辭中，體味其不滿或諷刺的意義。除上引幾位明末遺老之外，稍晚如王士禎「城空只見雙飛燕，刼敗猶爭一局棊」、〔註122〕查愼行「興亡何與僧閒事？一角枯棊萬刼空」〔註123〕和「翻覆兩家天假手，興衰一劫局更新」、〔註124〕紀昀「十八年來閱宦途，此心久似水中梟」〔註125〕及「局中局外兩沉吟，猶是人間勝負心」〔註126〕等句，或多或少都含有對世局和宦途的傷恨之感，只是未若錢謙益、吳偉業、王夫之等輩深沈痛烈罷了。

〔註122〕語出〈華州齊雲樓〉。（清）王士禎：《漁洋詩續集》（臺南：莊嚴文化事業有限公司，1997 年 6 月），卷 3，頁 2b，總頁 733，冊 226。

〔註123〕語出〈九日同赤松上人登黔靈山最高頂四首・其一〉。（清）查愼行：《敬業堂詩集》（臺北：臺灣商務印書館，1979 年 11 月，四部叢刊正編上海涵芬景印原刊本），卷 3，頁 9b，總頁 35，冊 83。

〔註124〕語出〈汴梁雜詩八首・其五〉。同上註，卷 20，頁 10b，總頁 224，冊 83。

〔註125〕語出〈有以八仙圖求題者韓何對弈五仙旁觀而李沉睡焉爲賦二詩・其一〉。（清）紀昀：《紀曉嵐文集》（河北：河北教育出版社，1991 年 7 月），卷 10，頁 499，冊 1。

〔註126〕語出〈有以八仙圖求題者韓何對弈五仙旁觀而李沉睡焉爲賦二詩・其二〉，同上註。

第九章 結 論

　　圍棋是華夏文明土壤中盛開的奇葩異朵，幾千年來博得無數人的珍賞與喜愛。其豐富的思想、文學及藝術內涵，經過一代代文人、弈家們的探索和創造，逐漸積累形成絢麗而壯闊的文化系統。本論文試從圍棋之溯源、本質、功用、演變、義理、流別、風尚、文學等方面，進行縱橫兼及、主從有別的全面性研究分析。第貳至第伍章，較著重在「藝」方面的探討；第陸至第捌章，則集中於「文」方面的闡發。為執簡馭繁起見，茲撮理各章要義，歸納分疏如下，以收束全文：

　　第貳章，探討圍棋的起源。此問題乃歷史公案，由於文獻闕如，曠古難稽，許多疑點猶待釐清，尚難定論。只因當前學界眾說雜亂，紛紜不已，無所適從，且多妄誣偏頗之見，實有必要裒集眾說，以第評高下，銓別正誤。故本章各就「堯舜教子說」、「烏曹創始說」、「戰國縱橫家發明說」、「作於神仙說」、「源於兵法說」、「出於春秋太史說」、「陵川棋子山說」及「焚獵說」等八說裁而論之，去其假託、虛浮及錯謬者，得剩「出於春秋太史說」、「陵川棋子山說」、「源於兵法說」、「華夏焚獵說」四者。前兩者可歸為「八卦占卜」一派，後兩者可歸為「軍事圍獵」一派，此兩派乃圍棋起源的兩大主流觀點。然而兩派主張涇渭分明，勢同水火，軍事圍獵派對八卦占卜派批駁尤烈。其後又有何云波「軍事占卜兩可說」，欲調合兩派，以不息紛爭。

　　軍事圍獵派所以反對八卦占卜派，蓋因八卦推演為六十四卦，與兵法分屬不同系統，看不出八卦異化為圍棋的理由。然而此說忽略了陰陽二元觀念是中國思想的源頭，不僅周易八卦本之於它，兵法所論強弱、虛實、動靜、進退、奇正等對立辯證法則，亦本之於它，可謂皆由其異化而來。本論文立

足於平等的觀點，認為圍棋乃無兵種之遊戲，其起源應與占卜的關係較為接近。殷末周初，八卦占卜代替龜蓍之法，其後推卦演易，陰陽之道敷衍，圍棋孕育於其時而生。由此推估圍棋起源的年代，大約在西元前十一世紀，距今至少有三千一百年以上的歷史。

第參章，由數、科學、藝術、遊戲、體育及多元智慧等面向探討圍棋的本質及功用。先就數方面而言之，圍棋變化之數無窮無盡，遠超過 10 的 768 次方，複雜度太高，電腦對局程式應用仍在開發階段，棋力未達職業水準。次就科學和藝術而言，本章力關張北海「邏輯駁古說」，認為圍棋兼有科學的邏輯思維活動和藝術的形象思維活動。前者體現在高度的計算力，後者根植於直覺與趣向。在對弈的過程中，弈者將主客體之間的矛盾衝突化為圓滿和諧，是謂「技進乎道」，由此而見圍棋超越科學和藝術的意義。

從實用的角度觀之，圍棋是競技的遊戲，在中國數千年的歷史文化中，多被視為小道，地位低落。從遊戲的心態弈棋，形成獨特的士弈文化；以競技的目的弈棋，發展出民間弈藝的繁榮。二十世紀以後，代表文人棋的士弈文化已趨式微，而棋手棋因應世界潮流發展，普遍被視為體育運動。圍棋體育化的結果，即過於重視競技，追求功利，喪失文人棋怡情忘憂的樂趣和文學意境的探求。另就教育方面觀之，借助西方多元智慧理論的參照，檢視圍棋具有語文智慧、邏輯數學智慧、空間智慧、肢體動覺智慧、音樂智慧、人際智慧、內省智慧、自然觀察智慧等八種教育意義。本章在音樂智慧、自然觀察智慧及語文智慧三方面修正並補充徐偉庭的說法，然後結合圍棋本質及功能多面向之理解，名之為「特定時空下綜合多元智慧之無量變化遊藝載體」。

第肆章，綜理吾國古代圍棋文化發展史，乃刪繁就簡，去蕪存菁，以呈現各時期的重要內容與特色。先秦時期，圍棋由宮廷流入市井，為博徒所好，尤其在齊、魯一帶，成為有閑階級的娛樂工具。儒、道、名三家曾針對其功能、本質及社會地位提出不同的看法，正面和負面都有，皆承認圍棋是必須用心學習的專業技能。兩漢三國時期，在獨尊儒術的旗號下，圍棋的競技形式與仁、禮之道相衝突，帝王好弈卻又鄙賤之，將博弈與倡優之輩並列齊觀。雖然桓譚、馬融、班固等人有圍棋佐證兵法、王政、儒教之論，卻未能扭轉其低下的地位。三國東吳韋昭〈博弈論〉甚至指控其喪德敗行、禍害國家之罪，貶斥之烈，可謂集大成之論。

六朝時期，由於動亂不安，士人避禍而寄情遊樂，在玄學的刺激作用下，

圍棋確立其「戲」的獨立價值，進而納入「藝」的範疇。在人物品藻觀念的影響下，圍棋與九品中正制相應，品亦分為九等，而以「入神」為最高表現的智悟之境。當時不僅私人品棋風氣倡行，皇室亦跟進，乃設置圍棋州邑和建立品棋制度，齊、梁時期曾舉辦數次大規模的皇家品棋活動，帶動弈壇進入繁榮活躍的全盛時期，圍棋進階為社會崇高地位的指標。唐代帝王熱愛圍棋，設立棋博士和翰林棋待詔之職，開展圍棋邁向職業化的歷史新頁。盛唐以後，中、日、韓三國圍棋文化密切交流，常有特使和留學生往返觀摩切磋棋藝。當時日、韓棋手棋藝尚遜，屢敗於棋待詔之手。唐代文人士大夫則不重視圍棋的競技性，而熱衷於藝術性、趣味性及娛樂性，使之更趨於雅化，儼然而成廣義的生活美學，得與琴、書、畫合為四大絕藝，文人士大夫紛以善弈為榮，其地位之崇隆，不亞於六朝時期。

　　宋代圍棋文化發展之特色，在於士弈的隆盛。宋代士弈除了繼承唐代風流儒雅、飄灑超逸的情趣之外，還體現在生命理境、反映世情和禪悅解脫的了悟上，增添空靈玄奧的理性色彩。宋元時期弈論發皇，遠邁前朝，誕生了《圍棋義例詮釋》、《棋經十三篇》、《忘憂清樂集》及《玄玄棋經》等幾部重要的弈論著作。明清兩代的圍棋文化特色，是民間棋手的弈藝。自洪武禁弈令廢除後，不僅仕宦階層醉心於圍棋，民間亦因工商業繁榮，為游藝棋戲之類提供市場，使棋手能挾一技之長游於公卿之間，闢營生路，圍棋遂逐漸脫離官方機制，成為民間獨立自足的競技遊戲。明代中葉以後，各方各派高弈輩出，永嘉、新安、京師三派角逐於前，餘姚、吳興、閩地群雄爭鋒於後，至明末由過百齡集大成。降及清代，民間高手如林，較著名者如清初之周懶予、周東侯、汪漢年、盛大有；康熙年間如黃龍士、徐星友、梁魏今、程蘭如；雍、乾時期如范西屏、施襄夏等。其中黃、徐、范、施四大家前後輝映，堪稱吾國民間弈藝之巍峨高峰。乾隆晚期至清末，由於政局不安，內憂外患頻仍，棋壇後繼乏人，圍棋發展趨於式微，棋藝水平遠落後鄰國日本。

　　第伍章，探討圍棋的思想內涵。古代文化思想與之有關者，主要為易學、儒家、道家及兵家，本章乃深入文本，究其體要，分予闡論發明之。就易學而言，自東漢班固首用《周易》思想建構圍棋義理內涵後，後人繼之。其一，有以「象數」闡其意者。即弈之象即《易》之象，弈之數即《易》之數，象的變化透過數來表示，數的變化反映象的對立消長。圍棋是手談，是無聲之言，其象即為言，棋手透過有形的象（棋的排列形狀），了解對方無形的意。

弈境高者，可藉觀象體會道之流行衍化。《周易》以天地之數「一」爲基礎而演化，圍棋亦如此理，由一生二，二生三，三生萬變，以至於無窮無盡，與宇宙生化原理相合。其二，有以陰陽測其變者。《周易》的基礎是陰陽二爻，按其二氣消長而成卦象；棋局的基礎是黑白子，棋子依弈者的構想而交相列布成形。對弈過程中，存在大小、厚薄、先後、死活、……等各種如陰陽般二元對待形式的辯證，故陰陽之道就是弈之道。弈之變，亦猶《易》之變，自一變以至千萬變，有其不變，以通於無所不變。不變即常，常中有變，所貴者，能「唯變所適」。其三，有以「時位」致其用者。《周易》中的時重在用，有時勢、時機之意；《周易》中的位，原指爻位和卦位，一卦有六爻，位各不同，象徵事物在同卦中不同階段的狀況，並以之模擬世界。宇宙萬物都應各當其位、不失其位。時與位並生而存，宇宙間一切變化，都是兩者間的變化。此理亦體現於圍棋的對戰中，從起手至終局，是時與位不斷的選擇過程，唯有從時而當位，才能掌握全局，得其大用，立於不敗之地。其四，有以「知幾」通其神者。幾者，是指人的心意或事物未發生變化前的徵兆，《周易》強調研幾、知幾之說，就是要發現徵兆、掌握幾微，預見吉凶，使事物朝有利的方向發展變化。弈中之「幾」，則顯露在對手落子之後，己方未著手之前。高手之棋，每暗藏玄機，唯知幾者，能握幾於先，藏神於密，乃能通於造化之原，即《周易》所謂「知幾其神乎」之義。在《周易》思想的觀照下，圍棋不再局限於十九路紋枰，而在道的宏觀境域上與人生世事打成一片，開拓了豐富的內涵。

　　就圍棋與儒家思想的關係而論，儒家講的是成德之學，孔孟二聖皆強調各種道德源於個人內在的本性，貴能自覺而發用。在此前提下，儒家的理想政治是以德化天下，孔孟針對軍事戰爭的問題，仍以道德爲依歸，在盡皆以霸術征天下的春秋戰國之世，提倡仁政王道之說。圍棋是一小型戰爭，以儒家王道思想運用於棋戰中，似扞格不入，卻實有至理存焉。歷來學者如班固、潘慎修、宋白等，皆闡其說，然畢竟是紙上談兵，只能見諸文字，未能留下實戰譜以供後人印證。眞能以實戰體現儒家思想者，當推近代大國手吳清源，他長年浸潤儒家思想，而於《周易》和《中庸》有所解悟，提出「中和之論」、「六和之棋」，乃繼「新佈局」之後，再度成爲震撼世界棋壇的嶄新弈論。其境界已超越勝負之數，在棋局中展現宇宙人生之美善，而進入哲學思辨的層次，將圍棋中的儒家思想文化精神，發揮得透徹淋漓。

　　道家思想較圍棋晚出，但影響其文化發展極爲深遠。老子學說因周文疲弊而興，主要落在政教的指導和個人精神的解脫上，原無心於藝術的探討。然其宇宙生成之說、有與無的辯證關係，無不與弈局推演之理相合。牟宗三引伸「無爲」之說，認爲「無」非存有論的概念，而是生活實踐的意義，乃針對「自然生命的紛馳」、「心理的情緒」、「意念的造作」等三層人「爲」的造作，將之否定化除。牟氏的見解正適於詮釋、印證弈者臨局的修養工夫上：若欲提升藝境，必得降服個人的感官欲望，不爲莫名情緒干擾，擺脫各種執念的束縛，使主觀心境駐於虛靜無爲而呈無限妙用，由此而驗證棋道，進而了悟宇宙人生之道。此外，老子學說中「反」、「柔弱勝剛強」、「不爭善勝」的觀念，後世弈論家多所強調和襲用，洵爲重要之圍棋攻防理論，並見諸棋手實戰之運用。

　　中國的藝術精神，至莊子始爲顯著，其學說中「神」的概念，泛指技藝上所達到的神化境界，即道的境界。曹魏實施九品中正制，不僅以之論人物才性，亦以之論藝。邯鄲淳〈棋品〉運用莊子的概念，以「入神」列爲九品之首。元代晏天章、嚴德甫、清代鄧元鏸等分爲補注，第其高下，但詮釋過於著眼局差和勝負的計較，忽略魏晉人士「化偏去蔽」的智悟之用，割裂了棋品和人物才性間的關係。然而後世弈論多承其意，將「神」視爲圍棋之藝術極境。除了「神」的觀念，莊子「心齋」、「坐忘」之說，使人精神自由解放，成就藝術審美的人生，自然導向隱逸一途。尤其在魏晉南北朝黑暗時代，避世高蹈者多，圍棋爲無聲之言，可以體道通玄，適爲精神寄託的良伴，於是有「坐隱」、「手談」之名，弈棋遂成士人隱逸生活的方式之一。弈者當局苦迷，而旁觀者無得失勝負包袱，更能符合道家藝術審美的旨趣，自蘇軾之後，文人士大夫漸興觀棋之風，而多有以觀棋爲題之作。從莊子的心齋坐忘而至魏晉的坐隱手談，再由坐隱手談而至觀棋乘化，在此演變進程中，可見道家哲理及其藝術精神在圍棋中由線至面、由個別至群體的擴張和延伸，突破儒家美學的封限而使弈境大幅開拓。

　　圍棋與兵家思想的關連極爲密切，以兵法詮釋圍棋之著作頗多，早期流傳較著者有馬融〈圍棋賦〉、曹攄〈圍棋賦〉、梁武帝〈圍棋賦〉、桓譚〈言體〉、應瑒〈弈勢〉等「三賦兩論」及北周敦煌寫本《碁經》，多以歷史上著名軍事戰役比附圍棋，或泛論兵法和弈理相通之處，未能凸顯圍棋戰術的獨特性。此一階段，圍棋中兵法戰術理論系統尚未成形。北宋仁宗時期，圍棋理論研

究出現重大的突破性進展，張靖所撰之《棋經十三篇》，鑄融《孫子》思想的精髓，成爲以兵法印證棋理最透徹成熟之作。本章就兩作之體例、內容，深入文本，詳加審酌比對，以「多算勝，少算不勝」、「知彼知己，百戰不殆」、「始以正合，終以奇勝」、「欲強外而先攻內，欲實東而先擊西」、「不爭而自保者勝，不戰而屈人者勝」等，爲五大共通原則，其中論及圍棋攻防中的計算、虛實、強弱、形勢、方向，乃至弈者的態度和心理素質，輔以實戰「棋文互證」之解說，得知兵法與弈理密合、兵家與弈家同心，兩者交光互射，映照出高度的人生智慧，不僅適用於戰場和棋枰之對策，亦良爲社會多方生存競爭之守則。

第陸章，分析古代弈者的形象與流別。首先論宮廷圍棋，多爲君臣對弈趣事，如南朝宋文帝賭郡授官、周覆不許帝易行、梁武帝誤殺樅頭師、楊貴妃康狷亂局、劉基擊門救駕、徐達湖樓侍弈、王抗饒讓宋明帝、宋太宗避六宮之惑、賈玄暗扣死子自保等例，雖多民間傳聞，卻說明許多君王沈迷弈棋，罔顧國政，甚至誤奪人命；臣子陪弈，目的是爲了取悅、討好皇帝，切忌逞強鬥勝，還得刻意輸棋。另就心理層面而言，帝王喜好弈棋，是可將現實生活中的殺戮欲望移轉至棋枰上發洩，進而獲得其爲所欲爲和予取予求的特權階級滿足。

次論佛門弈事，佛教早期傳入中國時，原本對圍棋持否定的態度。至兩晉南北朝期間，由於佛教興盛壯大，與中國傳統文化逐漸融合，從反對圍棋轉爲接納。另一原因在於棋理與佛理相通（本節引用小乘「三法印」要義證論之），弈棋有助參禪悟道。再加以鳩摩羅什、支遁等高僧的提倡，加強僧尼弈棋的正當性。隋唐以後，迄於明清，佛教界幾乎完全接納圍棋，史傳和文學作品中，不乏棋僧之吟詠及與文人交遊之記載。圍棋號爲「手談」，是弈者間無聲的對話與心知的交流，高手對局中，處處機鋒妙諦，不假語言文字表述，與禪家相通。故有以棋會禪、以禪解棋之例，如蘇軾、法遠、馮元仲皆是。自魏晉以後，文人受禪宗空觀的影響，將禪予以詩化，將詩予以禪化，禪境與詩境融而爲一。而棋與禪通，禪與詩諧，歷來有不少篇什能融棋境於自然物象後透露禪意。此三境合一，可謂佛門弈事最高妙極致之所在。

及論古代國手之弈，乃列舉歷來較著如王積薪、劉仲甫、祝不疑、晉士明、過百齡、黃龍士、徐星友、范西屏等人爲例。有關之生平經歷，正史不備，多見於野史雜錄和文人詩作，然而眞僞摻混，不易判別。凡言其弈棋之

神妙，如王積薪和劉仲甫江湖鬻技、范西屏藝壓群雄，緊張懸疑，豪邁快意，最能引人入勝。至於涉及人品操守者，如過百齡之高節義行、范西屏之倜儻醰粹，評價極高。若劉仲甫、黃龍士、徐星友者，或有刻意蔑詆者，則分予辨正釐清；或有可疑乏證據者，則存而不論。

末論古代女弈，概分爲嬪御之弈、閨閣之弈及娼門之弈。圍棋是宮廷不可或缺的重要娛樂活動，透過文學家的吟詠，可見不少女子好弈、善弈，其目的或爲爭寵，或爲遣愁，或爲消磨時日。民間女子好弈棋者，多出於書香門第，對名門淑女而言，弈棋可展現優雅的氣質和藝術涵養，成爲縉紳公子心儀的對象，有因此而結成姻緣之例。這些仕宦或富貴人家的女眷，總禁錮於閨房中，弈棋的對手多爲夫君或婢女，故充滿風雅、愛憐的情趣；若丈夫過世，則藉弈棋排遣寡居的寂寞與哀愁。這些情景，都可對從相關的詩作中窺見一二。至於娼妓弈棋的原因，在於本身除須具備美色，爲了提高身價，獲致更高的報酬，培養才藝來吸引上流階層的青睞。弈棋爲文人四藝之一，自然成爲其學習的技能項目。總之，圍棋對古代女性而言，除了怡情遣興之外，有以之調情催淫者，有以之滅火節欲者，有以之招婿結親者，有以之揄揚身價者。不論是哪種女弈型態，多半顯現女子婉約文雅的風致，少有男子殺伐的狠勁，所以情味爲主，不重勝負。在古代父系宗法社會體制下，男尊女卑，女子要扮演相夫教子、操持家務的角色。故女弈與男弈相較，更被視爲不務正業的餘事，始終只是依從於男性需求的幫襯玩物，缺乏獨立自主的地位。

第柒章，從歷來與圍棋有關的文學作品中，探討古代士弈文化豐富多彩的樣貌。古代的志怪、筆記裡，陸續出現圍棋附會神異的傳說，內容或寫仙人對弈，如「橘中之樂」、「顏超求壽」、「仙館大夫」、「天帝召滑能」、「朱道珍死約劉廓圍棋」、「程念倫勝乩仙」等；或寫神仙授技，如「婦姑授藝王積薪」、「南山水強人」、「黃尊師授法籙」等；或寫時空變幻，如「王質觀棋爛柯」及其仿擬之作等，皆富含浪漫的遐想和警世的寓意。其中「王質觀棋爛柯」，文雖簡短，卻內涵豐富，煥發謎樣色彩，具備多重象徵意味和想像空間。作者有意跨越相對時間的迷障，將弈棋一事導入永恆絕對之中，提供人們冥思中一處玄異奇幻的世界，而爲無數嗜棋者樂道和追尋，堪稱吾國圍棋文化史上最具代表性之掌故。

自唐代以後，士弈文化漸興，發展出超脫勝負、追求閑雅逸趣的文人棋

傳統。圍棋不僅是盤上的藝術，其意境亦昇華爲獨特的生活美學，從相關詩文中得以探知。其一是文人喜歡在大自然的風光美景下弈棋，將之當成遊賞山水林園的樂事。這種融弈棋於自然美景的樂好雅尙，可用以調適身心，涵養智慧，是文人士大夫出世悟道、追求逍遙自在的絕妙法門。其二是弈棋雅賭，文人對弈，雖不以贏棋爲要務，但不爭勝負之棋，頓失樂趣。若能押上賭注，則更增興致，只是彩頭多非金錢俗物，而是詩、酒、茶、墨等文人雅事。弈棋雅賭可以培養友朋之誼，發揮才華巧思，展露高雅的風韻、新奇的詼諧及溫馨的情味，迥異於博徒爲賭金爭勝的俗不可耐。其三爲人生如棋感悟，一局棋彷彿人生的縮影，行棋中的得失成敗，抽象演繹著人生不同的遭遇，所以千古以來，人生、世事如棋，是許多善弈文人的共同心聲。從理性的角度視之，弈棋是比拼智慧的遊戲，每一手棋都傳達了弈者的思想，即便無法直接、具象地模擬現實人生，至少也是間接而抽象的概括與指涉，即王壯爲所謂之「約象」。人生百態、世間萬象，皆可隨弈者思想所至、棋形所生而約括見之。就感性方面言之，文學上的「移情作用」，亦見諸圍棋，文人詩家行弈，難免擬人之慣性，於是方圓咫尺之枰，時見喜怒哀樂、貪瞋癡慢之情；成敗榮枯、禍福得失之感，亦皆寓於其中。有些文人以棋喻世，寫自身多舛之運和家國興亡之思，如杜甫、陸游、辛棄疾之作，皆將迷茫的國運和萬變的世局，納入棋局中體會聯想。所感悟之人生，乃由個體擴及群體，顯現大我無私的悲憫胸懷，使文人之弈不再只爲小我的閑情雅興，而賦予崇高的道德意義。其四是觀弈的精神超脫，弈者身在局中，難免心理上的壓力與負擔，未如觀弈者無名利寵辱之累、悲歡慶弔之虞、輸贏得失之計，反能從觀照的過程中獲得純粹的樂趣。觀弈之風，至清代尤盛，甚至有「善弈不如善觀」之說，形成特殊的文化傳統。同爲觀弈，文人的心態卻有所不同：或是非雙遣，善惡兩忘，不計勝負，精神樂遊其中，如蘇軾之流是也；或置身局外，冷眼旁觀，進而體物閱世，洞微達理，如邵雍之流是也；或遭逢世變，混融個人主觀生命於棋局中，以暗寓家國之思、時世之感，如錢謙益之流是也。喜怒哀樂也好，離合悲歡也罷，在觀棋的過程中，隨著局勢的變化，體悟不同的道理，品嘗各種的滋味，能否了達超脫，端視觀者心念之所至。

第捌章，分析吾國古代圍棋文學的藝術技巧，從千百首當中，擇選在謀篇、布局、立意及修辭方面表現傑出之作，加以分析歸納，指出其主要特色所在。首先在人物刻畫方面，透過人物反常言行的加重刻畫，以凸顯其強烈

的性格及感情，如寫孔融兒女視死如歸、阮籍守孝任情抗禮、唐寅的狂放戲謔，皆令人印象深鑄。又有借賓襯主之筆，乃於平凡中見精奇之致，如以李靖、紅拂、虯髯襯李世民之帝王器宇，以員俶、張說襯李泌之神童奇才。或大筆落墨，鋪陳場景，復先隱後顯，平波生浪，製造緊張懸疑於前，暗伏高潮驚奇於後，如寫劉仲甫設局鬻技、范西屏技壓滬上群雄，皆精彩生動之佳構。此外，尚有側筆示現之法，使形象立體鮮活，如狀葉濤之沈迷弈棋、吳廣維之沒品耍賴、梁魏今之仙風道骨、棋妓之柔情好弈，或以形寫神，或會神擬形，兩者融貫為一，逼真靈活地重現讀者面前。

在鋪采摛文方面，古代圍棋文學之作，常喜用各種自然物象之喻，連續模擬形容棋局中黑白子絞紐所呈現不斷變化的抽象排列形狀，尤以蔡洪〈圍棋賦〉、邵雍〈觀棋大吟〉、趙執信〈觀弈歌〉、吳承恩〈後圍棋歌贈小李〉等作妙擬諸象，可謂上窮碧落下黃泉，發揮驚人的想像力，足令讀者激賞讚嘆。次有借引古代戰事名典為喻，連番鋪陳，氣勢磅礴，如應瑒〈弈勢〉、胡應麟〈後圍棋歌再贈黃山人〉、汪縉〈弈喻〉等篇，不僅文勢迭起，且引發豐富的聯想，使讀者跳脫棋枰之外，腦海中呈現具象的人物用智與戰爭交兵之畫面，而醞生親歷臨其境之感。此外，又有借物引懷，以暢述宇宙人生之理，如汪縉〈弈說〉借弈以喻人佐事君之理、錢大昕〈弈喻〉則由觀弈、弈棋所悟論崇己抑人之通病，皆借題發揮，而能因小喻大，見微知著。

弈論之文，常迭用排句以增氣勢，或藉正反映襯以顯奧義，呈現規整曉暢、健朗有力的議論形式。關於排疊之運用，有單句排比者，如黃憲〈機論〉、虞集《玄玄棋經・序》；有複句排比者，如吳承恩〈後圍棋歌贈小李〉；有單句、複句交錯運用者，如王安石〈用前韻戲贈葉致遠直講〉、宋白〈弈棋序〉。尤其宋白之作，層意翻轉，靈活變化，將排疊之法發揮得淋漓盡致，可謂此類修辭運用之典則。圍棋是陰陽思想的產物，歷來弈論，類同《老子》、《孫子兵法》，常用二元辯證說理，「映襯」遂為其主要的語言模式。從早先黃憲〈機論〉、敦煌寫本《碁經》，即出現對襯之句；棋理辯證大成之作《棋經十三篇》，則內容十有八九，皆為二元映襯句式的連續鋪排，反襯與對襯交互運用，形成獨特且具代表性的文辭形式。

文章之美，貴在蘊藉，言不盡意，方能傳神。隱藏是高妙的語言藝術，亦為中國文學的優良傳統。古代圍棋文學作品所隱之義，以家國之思、興亡之感為多，尤以身處亂世的文人好為類此之作，如所引南宋陸游諸詩，隱然

道出作者內心無法釋懷的家恨國仇，殷殷難忘者，是他北定中原、匡復山河的大業。明代亡國以後，如錢謙益、吳偉業、王夫之等文化學術界的漢人領袖，眼見江山淪於異族之手，心念前朝舊業，乃將滿腔血淚欲訴於詩文之中。他們不論弈棋或觀棋，不無自傷身世之感、復國無望之痛，卻難以明宣。遂壓抑悽婉沈鬱之懷，吞言咽理，閃爍其辭。吾人惟將之反覆咀嚼玩味後，方能體察其深微婉曲之真意。

　　綜上所述，可見中國古代圍棋文化內涵豐厚多彩之一斑，數千年來，不論是「藝」抑或「文」，皆包蘊萃集了多少士人、弈家的心血和智慧！本論文之作，僅其拓荒之一隅而已。實則所論之每一章節，皆含不盡之意，仍有相當大的探討空間值得開發。立足於二十一世紀瞬息萬變的今天，圍棋發展的當務之急，不應只是著重其競技性的體育形式；宜優游沈潛於古代圍棋的文化長河中，就弈之道、弈之藝、弈之文，吸納其妙蘊英華，必能涵泳性靈，美化人生，廣泛地在生活實踐中獲致寶貴的啟發，開掘出更多的正向功能，進而為當前功利偏枯的圍棋環境貫注養料和活水，找尋未來重新發展的契機，是所欣慕至盼也！

參考書目

凡例：

- 參考書目分爲圍棋專書、經部、史部、子部、集部、話本及章回小說、文史哲評論、類書及工具書、學位論文、期刊論文等十類。
- 圍棋專書分爲古籍與今人論著二部分。
- 古籍按內容歸類於經史子集四部，話本及章回小說、類書及工具書另別一類。
- 今人論著集中於文史哲評論類。
- 所有文獻皆按作者年代先後順序排列。

一、圍棋專書

（一）古　籍

1. 棋經十三篇，北宋·張靖，北京，北京圖書館出版社，2004 年 8 月。
2. 忘憂清樂集，南宋·李逸民，上海，上海文化出版社，1997 年 2 月。
3. 玄玄棋經，元·嚴德甫、晏天章，2004 年 7 月，臺灣大學圖書館所藏哈佛大學漢和圖書館攝製明嘉靖戊子本。
4. 適情錄，明·林應龍，明嘉靖四十年澄心堂刊本。
5. 石室仙機，明·許穀，北京，北京圖書館出版社，2004 年 8 月。
6. 坐隱先生訂棋譜，明·袁福徵，北京，北京圖書館出版社，2004 年 8 月。
7. 弈問，明·王世貞，北京，北京圖書館出版社，2004 年 8 月。
8. 弈史，明·王穉登，北京，北京圖書館出版社，2004 年 8 月。

9. 弈旦評，明‧馮元仲，北京，北京圖書館出版社，2004 年 8 月。

10. 官子譜，明‧過百齡，臺北，世界文物出版社，2001 年 5 月。

11. 不古篇，清‧姚啓聖，北京，北京圖書館出版社，2004 年 8 月。

12. 兼山堂弈譜，清‧徐星友，北京，北京圖書館出版社，2004 年 8 月。

13. 晚香亭弈譜，清‧程蘭如，北京，北京圖書館出版社，2004 年 8 月。

14. 弈理指歸，清‧施襄夏，北京，北京圖書館出版社，2004 年 8 月。

15. 受子譜選，清‧李汝珍，北京，北京圖書館出版社，2004 年 8 月。

16. 弈妙，清‧吳峻，北京，北京圖書館出版社，2004 年 8 月。

17. 弈潛齋集譜，清‧鄧元鏸，北京，北京圖書館出版社，2004 年 8 月。

18. 寄青霞館弈選，清‧王存善，北京，北京圖書館出版社，2004 年 8 月。

19. 摘星譜，清‧胡鴻澤，北京：中國書店，1987 年 4 月。

20. 棋國陽秋，清‧黃銘功，北京，北京圖書館出版社，2004 年 8 月。

21. 弈萃官子，清‧徐敦祺，北京，北京圖書館出版社，2004 年 8 月。

22. 國弈，清‧鮑鼎，北京，北京圖書館出版社，2004 年 8 月。

23. 中國歷代圍棋棋譜，國家圖書館分館，北京，北京圖書館出版社，2004 年 8 月。

（二）今人論著

1. 弈人傳，黃俊，長沙，嶽麓書社，1985 年 5 月。

2. 玄玄棋經，元‧嚴德甫、晏天章編，橋本宇太郎譯，臺北，世界文物出版社，2002 年 6 月。

3. 棋經十三篇校注，北宋‧張靖撰，李毓珍校注，成都，蜀蓉棋藝出版社，1988 年 4 月。

4. 圍棋史話，李松福，北京，人民體育出版社，1990 年 9 月。

5. 天才的棋譜，吳清源、田川五郎，臺北，故鄉出版社，1987 年 4 月。

6. 天外有天，吳清源，臺北，獨家出版社，1988 年 3 月。

7. 吳清源名局細解，吳清源，臺北，世界文物出版社，1992 年 1 月。

8. 二十一世紀圍棋戰術大公開，吳清源，臺北，漢湘文化事業股份有限公司 2003 年 10 月。

9. 中的精神——圍棋之神吳清源自傳，吳清源，臺北，聯經出版事業股份有限公司，2004 年 5 月。

10. 人生十八局——現在我將這樣下，吳清源，臺北，聯經出版事業股份有限公司，2006 年 4 月。

11. 高川格名局選，高川格，臺北，世界文物出版社，1991 年 1 月。

12. 敦煌碁經箋證，成恩元箋證，成都，蜀蓉棋藝出版社，1990 年 4 月。

13. 中國圍棋史話，朱銘源，臺北中央日報社，1980 年 6 月。

14. 中國棋藝，朱銘源，臺北，正中書局，1991 年 9 月。

15. 圍棋史話，李松福，北京，人民體育出版社，1990 年 9 月。

16. 中國圍棋史，劉善承，成都，成都時代出版社，2007 年 12 月。

17. 棋史弈理與無極象棋，吳極，四川，蜀蓉棋藝出版社，1999 年 9 月。

18. 圍棋春秋，趙之云，上海，上海書店出版社，1994 年 2 月。

19. 無心，林海峰，臺北，世界文物出版社，1985 年 7 月。

20. 互先套手的破解與應用，林海峰，臺南，大孚書局，1984 年 10 月。

21. 當湖十局細解，陳祖德，臺北，理藝文化事業有限公司，1989 年 7 月。

22. 棋聖吳清源，水口藤雄，臺北，大都會文化事業有限公司，2006 年 8 月。

23. 境界——關於圍棋文化的思考，胡廷楣，上海，上海人民出版社，1999 年 10 月。

24. 棋風集——加藤正夫攻擊的戰略，加藤正夫，新竹，理藝出版社，1990 年 7 月。

25. 玄妙道策，酒井猛，臺北，世界文物出版社，1993 年 7 月。

26. 宇宙流傑作選，武宮正樹，臺北，世界文物出版社，1990 年 5 月。

27. 林海峰圍棋之路——從叛逆少年到名人本因坊，黃天才，臺北，聯經出版事業股份有限公司，2006 年 10 月。

28. 百年圍棋經典名局，馬諍，北京，人民體育出版社，2009 年 4 月。

29. 圍棋文化詩詞選，蔡中民，成都，蜀蓉棋藝出版社，1989 年 10 月。

30. 博弈遊戲人生，史良昭，臺北，臺灣商務印書館，1992 年 3 月。

31. 中國圍棋演義史，殷偉，昆明，雲南人民出版社，2001 年 9 月。

32. 趣話圍棋的故事，殷偉，臺北，知書房出版社，2004 年 6 月。

33. 再話圍棋的故事，殷偉，臺北，知書房出版社，2005 年 12 月。

34. 歷代棋聲詩韻選集，張昭焚，臺中，因材施教文教事業有限公司，2008 年 9 月。

35. 從座子到御城棋，李敬訓，臺北，鳴祝出版社，2011 年 11 月。

36. 棋神物語，劉黎兒，臺北，商周出版，2005 年 7 月。

37. 中國圍棋史，張如安，北京，團結出版社，1998 年 8 月。

38. 圍棋與中國文化，何云波，北京，人民出版社，2001 年 11 月。

39. 弈境——圍棋與中國文藝精神，何云波，北京，北京大學出版社，2006 年 7 月。

二、經　部

1. 周易，臺北，藍燈文化事業，影印嘉慶 20 年重刊宋本十三經注疏本。
2. 禮記，臺北，藍燈文化事業，影印嘉慶 20 年重刊宋本十三經注疏本。
3. 儀禮，臺北，藍燈文化事業，影印嘉慶 20 年重刊宋本十三經注疏本。
4. 左傳，臺北，藍燈文化事業，影印嘉慶 20 年重刊宋本十三經注疏本。
5. 論語，臺北，藍燈文化事業，影印嘉慶 20 年重刊宋本十三經注疏本。
6. 孟子，臺北，藍燈文化事業，影印嘉慶 29 年重刊宋本十三經注疏本。
7. 春秋繁露義證，西漢‧董仲舒撰，清‧蘇輿義證，臺北，河洛圖書出版社，1974 年 3 月。
8. 方言，西漢‧揚雄，臺北，臺灣商務印書館，1979 年 11 月。
9. 急就篇，西漢‧史游，安徽，安徽教育出版社，2002 年 1 月。
10. 白虎通疏證，東漢‧班固撰，清‧陳立疏證，臺北，廣文書局，1987 年 5 月。
11. 說文解字注，東漢‧許慎撰，清‧段玉裁注，臺北，天工書局，1992 年 11 月。
12. 易緯乾鑿度，東漢‧鄭玄注，臺北，新文豐出版公司，1986 年 2 月。
13. 周易略例，魏‧王弼，臺北，藝文印書館，1965 年，百部叢書集成影印明校刊本。
14. 周易本義，南宋‧朱熹，臺北，華正書局，1975 年 3 月。
15. 大戴禮記解詁，西漢‧戴德撰，清‧王聘珍解詁，臺北，漢京文化事業有限公司，2004 年 3 月。

三、史　部

1. 戰國策注釋，何建章，北京，中華書局，1992 年 7 月。
2. 史記會注考證，西漢‧司馬遷撰，瀧川龜太郎會證，臺北，洪氏出版社，1986 年 9 月。
3. 漢書，東漢‧班固，北京，中華書局，1992 年 12 月。
4. 後漢書，南朝宋‧范曄，北京，中華書局，1993 年 3 月。
5. 三國志，西晉‧陳壽，臺北，宏業書局，1976 年 6 月。
6. 晉書，唐‧房玄齡，北京，中華書局，1992 年 12 月。
7. 宋書，南朝梁‧沈約，北京，中華書局，1993 年 10 月。
8. 南齊書，南朝梁‧蕭子顯，北京，中華書局，1992 年 7 月。
9. 梁書，唐‧姚思廉，北京，中華書局，1992 年 11 月。
10. 南史，唐‧李延壽，北京，中華書局，1992 年 8 月。

11. 北史，唐·李延壽，北京，中華書局，1992 年 12 月。

12. 隋書，唐·魏徵，北京，中華書局，1991 年 12 月。

13. 舊唐書，後晉·劉昫，北京，中華書局，1991 年 12 月。

14. 新唐書，北宋·歐陽修等，北京，中華書局，1991 年 12 月。

15. 舊五代史，北宋·薛居正，臺北，臺灣開明書店，1969 年 2 月。

16. 宋史，元·脫脫等，北京，中華書局，1990 年 12 月。

17. 明史，清·張廷玉等，北京，中華書局，1991 年 12 月。

18. 世本，東漢·宋衷，臺北，新文豐出版公司，1986 年 2 月。

19. 唐律疏議，唐·長孫無忌，各埠，商務印書館，1939 年 12 月。

20. 資治通鑑，北宋·司馬光，臺北，藝文印書館，1955 年 6 月，影印胡三省音註本。

21. 寶慶四明志，南宋·羅濬，臺北，成文出版社，1983 年 3 月。

22. 路史，南宋·羅泌，臺北，臺灣中華書局，1966 年 3 月，四部備要本。

23. 咸淳玉譜，歐小牧，臺北，木鐸出版社，1982 年 5 月。

24. 明太祖實錄，明·董倫等，臺北，中央研究院歷史語言研究所，1964 年據國立北平圖書館紅格抄本微捲影印。

25. 十國春秋，清·吳任臣，北京，中華書局，1983 年 12 月。

26. 南宋院畫錄，清·厲鶚，北京，北京圖書館出版社，2006 年 10 月。

27. 歷代職官表，清·永瑢等，臺北，臺灣中華書局，1966 年 3 月。

28. 江西通志，清·謝旻等，臺北，成文出版社有限公司，1989 年 3 月，清雍正十年刊本。

29. 寧波府志，清·曹秉仁，臺北，成文出版社，1974 年 12 月。

30. 杭州府志，清·龔嘉儁等，臺北，成文出版社，1974 年 12 月。

31. 青浦縣志，清·陳其元等，臺北，成文出版社，1970 年 5 月。

32. 歙縣志，清·勞逢源等，臺北，成文出版社，1984 年 3 月。

33. 莫愁湖志，清·馬士圖，臺北，成文出版社，1983 年 3 月。

34. 無錫縣志，清·王鎬，南京，鳳凰出版社，2011 年 2 月。

35. 上虞縣志校續，清·儲家藻等，臺北，成文出版社，1975 年，清光緒二十五年刊本。

36. 朝鮮史略，不著撰人，臺北，新文豐出版公司，1989 年 7 月。

37. 大日本史，野間清治，東京，大日本雄辯會，昭和 4 年 10 月。

38. 清代通史，蕭一山，臺北，臺灣商務印書館，1985 年 4 月。

39. 中國野史集成，繆鉞等，成都，巴蜀書社，1993 年 10 月。

四、子 部

1. 老子註，老子著，魏·王弼注，臺北，藝文印書館，1975 年 9 月。
2. 新譯孫子讀本，東周·孫武撰，吳仁傑注譯，臺北，三民書局，2007 年 1 月。
3. 孫子十家注，東周·孫武撰，清·孫星衍等注，臺北，廣文書局，1978 年 7 月。
4. 關尹子，東周·尹喜，臺北，臺灣商務印書館，1965 年 5 月。
5. 尹文子，東周·尹文，臺北，三民書局，1996 年 1 月。
6. 莊子，東周·莊周撰，西晉·郭象注，臺北，藝文印書館，2000 年 12 月。
7. 莊子集釋，東周·莊周撰，清·郭慶藩集釋，臺北，華正書局，1985 年 8 月。
8. 荀子集解，東周·荀況撰，清·王先謙，臺北，藝文印書館，1994 年 1 月。
9. 韓非子集解，東周·韓非撰，清·王先慎集解，北京，中華書局，1998 年 7 月。
10. 淮南子，西漢·劉安，臺北，臺灣古籍出版有限公司，2005 年 12 月。
11. 法言，西漢·揚雄，北京，中華書局，1992 年 12 月。
12. 列仙傳校箋，西漢·劉向撰，王叔岷校箋，臺北，中央研究院中國文哲研究所，1995 年 4 月。
13. 人物志，魏·劉邵，臺北，金楓出版有限公司，1986 年 12 月。
14. 神仙傳，西晉·葛洪，臺北，廣文書局，1989 年 12 月。
15. 西京雜記，西晉·葛洪，臺北，新興書局有限公司，1979 年 7 月。
16. 搜神記，東晉·干寶，臺北，世界書局，2003 年 1 月。
17. 搜神後記，東晉·陶潛，臺北，木鐸出版社，1982 年 2 月。
18. 世說新語校箋，南朝宋·劉義慶，臺北，文史哲出版社，1989 年 9 月。
19. 俗說，南朝梁·沈約，臺北，新興書局有限公司，1977 年 8 月。
20. 眞誥，南朝梁·陶弘景，臺北，臺灣商務印書館，1965 年 12 月。
21. 述異記，南朝梁·任昉，臺北，新文豐出版公司，1986 年 2 月，叢書集成新編影印武章如錦閣本。
22. 顏氏家訓集解，南朝梁·顏之推，臺北，明文書局，1990 年 3 月。
23. 大唐創業起居注，唐·溫大雅，臺北，新興書局有限公司，1975 年 11 月。
24. 集異記，唐·薛用弱，臺北，新興書局有限公司，1976 年 8 月。
25. 玄怪錄，唐·牛僧孺，北京，中華書局，2006 年 8 月。

26. 西陽雜俎，唐・段成式，臺北，新興書局有限公司，1947 年 5 月。

27. 西陽雜俎續集，唐・段成式，臺北，新興書局有限公司，1975 年 11 月。

28. 杜陽雜編，唐・蘇鶚，臺北，臺灣商務印書館，1966 年。

29. 瀟湘錄，唐・李隱，臺北，新興書局有限公司，1976 年 6 月。

30. 雲仙雜記，唐・馮贄，臺北，臺灣商務印書館，1981 年 2 月。

31. 唐國史補八種，楊家駱編，臺北，世界書局，1991 年 6 月。

32. 清異錄，五代・陶谷，臺北，新興書局有限公司，1974 年 7 月。

33. 北夢瑣言，北宋・孫光憲，臺北，源流文化事業有限公司，1983 年 4 月。

34. 楊文公談苑，北宋・楊億，上海，上海古籍出版社，2007 年 3 月。

35. 墨客揮犀，北宋・彭乘，臺北，新興書局有限公司，1978 年 8 月。

36. 歸田錄，北宋・歐陽修，臺北，新興書局有限公司，1978 年 8 月。

37. 夢溪筆談，北宋・沈括，臺北，臺灣商務印書館，1983 年 6 月。

38. 湘山野錄，北宋・文瑩，北京，中華書局，1997 年 12 月。

39. 東坡志林，北宋・蘇軾，臺北，木鐸出版社，1982 年 5 月。

40. 冷齋夜話，北宋・釋惠洪，臺北，新興書局有限公司，1978 年 9 月。

41. 石林燕語，北宋・葉夢得，北京，中華書局，1997 年 12 月。

42. 春渚記聞，北宋・何薳，臺北，藝文印書館，1965 年，百部集成叢書影印學津討原本。

43. 鐵圍山叢談，北宋・蔡絛，臺北，新興書局有限公司，1975 年 2 月。

44. 宋朝事實類苑，南宋・江少虞，臺北，源流出版社，1982 年 8 月。

45. 夷堅志，南宋・洪邁，臺北，明文書局，1982 年 4 月。

46. 緯略，南宋・高似孫，臺北，廣文書局，1970 年 12 月。

47. 鶴林玉露，南宋・羅大經，北京，中華書局，1997 年 12 月。

48. 武林舊事，南宋・周密，臺北，廣文書局，1995 年 6 月。

49. 齊東野語，南宋・周密，臺北，新興書局有限公司，1976 年 7 月。

50. 李師師外傳，佚名，臺北，藝文印書館，1965 年，原刻影印百部叢書集成。

51. 拊掌錄，元・元懷，臺北，新興書局有限公司，1975 年 2 月。

52. 說郛，明・陶宗儀，國家圖書館善本書室藏清順治丁亥 4 年兩浙督學李際期刊本。

53. 玉堂漫筆，明・陸深，臺北，臺灣商務印書館，1965 年 12 月，寶顏堂祕笈本。

54. 客座贅語，明・顧起元，臺南，莊嚴文化事業有限公司，1995 年 9 月。

55. 五雜組，明·謝肇淛，臺北，新興書局有限公司，1975 年 9 月，輯明萬曆、清光緒及民國 11 年刊本。

56. 龍興慈記，明·王文祿，成都，巴蜀書社，1993 年 10 月。

57. 金陵瑣事，明·周暉，臺北，成文出版社，1983 年 3 月。

58. 雲間雜誌，明·佚名，臺北，新文豐出版公司，1986 年 2 月。

59. 玉塵新譚，明·鄭仲夔，上海，上海古籍出版社，2002 年 3 月，上海圖書館藏明刻本。

60. 閒情偶寄，清·李漁，臺北，明文書局，2002 年 8 月。

61. 寄園寄所寄，清·趙吉士，臺北，新興書局有限公司，1975 年 7 月。

62. 堅瓠七集，清·褚人獲，臺北，新文豐出版公司，1997 年 3 月。

63. 浪跡三談，清·梁章鉅，臺北，新興書局有限公司，1977 年 9 月。

64. 海陬冶遊附錄，清·王韜，臺北，新文豐出版公司，1989 年 7 月。

65. 清朝野史大觀，清·小橫香室主人，臺北，新興書局有限公司，1983 年 6 月。

66. 清代軼聞，清·裘毓麐，臺北，新興書局有限公司，1977 年 3 月。

67. 筆記小說大觀，歷代學人，臺北，新興書局有限公司，1973 年 4 月。

68. 長阿含經，後秦·釋竺佛念，臺北，臺灣印經處，1956 年 11 月。

69. 維摩詰所說經，後秦·鳩摩羅什譯，臺北，佛教大毘盧遮那禪林基金會，2011 年 8 月。

70. 優波塞戒經，北涼·釋曇無讖，臺北，佛光文化事業有限公司，1997 年 9 月。

71. 大般涅槃經，北涼·釋曇無讖，臺北，佛教大毘盧遮那禪林基金會，2011 年 2 月。

72. 雜阿含經，南朝宋·求那跋陀羅，北京，北京圖書館出版社，2008 年 1 月。

73. 央掘魔羅經，南朝宋·求那跋陀羅，臺北，文豐出版有限公司，1993 年 5 月。

74. 別譯雜阿含經，不著譯者，民國 25 年上海影印宋版藏經會影印宋平江府陳湖磧砂延聖院刊本。

75. 高僧傳，南朝梁·釋慧皎，北京，中華書局，1992 年 10 月。

76. 摩訶止觀，隋·釋智顗，臺北，佛光事業有限公司，1998 年 6 月。

77. 妙法蓮華經玄義，隋·釋智顗，臺南，湛然寺，2003 年 4 月。

78. 六祖壇經，唐·釋惠能，臺北，慈雲山莊三慧學處，1994 年 8 月。

79. 大方廣佛華嚴經，唐·釋實叉難陀，臺北，佛陀教育基金會，2011 年 5

月。

80. 雲門匡真禪師語錄，五代・釋文偃，嘉興寺楞嚴寺方冊藏經續藏經。

81. 五燈會元，南宋・釋普濟，臺北，新文豐出版公司，1995 年 11 月。

82. 續傳燈錄，明・釋元極，明崇禎乙亥八年至九年嘉興楞嚴寺刊本。

83. 歷代神仙通鑑，明・徐道等，臺北，臺灣學生書局，1989 年 11 月。

84. 重修昭覺寺，清・釋中恂，北京，北京出版社，2000 年，清光緒二十二年刻本。

85. 金剛經說什麼，南懷瑾，臺北，老古文化事業公司，1998 年 4 月。

86. 法書要錄，唐・張彥遠，臺北，世界書局，1988 年 5 月。

五、集　部
（一）總　集

1. 全上古三代秦漢三國六朝文，清・嚴可均，北京，中華書局，1991 年 10 月。

2. 楚辭集注，南宋・朱熹，臺北，河洛圖書出版社，1980 年 8 月。

3. 文選，南朝梁・蕭統，臺北，華正書局，1991 年 9 月。

4. 全唐詩，清・清聖祖，臺北，宏業書局，1977 年 6 月。

5. 全宋詩，傅璇琮等，北京，北京大學出版社，1998 年 12 月。

6. 全元詩，楊鐮，北京，中華書局，2013 年 6 月。

7. 四庫全書存目叢書，編纂委員會，臺南，莊嚴文化事業有限公司，1995 年 9 月。

（二）別　集

1. 陶淵明集校箋，東晉・陶淵明撰，龔斌校箋，臺北，里仁書局，2007 年 8 月。

2. 翰林學士集，唐・不著輯人，臺北，新文豐出版公司，1989 年 7 月。

3. 杜詩鏡銓，唐・杜甫，清・楊倫箋注，臺北，華正書局，1986 年 8 月。

4. 韋蘇州集，唐・韋應物，臺北，新文豐出版公司，1979 年 8 月，民國 26 年陶風樓藏本影印。

5. 白氏長慶集，唐・白居易，臺北，臺灣商務印書館，1979 年 11 月，四部叢刊正編影印上海涵芬樓借江南圖書館藏日本翻宋大字本。

6. 韓昌黎文集校注，唐・韓愈，清・馬其昶校注，臺北，華正書局，1986 年 10 月。

7. 劉夢得文集，唐・劉禹錫，臺北，臺灣商務印書館，1979 年 11 月，四部叢刊上海涵芬樓景印董氏景宋本。

8. 劉禹錫集，唐・劉禹錫，北京，中華書局，1990 年 3 月。

9. 皮子文藪，唐・皮日休，臺北，臺灣商務印書館，1979 年，影印四部叢刊本。

10. 杜荀鶴文集，唐・杜荀鶴，上海，上海古籍出版社，1994 年，宋蜀刻本唐人集叢刊。

11. 小畜集，北宋・王禹偁，臺北，臺灣商務印書館，1968 年 9 月。

12. 忠愍公詩集，北宋・寇準，臺北，臺灣商務印書館，1981 年 2 月。

13. 文潞公文集，北宋・文彥博，北京，線裝書局，2004 年 6 月，宋集珍本叢刊。

14. 歐陽文忠公集，北宋・歐陽脩，臺北，臺灣商務印書館，1979 年 11 月。

15. 伊川擊壤集，北宋・邵雍，臺北，新文豐出版公司，1989 年 7 月。

16. 丹淵集，北宋・文同，臺北，臺灣商務印書館，1967 年 9 月。

17. 臨川先生文集，北宋・王安石，臺北，世界書局，1988 年 10 月。

18. 王荊文公詩箋注，北宋・王安石，南宋・李壁注，上海，上海古籍出版社，2012 年 12 月。

19. 蘇軾詩集，北宋・蘇軾，北京，中華書局，1982 年 2 月。

20. 蘇軾文集，北宋・蘇軾，北京，中華書局，1992 年 9 月。

21. 清江三孔集，北宋・孔平仲，臺北，新文豐出版公司，1989 年 7 月，胡氏豫章校本。

22. 黃庭堅全集，北宋・黃庭堅，南昌，江西人民出版社，2011 年 9 月。

23. 竹友詞，北宋・謝薖，臺北，新文豐出版公司，1989 年 7 月，叢書集成續編。

24. 苕溪漁隱叢話後集，南宋・胡仔，臺北，中華書局，1965 年 11 月，四部備要本。

25. 馬鈺集，金・馬鈺，濟南，齊魯書社，2005 年 6 月。

26. 陸放翁全集，南宋・陸游，臺北，河洛圖書出版社，1975 年 5 月。

27. 劍南詩稿校注，南宋・陸游撰，錢仲聯校注，上海，上海古籍出版社，2005 年 4 月。

28. 芳蘭軒詩集，南宋・徐照，臺北，新文豐出版公司，1989 年 7 月。

29. 文文山先生全集，南宋・文天祥，臺北，河洛圖書出版社，1975 年 9 月。

30. 稼軒集，南宋・辛棄疾，臺北，文津出版社，1991 年 6 月。

31. 滹南遺老集，金・王若虛，上海，商務印書館，1965 年 8 月。

32. 薛昂夫趙善慶散曲集，陸邦樞等，上海，上海古籍出版社，1988 年 5 月。

33. 元遺山先生全集，元・元好問，臺北，新文豐出版公司，1997 年 3 月，

光緒 8 年靈石楊氏原刻本。

34. 匏翁家藏集，明・吳寬，臺北，臺灣商務印書館，1979 年 11 月，四部叢刊正編上海涵芬樓藏明正德刊本。

35. 唐伯虎全集，明・唐寅，臺北，水牛出版社，1987 年 4 月。

36. 升庵外集，明・楊慎，臺北，臺灣學生書局，1971 年 5 月。

37. 吳承恩詩文集，明・吳承恩，臺北，河洛圖書出版社，1975 年 9 月。

38. 菜根譚，明・洪應明，臺北，老古出版社，1993 年，影印清光緒二年重刊本。

39. 徐渭集，明・徐渭，北京，中華書局，1999 年 2 月。

40. 弇州山人續稿，明・王世貞，臺北，文海出版社，1970 年 3 月。

41. 憨山大師全集，明・釋憨山，北京，河北禪學研究所，2005 年 12 月。

42. 少室山房集，明・胡應麟，臺北，臺灣商務印書館，1986 年 3 月，景印文淵閣四庫全書。

43. 牧齋有學集，清・錢謙益，上海，上海古籍出版社，2010 年 12 月，涵芬樓影印清康熙三年粗刻本。

44. 投筆集箋註，清・錢謙益，清・錢曾箋註，上海，上海古籍出版社，2010 年 12 月，清宣統二年鄧氏風雨樓鉛印木。

45. 梅村家藏稿，清・吳偉業，臺北，臺灣學生書局，1975 年 5 月，清宣統三年武進董氏誦芬室刊本。

46. 五十自定稿，清・王夫之，上海，上海古籍出版社，2010 年 12 月，民國二十二年上海太平洋書店排印船山遺書本。

47. 崇禎宮詞，清・王譽昌，日本昭和十二年昭代叢書。

48. 西堂文集，清・尤侗，上海，上海古籍出版社，2010 年 12 月。

49. 延露詞，清・彭孫遹，上海，上海古籍出版社，2010 年 12 月，清光緒十一年郭氏彙刻本。

50. 漁洋詩續集，清・王士禛，臺南，莊嚴文化事業有限公司，1997 年 6 月。

51. 潛邱箚記，清・閻若璩，清乾隆九年眷西堂刻本。

52. 敬業堂詩集，清・查慎行，臺北，臺灣商務印書館，1979 年 11 月，四部叢刊正編上海涵芬樓景印原刊本。

53. 幽夢影，清・張潮，臺北，漢京文化事業有限公司，1982 年 8 月。

54. 飴山詩集，清・趙執信，上海，上海古籍出版社，2010 年 12 月，清乾隆刻本。

55. 板橋集，清・鄭燮，上海，上海古籍出版社，2010 年 12 月，清清暉書屋刻本。

56. 海珊詩鈔，清・嚴遂成，上海，上海古籍出版社，2010 年 12 月，清乾隆二十二年驥溪世綸堂刻本。

57. 小倉山房詩文集，清・袁枚，上海，上海古籍出版社，1988 年 3 月。

58. 紀曉嵐文集，清・紀昀，河北，河北教育出版社，1991 年 7 月。

59. 汪子文錄，清・汪縉，上海，上海古籍出版社，2002 年 3 月。

60. 潛研堂文集，清・錢大昕，上海，上海古籍出版社，2002 年 3 月，清嘉慶十一年刻本。

61. 靈巖山人詩集，清・畢沅，上海，上海古籍出版社，2002 年 3 月。

62. 兩當軒集，清・黃景仁，河北，國家圖書館出版社，2010 年 11 月。

63. 聽秋軒詩集，清・駱綺蘭，上海，上海古籍出版社，2010 年 12 月，清乾隆六十年金陵龔氏刊本。

64. 元草堂詩餘，清・秦恩復，臺北，藝文印書館，1965 年，原刻影印百部叢書集成。

65. 長離閣集，清・王采薇，各埠，商務印書館，1937 年 6 月。

66. 沁泉山館詩，清・郭柏蒼，上海，上海古籍出版社，2010 年 12 月，清光緒十一年郭氏彙刻本。

67. 虛受堂詩存，清・王先謙，上海，上海古籍出版社，2010 年 12 月，清光緒二十八年平江蘇氏刻本。

68. 江談抄，藤原実兼，東京，岩波書店，1997 年 6 月。

69. 文心雕龍讀本，南朝梁・劉勰撰，王更生注譯，臺北，文史哲出版社，1986 年 11 月。

70. 詩品，南朝梁・鍾嶸，臺北，金楓出版有限公司，1986 年 12 月。

71. 文則，南宋・陳騤，臺北，莊嚴出版社，1979 年 3 月。

72. 修辭鑑衡，元・王構，臺北，臺灣商務印書館，1965 年 8 月。

73. 說詩晬語，清・沈德潛，臺北，新文豐出版公司，1989 年 7 月，叢書集成續編。

74. 隨園詩話，清・袁枚，揚州，江蘇廣陵古籍刻印社，1991 年 9 月。

75. 筱園詩話，清・朱庭珍，臺北，新文豐出版公司，1989 年 7 月，叢書集成續編。

六、話本及章回小說

1. 西遊記，明・吳承恩，臺北，黎明文化事業股份有限公司，1984 年 6 月。

2. 醒世恆言，明・馮夢龍，臺北，里仁書局，1991 年 5 月。

3. 二刻拍案驚奇，明・凌濛初，臺北，三民書局，1993 年 9 月。

七、文史哲評論

1. 判斷力批判，德・康德著，宗白華譯，北京，商務印書館，1987 年 2 月。

2. 美育書簡，德・J.C.F. Schiller，臺北，丹青圖書有限公司，1987 年 2 月。

3. 美學原理，克羅齊（Benedetto Croce），臺北，正中書局，1989 年 4 月。

4. 胡適學術代表作，胡適，合肥，安徽教育出版社，2007 年 1 月。

5. 文藝心理學，朱光潛，臺北，臺灣開明書店，1991 年 6 月。

6. 朱自清古典論文集，朱自清，上海，上海古籍出版社，2009 年 4 月。

7. 作文百法，許恂儒，臺北，廣文書局，1989 年 8 月。

8. 禪學的黃金時代，吳經熊，臺北，臺灣商務印書館，1989 年 5 月。

9. 中國小說史略，魯迅，北京，人民文學出版社，1973 年 8 月。

10. 中國藝術精神，徐復觀，臺北，臺灣學生書局，1988 年 1 月。

11. 書法研究，王壯為，臺北，臺灣商務印書館，1982 年 6 月。

12. 中國哲學十九講，牟宗三，臺北，臺灣學生書局，1983 年 10 月。

13. 才性與玄理，牟宗三，臺北，臺灣學生書局，2002 年 8 月。

14. 新編中國哲學史，勞思光，臺北，三民書局，1993 年 10 月。

15. 中國文學史，葉慶炳，臺北，臺灣學生書局，1987 年 8 月。

16. 修辭學，黃慶萱，臺北，三民書局，1992 年 9 月。

17. 中國道教史，劉精誠，臺北，文津出版社，1998 年 4 月。

18. 中國文學批評，張健，臺北，五南圖書出版公司，1984 年 9 月。

19. 邱吉爾名言集，廖蒼洲，臺中，國際科學出版社，1967 年 4 月。

20. 增訂中國文學史初稿，王忠林等，臺北，福記文化圖書有限公司，1985 年 5 月。

21. 老子的哲學，王邦雄，臺北，東大圖書公司，1991 年 4 月。

22. 中國哲學史，王邦雄等，臺北，國立空中大學，1998 年 1 月。

23. 修辭學，沈謙，臺北，國立空中大學，1991 年 12 月。

24. 六朝隋唐仙道類小說研究，李豐楙，臺北，臺灣學生書局，1997 年 2 月。

25. 中國宗教與文學論集，葛兆光，北京，清華大學出版社，1998 年 8 月。

26. 中國名妓藝術史，嚴明，臺北，文津出版社，1992 年 8 月。

27. 文學與美學，龔鵬程，臺北，業強出版社，1995 年 1 月。

28. 禪宗美學，張節末，臺北，宗博出版社，2003 年 3 月。

29. 中國近代史——告別帝制，李喜所、李來容，臺北，三民書局，2008 年 10 月。

30. 中國風土志叢刊，張智，揚州，廣陵書社，2003 年 4 月。

31. 詩情與幽境，侯迺慧，臺北，東大圖書公司，1991 年 6 月。

八、類書及工具書

1. 藝文類聚，唐・歐陽詢，臺北，文光出版社，1974 年 8 月。

2. 白孔六帖，唐・白居易，臺北，新興書局有限公司，1969 年 5 月，明嘉靖年間覆宋刻本。

3. 太平御覽，北宋・李昉等，臺北，大化書局，1977 年 5 月，宋蜀本。

4. 太平廣記，北宋・李昉，臺北，新文豐出版公司，1997 年 3 月。

5. 冊府元龜，北宋・王欽若等，臺北，清華書局，1967 年 3 月，明崇禎 15 年李嗣京刻本影印。

6. 事物紀原集類，北宋・高承，臺北，新興書局有限公司，1969 年 11 月，明正統 12 年刻本。

7. 錦繡萬花谷，北宋・不著撰人，臺北，新興書局有限公司，1969 年 12 月。

8. 記纂淵海，南宋・潘自牧，臺北，新興書局有限公司，1972 年 1 月，明萬曆己卯刻本。

9. 古今合璧事類備要，南宋・謝維新，臺北，新興書局有限公司，1971 年 3 月，明嘉靖丙辰摹宋刻本。

10. 永樂大典，明・姚廣孝等，臺北，世界書局，1962 年 2 月，嘉隆副本之影本影印。

11. 稗史彙編，明・王圻，臺北，新興書局有限公司，1969 年 2 月，明萬曆 38 年刻本。

12. 喻林，明・徐元太，臺北，新興書局有限公司，1972 年 1 月，明萬曆 43 年刻本。

13. 天中記，明・陳文燭，臺北，文源書局，1964 年 8 月，隆慶己巳本影印。

14. 山堂肆考，明・彭大翼，臺北，藝文印書館，1977 年，梅墅石渠閣藏版影印。

15. 廣博物志，明・董斯張，臺北，新興書局有限公司，1972 年 2 月，明萬曆丁未刻本。

16. 古今圖書集成，清・陳夢雷，臺北，鼎文書局，1985 年 4 月。

17. 淵鑑類函，清・清聖祖，臺北，新興書局有限公司，1971 年 10 月，清康熙 49 年刻本。

18. 駢字類編，清・清聖祖，臺北，臺灣學生書局，1963 年 10 月，清雍正 5 年刊本。

19. 分類字錦，清・何焯等，臺北，文海出版社，1984 年 6 月，清康熙內府刊本。

20. 子史精華，清・允祿，臺北，新興書局有限公司，1974 年 2 月，清雍正丁未刻本。

21. 格致鏡原，清・陳元龍，臺北，新興書局有限公司，1971 年 6 月，清雍正 13 年刻本。

22. 讀書紀數略，清・宮夢仁，臺北，新興書局有限公司，1971 年 10 月，清康熙 46 年刻本。

23. 事物異名錄，清・厲荃，臺北，新興書局有限公司，1969 年 10 月，清乾隆戊申年粵東刊本影印。

24. 角山樓增補類腋，清・姚培謙，臺北，德志出版社，1962 年 11 月。

25. 小知錄，清・陸鳳藻，臺北，新興書局有限公司，1969 年 12 月，清同治癸酉刻本。

26. 增補事類統編，清・黃葆真，臺北，新文豐出版公司，1976 年 4 月。

27. 楹聯叢話，清・梁章鉅，臺北，新文豐出版公司，1981 年 1 月。

28. 合印四庫全書總目提要及四庫未收書目禁燬書目，清・永瑢等，臺北，臺灣商務印書館，1985 年 5 月。

29. 大英百科全書，本局編譯，臺北，臺灣中華書局，1988 年 3 月，簡明中文版。

30. 中華對聯大典，龔聯壽，上海，復旦大學出版社，1998 年 3 月。

31. 中華漢語工具書書庫，安徽，安徽教育出版社，2002 年 1 月。

九、學位論文

1. 電腦圍棋的經驗法則研究，郭弈宏，臺北，國立臺灣工業技術學院電機工程技術研究所碩士論文，1997 年。

2. 中國圍棋思想之文化研究，張倖瑞，嘉義，南華大學文學系研究所碩士論文，2009 年。

3. 錢謙益詩歌研究，朱莉美，臺北，中國文化大學中國文學研究所博士論文，2009 年。

4. 圍棋運動參與者多元智慧發展之研究，徐偉庭，桃園，國立體育大學體育研究所碩士論文，2010 年。

十、期刊論文

1. 易卦源於龜卜考，屈萬里，歷史語言研究所集刊第 27 本，1956 年 4 月。

2. 枰邊瑣語──談圍棋和類比推理，張北海，圍棋第 9 期，1956 年 9 月。

3. 枰邊瑣語──談圍棋的本質問題，張北海，圍棋第 10 期，1956 年 10 月。

4. 淺談圍棋的起源、發展與定型，袁曦，體育文化導刊第 1 期，1987 年。

5. 殷商時代田獵活動的性質與作用，孟世凱，歷史研究第 4 期，1990 年。

6. 論圍棋文化與中國智慧，陳長榮，蘇州大學學報（哲學社會科學版）第 2 期，1990 年。

7. 讓子棋中的名局，程曉流，圍棋天地第 1 期，1990 年 1 月。

8. 宇宙流風格之萌芽，程曉流，圍棋天地第 3 期，1990 年 3 月。

9. 棋道，李學平，圍棋雜誌第 35 卷第 6 期，1990 年 6 月。

10. 散落神州十餘處，何處尋得真爛柯，徐國慶，體育文化導刊第 5 期，1993 年 5 月。

11. 論陵川棋子山與圍棋起源，楊曉國，體育文史第 3 期，1993 年 5 月。

12. 略論圍棋的起源，王健，南京高師學報第 12 卷第 1 期，1996 年 3 月。

13. 朱元璋的廉政思想及其懲貪治腐舉措，王君，西北史地第 1 期，1997 年。

14. 楊曉國圍棋起源新說之商榷，張如安，體育文史，第 6 期，2000 年。

15. 圍棋的哲學內涵，章必功，圍棋天地第 5 期，2000 年 5 月。

16. 文人：士大夫、文官、隱逸與琴棋書畫，楊乃喬，人文中國學報第 7 期，2000 年 7 月。

17. 圍棋萌發的歷史邏輯和證據，周泗宗，圍棋天地第 10 期，2000 年 10 月。

18. 圍棋源於兵法，馬諍，圍棋天地第 21 期，2000 年 12 月。

19. 圍棋源於兵法，馬諍，圍棋天地第 1 期，2001 年 1 月。

20. 圍棋納入高校研究生體育課的可行性分析，王藝武，齊齊哈爾大學學報第 3 期，2002 年 5 月。

21. 中國思想史上一項基本性的翻案——《老子》辯證思維源於《孫子兵法》的論證，何炳棣，中央研究院近代史研究所演講集二——有關《孫子》《老子》的三篇考證，2002 年 8 月。

22. 爛柯故事的時空迷失，姜明翰，中國語文月刊第 569 期，2004 年 11 月。

23. 中國傳統文人之弈趣，姜明翰，2004 年海峽兩岸文學與應用文學學術研討會論文選，苗栗，育達商業技術學院，2004 年 12 月。

24. 大觀園的原型究竟在哪裏——對紅學史的一個檢討，王人恩，東南學術第 2 期，2006 年 2 月。

25. 中國文學作品中之「人生如棋」喻義抉微，姜明翰，文化創意學術研討會論文選，苗栗，育達商業技術學院，2006 年 12 月。

26. 電腦進軍圍棋界，佛蘭克（Karen A.Frenkel），科學人第 65 期，2007 年 7 月。

27. 明初朱元璋的嚴刑峻法，蔣新紅，保山師專學報第 26 卷 4 期，2007 年 7 月。

28. 純化體育——對我國體育運動項目管理的批判與梳理，王若光、孫慶祝，武漢體育學院學報第 41 卷第 10 期，2007 年 10 月。

29. 國立臺灣體育大學申請設立「圍棋運動學系」之理由，陳文長，棋道，2008年10月。

30. 入神造極，逸思爭流——論魏晉玄學對弈境之開拓，姜明翰，2010文化創意學術研討會論文選，苗栗，育達商業科技大學，2010年12月。

31. 論朱元璋的懲貪思想，楊青雲、汪小玲，經濟研究導刊第22期，2011年。

32. 《周易》與圍棋之道，張東鵬，周易研究第2期，2012年。

33. 吳清源「棋神」形象探析，姜明翰，語言·文化·創意——2011語言應用國際學術研討會論文集，苗栗，育達商業科技大學，2012年5月。

34. 朱元璋弈事瑣考，姜明翰，「明代宮廷生活史學術研討會」，北京，故宮博物院，2012年8月24日。

35. "Chess playing programs and the problem of complexty." A. Newwell A., J.C.Shaw, and H.A. Simon. "IBM Journal of Reasearch and Development", Vol. 4, No. 2. 1958.。

36. "The challenge of Go." D.J. H.Brown and Dowsey.S. "New Scientist", 1981.。

37. "Intelligence reframed." Gardner, Howard.（1999）. "New York: Basic Books."。

十一、電子資源

1. 宇宙中到底有多少粒子，艾薩克·阿西莫夫（Isaac Asimov），1984年 http://www.xys.org/xys/ebooks/others/science/Asimov/100~009.txt「新語絲電子文庫」網站。

2. 圍棋正式列入2010年廣州亞運會比賽項目，王重興，2007年4月，http://tnews.cc/03/newscon1_51233.htm，「桃園新聞網」。

3. 教育部推動各級學校圍棋運動實施計畫，2007年11月，http://192.83.,181.111/~ape/gogo/teacherrule.doc。

4. 圍棋有多少變化？，彭翕成，2011年4月，http:blog.sina.com.cn/s/blog_602。

5. 人工智慧加持，電腦圍棋棋力再突破——周俊勳：19路讓4子，電腦圍棋近最佳化，國立臺南大學，2012年11月，http://www.cna.com.tw/post-write/detail/116411.aspx，「中央通訊社」網站。

6. 最強圍棋軟件Zen的開發歷程，古婁，2013年1月，http://bbs.weiqi.tom.com/forum.php?mod=viewthread&tid=153&page=1&authored=13，「Tom對弈」網站。

7. 棋慢下淚輕流，東森新聞，2014年3月，www.ettoday.net/news/20140303/330612.htm，「東森新聞雲」網站。

8. 我國歷史上的幾位愛好圍棋的開國皇帝，不著撰人，2012年7月，http://blog.sina.com.cn/s/blog_63c20ef201013brs.html，「青島圍棋培訓」網站。